[英]洛瑞·李 著

萝西与苹果酒

Cider With Rosie

巴扬 译

新星出版社　NEW STAR PRESS

CIDER WITH ROSIE by LAURIE LEE
Copyright © Laurie Lee 1959
First published as CIDER WITH ROSIE by Chatto & Windus, an imprint of Vintage.
Vintage is part of the Penguin Random House group of companies.
Laurie Lee has asserted his right to be identified as the author of the Work.
Simplified Chinese translation rights arranged through BIG APPLE AGENCY, INC.
All rights reserved

著作权合同登记图字：01-2018-2173

图书在版编目（CIP）数据

萝西与苹果酒 /（英）洛瑞·李著；巴扬译 . -- 北京：新星出版社，2018.6
ISBN 978-7-5133-3054-1

Ⅰ. ①萝… Ⅱ. ①洛… ②巴… Ⅲ. ①回忆录-英国-现代 Ⅳ. ① I561.55

中国版本图书馆 CIP 数据核字（2018）第 080108 号

萝西与苹果酒

[英] 洛瑞·李 著；巴扬 译

策划编辑：	巴　扬
责任编辑：	孙立英
责任校对：	刘　义
责任印制：	李珊珊
装帧设计：	冷暖儿

出版发行：	新星出版社
出 版 人：	马汝军
社　　址：	北京市西城区车公庄大街丙3号楼　100044
网　　址：	www.newstarpress.com
电　　话：	010-88310888
传　　真：	010-65270449
法律顾问：	北京市岳成律师事务所

读者服务： 010-88310811　　service@newstarpress.com
邮购地址： 北京市西城区车公庄大街丙3号楼　100044

印　　刷：	北京市松源印刷有限公司
开　　本：	787mm×1092mm　1/32
印　　张：	8.625
字　　数：	170千字
版　　次：	2018年6月第一版　2018年6月第一次印刷
书　　号：	ISBN 978-7-5133-3054-1
定　　价：	58.00元

版权专有，侵权必究；如有质量问题，请与印刷厂联系调换。

目录

1	第一章　第一道光
20	第二章　名字
38	第三章　乡村学校
62	第四章　厨房
83	第五章　壁板下的老奶奶
103	第六章　公开的死亡，私下的命案
123	第七章　母亲
152	第八章　冬天与夏天
176	第九章　多病的男孩
192	第十章　舅舅们
211	第十一章　郊游与节庆
234	第十二章　初尝爱果
250	第十三章　最后的时光

本书是对早期童年的回忆，
一些事实可能会被时间扭曲。

第一章　第一道光

三岁那年,我被人从搬家公司的运货马车上抱到地面。怀着一种茫然而恐慌的感觉,我的人生在这个村庄里开始了。

六月的青草长得比我还高,我身处其间,手足无措地哭了起来。我从未如此亲近过青草,它们高出我许多,把我包围并淹没。耀眼的阳光下,片片草叶纹上了虎皮的花色,它们像刀刃般锋利,泛着幽暗、邪恶的绿光,又如浓密的森林般深不见底;草丛中生机盎然,蟋蟀唧唧吱吱地叫着,在空中穿梭跳跃,好似猴子一般。

就这样,我在草间迷路了,不知何去何从。热带的暑气从大地缓缓渗出,混杂着草根和荨麻的强烈臭气;雪云般的接骨木花堆积在天空,又纷纷扬扬地洒下,令人眼花缭乱、屏气凝息。我沐浴着飘落的花雨,感受它们扑面而来的甜美香气。

有生以来,我第一次脱离了人类的视线,第一次独处于全然陌生的世界,无从预测未来,也捉摸不透其间的奥妙。在这个世界里,小鸟尖声啾鸣,植物冒出袅袅臭气,昆虫出其不意地跳到身旁。我迷了路，不指望大家还能找到我。我将头向后一仰，大声嚎哭起来，阳光火辣辣地打在脸上，就像一个仗势欺人的恶棍。

同其他许多次一样，姐姐们的到来让我从这场白日梦魇中骤然苏醒。她们弯着身子疾步跑来，一路爬上陡峭崎岖的山坡，大声呼唤我的名字，拨开高高的草叶，最终找到我。她们玫瑰色的脸颊是如此熟悉、鲜活；她们巨大的脸庞闪着光，像盾牌一样为我遮挡天空；她们大笑着，露出洁白的牙齿（有的坏掉了），仿佛受到精灵的魔法召唤，被我的嚎哭声引来。她们的责骂和关怀将我的恐惧一扫而空。姐姐们朝我弯下腰——一个，两个，三个——她们的嘴上犹自沾着黏糊糊的红醋栗浆果，果汁从手上滴滴答答地掉落。

"好啦，好啦，没事了，不要再哭了。快回家吧，我们喂你红醋栗吃。"

然后玛乔丽——我最大的姐姐，将我一把抱起，让我的脸贴在她长长的棕色头发上。她抱着我一路跑下崎岖的小径，穿过长满玫瑰的花园，在一幢小屋子前停下，将我放在门阶上——这里就是我们的家了，虽然我还并不相信。

我们就是在那一天搬到了这个村庄，在第一次世界大战即将结束的夏天。我们的小屋伫立在一个足有半亩大的花园里，位于湖边陡峭的山坡上。小屋有三层高，拥有一个地下酒窖、一笔藏在墙壁间的奇珍异宝、一个汲水泵；屋前长着几棵苹果树，开满丁香花，还种有草莓；烟囱里藏着秃鼻乌鸦，青蛙躲在地下酒窖里，天花板上长着蘑菇——所有的这一切，只要每星期付三镑六便士即可。

我不清楚我们家从前住在哪里，但我的人生似乎是从运输公司的那辆货运马车上开始的，它载着我缓缓开上通往村庄的绵长山岗，又把我丢入高高的草丛，让我迷了路。为了不被太阳晒伤，我的身上还紧紧裹着英国国旗。当我从车上滚落在地、站在夏日的山坡上冲着虫鸟嘤鸣的丛林大喊大叫时，那一刻我才感到——我是真的来到世界上了。而对其余的人、对全家八个人来说，这同样也是一种新生活的开始。

不过在这第一天，我们所有人都有些茫然不知所措。一车满载而来的家具让我们陷入了手忙脚乱的混沌中。我在厨房地板上到处爬行，穿梭在朝天倒放的椅子腿森林和玻璃杯的水晶田野中。我们仿佛刚刚被海浪冲上一片崭新的大陆，开始分头寻找清泉和宝藏。姐姐们花了一天的时间，在花园里清理长满水果的灌木丛，红醋栗是她们的最爱，一簇簇红色、黑色、黄色的浆果与野玫瑰纷纷缠绕在一起。这样天降的赏赐是女孩们从未见过的，她们在灌木丛中飞快地跑来跑去，兴奋地叽叽喳喳叫喊不停，像用爪子觅食的麻雀一样把水果抓起来。

面对这么多要做的事，妈妈也有些摸不着头脑。虽然眼前的这座花园荒废已久，但它蕴藏的丰富野趣却令她深深着迷。她一整天不停地奔来跑去，脸颊绯红，口中喋喋不休，将从厨房地板上找到的瓶瓶罐罐都塞满鲜花——花园中的百花、湖畔的小雏菊、峨参、野草、羊齿植物还有各色树叶——它们被一把把捧来，从门外涌入小屋，直到外面的世界被完全移植进幽暗的室内——这里如同一方静谧、绿意盎然的池塘，翻涌着甜美的夏日潮汐。

我坐在堆满杂物的地板上，凝望绿色的窗外，映入眼帘的是满目生机勃勃的花园。我看到了姐姐们套着黑色长筒袜的腿——袜子撕破的地方有白皙的皮肤露出来——在红醋栗花丛间来回地踢踏奔跑。时不时地，她们中就会有谁闯进厨房，拿一大把捏碎的浆果塞满我的嘴巴，然后又跑了出去。而我则是吃得越多，越喊着要吃更多。她们来来往往，就像在喂一只小胖布谷鸟。

这漫长的一天洋溢着喊喊喳喳的欢声笑语。大家好像什么正经事都没做，除了收集的各种浆果和面包外，我们再也没有别的东西可吃。我在陌生的地板上四处爬行，穿梭于各种各样的装饰摆设之间——那些玻璃金鱼、陶瓷小狗、男男女女的牧羊人饰品、黄铜做的马术师、停摆了的时钟还有长着络腮胡子的男人照片。我挨个地拜访它们，此时它们就像圣洁的神坛，将我引回那些渐渐淡忘的记忆。当我凝视着墙壁，看到日影缓缓西移，夕阳透过墙角的雕花玻璃瓶画出彩虹光晕时，我忽然涌起一种渴望，想要重新回到那种井井有条的熟悉生活中去。

随后在倏忽间，一天就要结束了，而小屋子竟也布置好了。每根拐杖、每个茶杯、每张图画都被摆在各自的位置上；床单铺好，窗帘高挂，地上铺了草垫——然后，这里就成了我们的家。我记不清这一切是怎么发生的，但就像是在突然之间，这幢房子的传统——它那特有的气味、杂乱无章和一套自成体系的规矩就这么成型了,仿佛一向如此,从未改变。在我们搬到这里的第一天,伴随着日暮降临,房子的构造和布置全部完工。最初,物件散落在厨房地板上,显得局促而孤单。但随后,万物都流向了独属的位置,各归其位,再也不会受到质疑。

从那一天起,我们似乎都长大了。往后的日子中,房间的内部陈设又变动了许多次,就像一个不断经受暴风雪洗礼的玩具,在妈妈和女孩们一阵阵的突发奇想下,床、椅子和各种装饰,旋风似的从一间屋子转移到另一间。不过到头来,在墙壁间固定的格局下,这些东西还是会回到原位,遵循着各自注定的命运,逃不掉也改不了,这样一放就是二十年。

回想我成长中的第一个年头,眼前浮现的是渐渐宽阔、清晰的原野,是我学来的穿衣服新窍门,以及四处闲逛时汲取的智慧。我会把自己蜷成一个球大小,纵身一跃,用拳头撞开门闩,打开厨房的门;我会把铁制的床架当作楼梯,踩着它爬上高高的大床。我还学会了吹口哨,不过那时我还不会系鞋带。生活变成了一连串的实验,既带来伤心事,也送来对成就的奖赏:我探寻着房屋四周的规律和奥秘,时间仿佛悬浮静止一般,从高处投射下金色的光芒;有时我会不断上蹿下跳,像一条虫子一样固执而疯狂地扭动不停,有时也会圆睁着眼,将什么东西盯上几个小时,屏气凝息地观察它们。我观察着一粒粒尘埃在洒满阳光的房间里飘落;或追着一只蚂蚁,跟随它从摇篮到坟墓；我还爱打量卧室天花板上的木节疤——在黄昏的微光里，它们像黑人那样跑动，偷偷摸摸地从一块板子移到另一块，但当黎明熹微的烛光亮起，它们又悄然回到原处；看上去，也并不比煤炭化石更加面目可憎。

这些卧室天花板上的木节疤，在我而言就像整个世界。每当大梦初醒，在睁眼的第一道光中，我迷离的目光总会掠过它们，在其中进行无穷无尽的遨游——虽然我常为此遭到责骂。它们是一群岛屿，屹立在血红色的油漆面上；它们是一支集结的军队，团结起来与我为敌；它们是字母表，组成一种令人毛骨悚然的恐怖语言；它们也是我有生以来读懂的第一本书。

在这幢小屋散发的迷人魅力中——那因陈旧而脱落的墙壁、屋体不时发出的吱呀声、暗处落下的阴影、让人浮想联翩的藏在地板下头的狐狸……我慢慢长大了，力气也与日俱增，活动的范围沿着小径向外一英寸一英寸地扩展。在杂草丛生的院子里，我就如橡子壳一样坚不可摧，在深不见底的海洋里放肆游弋、所向披靡，模仿南海岛屿上的野蛮人，在太平洋上四处越岛作战。我的眼睛、鼻子和不断刨土的手指，就像探测用的天线和触角，灵敏地捕获野草、羊齿植物、鼻涕虫、鸟类的头骨、彩色蜗牛的洞穴等东西。于是在那个漫长的夏天，在我们搬来的头几日里，我眼中的世界逐渐开阔起来。我也在脑海中为这个世界绘好了地图：它有安全的港口、脏兮兮的沙漠和水坑、泥泞的山峰，还有旗帜飘扬的灌木丛。但在我口干舌燥的往复奔跑中，一次又一次，我也被这里刺激的恐怖景象吓得够呛：

破笼子中大张着嘴的小鸟骸骨，角落里死掉多时、黏糊糊的黑色苍蝇，干枯的蛇皮，还有爬满蛆的猫的尸体……我的眼前似乎出现了一座拥挤不堪、散发着腐臭味的小城，充斥着无声的恐怖。

每当看到这些尸体残骸，我就会急匆匆地逃回熟悉的领地，让它们从我的眼前消失，耳中因惊吓充满了嗡嗡声。我也只有壮起胆子才敢再次回去拜访。这是我第一次见到活生生的遇难者，它们死于一股强大的毁灭性力量。尽管我与这种力量素未谋面，但我知道，它就在那里持续运转着，一次又一次带走生命，昼夜不息。不过，我对它也同样心怀感激。尽管这可怖的景象始终长久萦绕在我的眼前、不停闯入我的梦境，但它是我在生命最初受到的惊吓，也令我不再过度惧怕恐怖的事物。它们抑制了我对恐怖的想象，使我相信恐怖的威力也是有限的。

洗涤室的门口是我起航的港湾。我从那里出发，认识了各式各样的岩石、暗礁和海峡，也拥有了安全感。我探寻着这幢小屋金字塔形的外貌、它的仓库和迷宫、它散发着神奇魔法的中心，还有四周这座孤岛般、翠绿而充满生机的花园。妈妈和姐姐们穿着长裙，如同大海中疾行的帆船，在我身边匆忙来去。我跟随着她们的行迹——从她们驶过的尾流、呼吸的波浪、燃烧着煤炭的空气、哼唱的小曲、抱怨的牢骚，还有锅碗瓢盆摔碎的声音中，呼吸她们的香气，聆听她们的声音。

她们穿梭往来的样子真是壮观极了！这些女士们已经准备好乘风破浪，她们鼓起风帆，身材像高塔般挺拔，头发迎风飞扬，衣衫在海风中波浪般涌动。她们的袖子已经高高挽起，露出了洁白如桅杆的手臂，准备开始劳动或洗洗刷刷。她们不时也会把我抱上船，亲吻我，为我系好纽扣；或是将我举得高高的，左右摇晃，让我像上钩的鱼儿般，在她们绣有蕾丝花边的亚麻上衣里扭来扭去。

洗涤室就像一座矿山，蕴藏着我们生活所需的一切矿物。在这里我发现了"水"——相比花园水桶里发着恶臭味、漂着浮渣的那种墨绿色黏稠液体而言，这种元素可大为不同。你可以将它从地底抽出，一口口饮下这清冽的蓝色液体，也可以用力摇动水泵的手柄，在迸溅的水花中，它会如流动的天空般倾泻而下。它就这么喷涌而出，在瓷砖地面上奔跑，闪闪发光。有时候它还会在罐子里跳舞，要是一不小心洒在衣服上，你就能感到它的冰凉和沉重了。你可以啜饮它，用它画画，拿它在肥皂上搓出泡沫，让甲壳虫在其中游泳，或是看它蒸发成气泡、在空中飞扬。你可以把头浸入水中，张开双眼看到水桶的扣环两侧，静静聆听自己憋气时的呼吸声，然后把嘴像鱼那样一张一合，尝尝来自地面的石灰味道。看，这就是水的无穷魔力——你可以割断它、消耗它、圈住它、击碎它、把它引流进小洞，却永远不能使它燃烧、折断或毁灭。

一台老旧汲水泵的存在使洗涤室成了水的天地。与水有关的一切都在这里上演：无数个星期一，厚重的水汽蒸腾而起，夹杂着乳白色的洗衣粉，现出分明的轮廓；滚烫的肥皂水沸腾，咕噜咕噜，咯吱咯吱，发出清脆的碎裂声，又似有人低声耳语，在阳光的照射下凝出七色彩虹，伴着上千只肥皂泡小眼睛频频眨动。肥皂泡啊肥皂泡，辛勤将衣物来揉搓，嘟嘟囔囔怨声高，清水把它洗干净，衣衫床罩拍拍打，它就飞起都跑掉。妈妈也累得气喘吁吁，像在雾气腾腾的波浪里划桨，奋力挥舞着她红红的手臂。然后，木棒将麻布衣物从锅里挑出，它们是白花花的面粉，是交织在一起的泡沫，是被压成床单的团团白雪。

你同样也可以在这里擦洗地板、鞋子、胳膊、脖子，还有红红白白的各种蔬菜瓜果。清晨走进这个杂乱的房间，你会发现整个花园都被摆在桌子上了，还滴落着新鲜的露珠：胡萝卜切成像铜便士一样的圆片；小红萝卜和细洋葱堆得满满当当；马铃薯已被浸泡洗净，脱掉了泥土外衣；饱满的豆荚"噗"地打开，像包裹着碧绿珍珠的长贝壳，豌豆带着黏糊糊的汁水，从它们毛茸茸的暖巢里滚落。

当大家准备这些的时候，我蹑手蹑脚地溜进厨房，像老鼠啮食草根树叶般偷偷东咬一口、西啃一下。豌豆骨碌碌地滚到我的舌下，又新鲜又冰凉，嫩滑得像凝固的水；我的牙齿咬在绿色的苹果皮上，酸溜溜的滋味直冲味蕾，夹着一股芜菁甘蓝的淀粉甜香……然后，一双湿湿的、沾着面粉的大手便把我推了出去。我垂头丧气，怀着一股不可名状的热切渴望再次溜进来。案板上有一团银光闪闪的生面团，它温暖柔滑，在模具下塑成一个个人形——它们有脑袋，有胳膊，没加别的佐料，迎合了有关食人的臆想。

丰盛的大餐正在这间房里陆续准备着，大锅里炖煮着美味佳肴，满足了八个人贪得无厌、饥肠辘辘的肚子。这片丰饶湖岸上的所有植被都可以用来炖东西吃：用鼠尾草调味，用青草上色，再用几块羊骨棒子作为点缀。事实上，那个时候很少能吃到肉，别不相信，这可是真的。有时候，我们会用一根约一磅重、光秃秃的肋骨排熬汤喝，或者时不时地，某位邻居会在我家门口扔一只兔子。不过时令的绿色果蔬倒是非常充足，小扁豆和面包是我们必备的镇桌之宝。家里每天都会烤八到十条面包，而且从来不会干硬。趁着外皮尚还温热之际，我们把面包撕碎成小块，在里面还常常发现一些特别的东西，将食物的寡淡无味一扫而空——绳子、钉子、碎纸，甚至有次还发现了老鼠；在此向那些随心所欲的烘焙时光致敬！小扁豆是在一口大锅里炖好的，这口锅也用来烧周六晚上的洗澡水。不过木柴的火实在太小，烧好的水仅够一人泡澡用。我们只好共享这一缸水，轮流来洗。作为家中年龄倒数第二小的成员，留给我的洗澡水也永远是倒数第二脏的，这项"特权"给我留下了深刻的记忆，直到今天还挥之不去。

一天清晨，我从墙壁雪白的卧室醒来，睁开眼睛，发现自己失明了。不论我怎样圆睁双眼或瞪着屋子里的一切，除了一道平射在我跳动眼皮上的金光，我还是什么都看不到。我摸摸自己的身体，发现它还在。我也听得到鸟儿的歌唱。不过，除了这道微微震颤的黄色光束，这世上的一切我都看不见。难道我死了吗？我纳闷地想。我是在天堂吗？但不管怎样，这都让我非常苦恼。刚刚从一个有关鳄鱼的噩梦里醒来,眼前这可怕的事让我措手不及。然后,我听见了姐姐们走上楼梯的脚步声。

"玛乔丽!"我大喊,"我什么都看不见了!"然后鬼哭狼嚎起来。

许多光脚丫从地板那头匆匆跑来,大姐玛乔丽在咯咯大笑。

"快看他啊,"她说,"桃乐茜,快去给他拿块绒布来,他的眼睛又糊住了。"

法兰绒布凉凉的边角拂过我的脸庞,洒了我一身水;然后,世界又重新出现在我的眼前:床和光影,溢满阳光的窗户,还有对着我笑弯了腰的姐姐们。

"是谁干的?"我吼道。

"没人,傻瓜。你的眼睛糊住了,就这么回事。"

原来这就是甜蜜的睡眠胶水啊!类似的事以前也发生过,不过被我忘得一干二净。于是我威胁姐姐们,也要把她们的眼睛黏住:我又醒了过来,我能看见了,我太开心了。透过那扇小小的绿色窗户,我凝视着窗外的景象。外面的世界是深红色的,仿佛燃烧着火焰。我以前从未见过这样的景象。

"桃乐茜,"我说,"那些树怎么了?"

桃乐茜正在穿衣服。她把头伸到窗外,动作迟缓,睡眼朦胧;阳光穿过她的睡袍照射进来,仿佛细沙滑过了沙漏。

"没什么呀。"她说。

"不,就有什么,"我说,"它们碎成一片一片的了。"

桃乐茜挠了挠她乌黑的脑袋,张大嘴打个哈欠,洁白的羽毛从她的头发上飘落。

"那是树叶掉下来了。现在是秋天,树叶在秋天总会掉的。"

秋天?在秋天,这就是我们看到的景象吗?树叶纷纷落下,空气中浮动着秋日的气息。我想象着这样的景色会一直持续下去,永远不变。这些潮湿的树木腾起火焰,不断燃烧着、燃烧着,就像摩西看到的燃烧的树丛;它们自然而然地成为这片新大陆的一部分,宛如极地亘古不消的白雪那样永恒。为什么我们会来到这样一个地方呢?

玛乔丽刚刚下楼帮忙准备早餐了,这会儿又突然跌跌撞撞地跑上楼来。

"桃乐茜,"她悄声说,似乎又兴奋又害怕,"桃乐茜……那个人又来了。快帮洛瑞穿好衣服,然后赶快下来,快点。"

下楼后,我们发现那个人坐在炉火边。他面带微笑,全身湿透,看上去很冷。我爬到餐桌旁,注视着这个陌生人。在我看来,他不太像我们人类中的一员,倒更像是一团森林物种的混合体。他的脸又红又皱,像极了蘑菇。树叶粘在他乱蓬蓬、满是泥巴的头发上;树叶、枯枝撒在他破烂的衣衫上,几乎满身都是;他的靴子像是从树底挖出来的黑乎乎的烂泥。妈妈为他端上稀粥和面包,他对我们大伙儿报以虚弱的一笑。

"住在树林里一定很不好受。"我们的妈妈说。

"我有一些睡袋,夫人。"他一边说着,一边用勺子搅和稀粥,"它们可以隔离湿气。"

不,但我想它们不行,它们会像湿布条一样,把他紧紧包裹在里面。

"你不能再这么生活下去了。"妈妈说,"你应该回家去。"

"不,"那个人笑笑说,"他们不会乐意的。不等我开口说话,他们就会把我骂得狗血喷头。"

妈妈难过地摇摇头,发出一声叹息,然后为他多盛了一些粥。我们男孩们对他的外貌大为欣赏;而女孩们则更挑剔谨慎,因为摸不透他的底细,所以心存疑虑。但他一定不是流浪汉,不然也不会被妈妈请入厨房。他的口袋里装着四枚锃亮的奖牌,他总把它们掏出来悉心擦亮,然后摆在桌子上,像对待钞票那样爱惜。他说话的样子和我们认识的所有人都不一样;事实上,他说的很多话我们都听不懂。不过妈妈却似乎听得懂,还常常向他提问,然后看着他随身带在衬衣口袋里的照片,微微叹口气,摇摇她的头。他时常说起有关战争、在空中飞行的事,这些都让我们觉得非常神奇。

他不是本地人。他在某天清晨出现在我家门口,向我们讨一杯茶喝。妈妈带他进屋,给他吃了一顿丰盛的早餐。进门时他的脸上还带着血迹,看上去非常虚弱。而他现在正在厨房中,被一位女士和一群孩子环绕着。他的眼睛闪闪发光,仿佛胡子上也挂着微笑。他告诉我们,他睡在树林里,这在我看来真是个好主意。我还知道,他以前是个士兵,这是妈妈说的。

我对战争有一些了解:我所有的舅舅们都曾参战;自打出生起,我的耳边就充斥着有关战争的谈话。有时候,我常常爬到炉火旁的藤条椅上,闭上眼睛,仿佛看见满身泥泞的男人正趴在战壕里缓缓挪动身体。虽然我只有三岁,却能看见他们摸索着前进,继而又战死沙场;之后我便感到自己比他们还要苍老。

但这个人看起来不像一个士兵。他不像我的舅舅们那样佩戴着闪亮的饰品、束着皮腰带、胡须上打着蜡。他有一副小胡子,穿着破烂的卡其布军服。不过我家的女孩子坚持说他就是士兵,而且她们是悄悄说的,仿佛这是个秘密。而当他来到我们家吃早餐的时候,我看着他蜷缩在炉火旁,披着枯叶和泥土的外套,身上蒸腾出缕缕水汽,就能想象到他睡在树林里的情形。我想象他正睡着觉,忽然爬起身去打仗,然后找到我家想讨一杯茶喝。他就是战争,战争就真实地在那里;我很想问问他:"那片树林里的仗打得怎么样了?"

但他从来没有告诉我们。他只是坐在炉火边喝茶,咕噜咕噜一饮而尽,然后大口喘着气。炉火烤着他的衣衫,将湿气吸出来,袅袅的水蒸气升腾而起,仿佛是从他身上飞出的鬼魂。他发现我们正注视着他,便从胡子底下露出一个微笑。随后,哥哥杰克拿一把勺子当作手枪,一边朝他射击一边说:"我是个士兵!"他温柔地回答:"是的,孩子,你会成为比我出色的士兵的,总有一天。"

当他这么说的时候,我便十分好奇那场战争中到底发生了什么。因为他是个差劲的士兵,所以才穿着破破烂烂的衣服吗?还是说在树林里的那场战役里,他被打败了?

但后来他再也没有出现过,我便知道他确实是被打败了。女孩们说,一些警察把他押进卡车带走了。妈妈长叹一口气,为这个可怜的人感到悲哀。

天寒地冻,狂风呼啸,在一个我从未见过的天气里,妈妈突然消失不见,前去探望父亲了。那一路很遥远,远到我看不到尽头。我记不清她是怎么走的,不过仿佛就在突然之间,屋子里只剩下那些女孩子们。她们拿着笤帚和抹布,到处翻来滚去,争执不休,吵吵嚷嚷,偶尔想起来便赶我们上床睡觉。屋子里和食物中都出现了一股新的味道,每顿饭都像遭到了邪恶法术的诅咒,冷冰冰、半生不熟,或是烧煳成焦黑的颜色。玛乔丽累得气喘吁吁,忙得不可开交,她只有十四岁,却担负起照顾全家的责任。我的袜子滑下来了,一直堆在脚踝处。我也有很长一段时间没洗过澡了。黑色的树叶被风扫进屋子,在角落堆成小山。然后下雨了,地板也在出汗,一排排没拧干的衣服挂满了厨房,水珠滴滴答答,忧伤地掉在我们身上。

但我们还是吃下了那些食物。女孩们一阵阵地咯咯傻笑,在输掉的游戏中玩得精疲力尽。随着日子一天天地过去,房间变得越来越混沌无序,我甚至分辨不出每间屋子的样子。不过如今,我终于能自由自在地生活了。我在花园里挖泥巴,浑身脏兮兮的,像獾一样黑。我还可以随心所欲地流鼻涕,就像奔跑的双脚那样无拘无束。我穿着靴子蹚过水沟,撕碎床单当作绑腿,假装自己是个士兵,在积满落叶的沼泽地里行军。我可不能放过这宝贵的机会，于是我闲逛到很远的地方，生吃各种杂七杂八的东西：彩色的浆果，鲜嫩的枝叶，甚至是蠕动的蛆虫。每天我都感到难受，不过我却对这样的自作自受感到自豪。

这段时间，姐姐们在房子里来回穿梭，楼上楼下疯跑不停，然后被漏进屋的雨水从四面八方围住；男孩们则变得越发邋遢脏臭。床单被熨煳了，平底锅烧焦了，沸腾的热水从烧水壶里溢出来，女孩子们养的娇贵的小鸟在混乱中横冲直撞，由此，这个"玩具小屋"变成了一幢"疯狂小屋"。桃乐茜露出无奈的傻笑，范妮丝对着盘中的蔬菜哭泣。而当乱糟糟的一天结束时，玛乔丽就会说："我真想躺下来死掉，要是我还找得到躺下来的地方的话。"

如果有人说这就是世界末日，我丝毫不会感到惊讶——似乎万物的征兆都指向这个结论。天幕沉沉低垂，随着乌云翻覆旋转；森林昼夜呼啸不息，发出惊涛拍浪的巨大声响。一天，当我们围坐在厨房餐桌前用家中最好的铜烛台敲碎胡桃吃时，玛乔丽从镇上回来了。她被雨水打湿，看上去闪闪发光。她为我们带回了面包和点心，但脸色也非常苍白。

"战争结束了，"她说，"不会再打仗了。"

"这不可能。"桃乐茜不可置信地说。

"是商店里的人告诉我的，"玛乔丽回答，"他们还给大家发梅子干呢。"她递给我们一大包果脯，我们大吃起来。

女孩们一边泡茶，一边谈论这件事，而我则确信这就是世界末日了。我全部的人生就是这场战争,而战争就是整个世界。现在战争结束了,所以世界末日也就到来了。这件事对我来说就是这样,没有别的解释。

"我们出去走走,看看发生了什么事。"桃乐茜说。

"不过你知道,我们不能把小孩子单独留在家里。"玛乔丽说。

于是我们一起出门了。外面很黑,村子里的一个个屋顶都在闪光,与乱哄哄的歌声交相呼应。我们手牵着手走进雨中,翻过山坡,走进村庄的街道。一户人家的花园里,燃烧的篝火正噼啪作响。火光中,一个女人上蹿下跳,全身被映照得如魔鬼般通红;她的手里拿着一个水罐,嘴里发出不那么像歌声的哭喊嚎叫。其他人家的花园里也燃起了篝火。一个男人走过来亲吻我家的女孩们,而后纵身一跃跳上马路,结果不幸扭伤了一个脚趾,跌落在泥水中并一躺不起;他像青蛙那样抖动双腿,竟然还呱呱扯着嗓门唱出一首嘹亮的歌。

我很想停下来继续看他,我之前从没见过这样的人,特别是在这种狂野有趣的滑稽氛围中。不过,我们还是匆匆前行了。我们走到小酒馆的门口,探头往窗户里面看去。酒吧里灯火通明,好像着了火一样。从被雨水打湿的玻璃窗看进去,那些面色潮红的男人们似乎膨胀了一圈,纷纷扑进火焰。他们吞云吐雾,从金灿灿的酒杯里饮下烈火。我怀着敬畏的心情聆听他们发出的巨大喧嚣。这个时候可是什么事都可能发生的。果不其然,一个男人站起身来,像捏碎核桃那样捏碎了一个玻璃杯。

他攥着杯子碎片,狂笑着让大家看他流血的伤口——不过血色倒也和常人没什么不同。另外还有两个男人,他们互相挽着胳膊,跳着华尔兹舞步一路溜出了大门。之后他们打起架来,互相破口大骂,撞到墙上又摔倒在地,一同滚下了漆黑的山坡。

黑暗中,一个女人尖叫起来。"吉米!吉米!"她哭叫着,"噢,吉米!他们会杀了他的!我要请牧师来,我一定会的!噢,吉米!"

"但愿他们没事。"桃乐茜既震惊且愉快地说。

"小家伙们该回家睡觉了。"玛乔丽回答。

"再待一分钟,就一分钟。今天不要紧的。"

后来,村里学校的烟囱着火了。火花像喷泉一样喷向夜空,在风中翻滚着、扭动着,然后溅落到道路上弹跳舞蹈。烟囱好似点燃的礼花,发出嘶嘶声响;火焰如同巨大的火箭,从烟囱中射出,将房子里的东西都喷了出来。于是我期盼着,希望看到椅子、桌子、刀子、叉子也接连喷出、熊熊燃烧的场景。覆满苔藓的地砖被硫黄味的浓烟熏染,烟囱的裂缝里渗出了黄色的烟雾。我们站在雨中,入神地看着眼前的一切,仿佛这盛大的景象是专门为今天而准备,这幢喷火的房子也是特意预留的,要与这一年乱七八糟的东西一起,共同飞入烈焰与欢庆中去。

每个人都在喊叫,扭打,歌唱,醉醺醺地喝着啤酒,欣赏着眼前的火光。是的,如今战争结束了,但之后又会发生什么呢?我那些在战争中幸存下来的舅舅们,他们将会做些什么?这些高大的、来自远方的男人们,猝不及防地突然出现在我家门前，浑身散发着皮革和马匹的气味。我们的父亲又将是什么样子，是会穿着卡其色军装，同其他男人一样，还是会十分特别、和别人都不一样？他的照片挂在钢琴上方，看起来整洁而高傲，帽子上别着徽章，留着尖尖的小胡子——我都把他和皇帝搞混了。战争结束了，他会不会已经死了？

我们凝望远处燃烧的校舍烟囱，闻着弥漫在山谷中的烧焦气味，我知道，大概某些极为重要的事情就要发生了。我无时无刻不在寻找一个壮烈的句点，终结我这已然漫长的一生。噢，这是战争的终结，也就是世界末日吧！雨水灌进了我的鞋子，而妈妈也已消失不见。我再也不期待能见到明天。

第二章 名字

和平到来了,但我看不出和往日有什么区别。妈妈从遥远的地方回来,带回许多令人兴奋的故事:那些疯狂的场景,人们是如何停下脚步、公然在大街上相互亲吻,然后爬上雕塑大喊它的名字的。不过,和平究竟是什么呢?食物的味道尝起来没变,汲水泵里的水还是那样冰凉,我们的房子既没坍塌也没变得更大。冬天到了,带来一种阴暗、饥渴的悲伤。村子里忽然挤满了陌生的男人,他们四处闲逛,腿上装了支架,穿着卡其色的裤子,抽着短烟斗,抓挠自己的胳膊,然后默默注视着自己家的花园。

我根本无法相信这就是和平。它既没有带来天使的降临,也没给出合理的解释;它既没有改变我那昼夜交替的生活本质,也没能为院子里的烂泥镀上一层金漆。所以我很快就把它忘得一干二净,又回到了从前刨土挖洞的游戏中,在屋内屋外探索着各种神秘的谜题。我家的花园角落仍在源源不断地供应着野草藤蔓、发黑的卷心菜、石子石块和花梗叶柄。而房子里则划分成不同的区域：有的地方热，有的地方冷；有黑漆漆的洞窟，也有絮语喃喃、吱呀作响的木板；有恐怖的地段，也有神圣的庇护所。与之相伴的则是数不清的物件和装饰品：它们被折叠、束紧、发出尖叫和叹息、打开又关上、叮叮咚咚地唱歌；它们被挤压、刮擦、切割、烧灼、旋转、推倒，或是跌落在地，被摔得粉碎。此外，还有一个散发着胡椒味的橱柜，一个发出清脆铃声的地窖，一架嗡嗡作响的钢琴，一团团干枯的蜘蛛，打闹不停的兄弟，以及来自家中女性们的永恒慰藉。

那时我还年幼，可以和妈妈一起睡，对我而言，这依稀就是人生的全部目标。我们一同睡在一楼卧室的软床垫上，床的四周装饰着黄铜柱子和帷幕。全家所有人里只有我能与妈妈相拥入梦，享受比别的孩子更多的宠爱。这是我的特权——至少在我看来。

于是，在无数个夜晚，在妈妈浓密的秀发里，我酣然入睡，享受香甜的美梦。我昏昏沉沉地依偎着她温软的身体，她的床为我护佑，给我满满的安全感。尽管房子十分宽敞，白天里我们不常在一起，但当夜晚到来，我们便可以并肩躺下，享受独处的时光。在我眼中，黑暗就像黑刺李的果实，沉重而成熟，仿佛随时就会掉落，令人触手可及。这时的黑暗是一种极乐的幸福，是单纯的倦意与柔情，当所有尖锐的棱角被打磨圆滑，一切都恰到好处，令人感到悠闲而自在。而在哭闹喊叫、迫切想见到妈妈之后，我终于如愿睡在她的身边，发现妈妈并没有偷偷逃跑。

妈妈终于从一天的辛劳中解放出来，像个快乐的孩子一样睡着了。她将身体蜷缩在睡袍下，天真地呼吸着，从枕头上传来轻柔的鼾声。在她飞翔的梦境中，她紧紧抱住我，像拼命抓住身后的降落伞；或是舒展开她巨大的疲惫身躯，将我紧紧裹住，让我像一只陷入干草堆的小老鼠般惬意地蜷伏在她身上。

当我们蜷成一团说着悄悄话时，静默的黑夜一定深感嫉妒，这样的殊遇就像我们白天不说的小秘密，使我凌驾于其他人之上。这是专程为我降临的黑夜，为我一人——我是她黑夜中的王子。只有我知道她熟睡的样子——死寂的脸庞、裸露臂膀下隐藏的巨大无助。天刚破晓她便起床，跌跌撞撞地回到厨房，但就算在这个时候，我也没有完全被她遗弃。我滚落到妈妈残梦的幽谷中，沉浸在她遗留的薰衣草芳香里，我把脸深深埋进枕头，再次进入梦乡。这时，她已从我们的巢穴离开，只剩下我一个人。

三岁那年，我希望能永远睡在妈妈的床上。我已经记不清是从哪天起与她分开的。但我长大得很快，不再是最小的孩子，弟弟托尼正躺在婴儿床上等待接替我的位置。当我第一次听到家人小声议论要把我搬到男孩卧房时，我完全不能相信这个事实。当然，妈妈肯定不会同意的，对吗？她怎样才能面对没有我的夜晚呢？

姐姐们讲了很多安慰和讨好的话，想要说服我。她们说："你已经是个大男子汉了。""你得和哈罗德、杰克他们一起睡。""你觉得怎么样？"我能觉得怎么样呢？对我来说，这件事想想就让人气愤。我请大家再动脑筋想想办法，于是又拖延了几个晚上——那是我睡在柔软大床上的最后几个晚上。后来，姐姐们又换了一种口吻哄骗我："只是几天而已，之后你还可以回来和妈妈睡。"我其实不太相信她们，但妈妈始终一言不发，我只好暂时屈服，到男孩们的卧房去睡。

但从此以后，我再也没被叫回到妈妈的大床上。这是我在人生中第一次遭到背叛，第一次尝到"长大"的苦头，也是我学到的第一堂课，从女人们温柔而无情的拒绝中吸取了教训。后来，没有人再提起此事，我也逐渐接受了现实。但这件事过后，我却变得更坚强、更冷酷了一些，将更多的注意力转移到外面的世界中去。穿透层层薄雾，世界在我眼前也越发清晰起来。

最初，这个院子与这个村庄像被施了魔法一样展现在我眼前，令人感到恐惧。它们的影子连同我的幻觉一起投射在我的脑海中，为我画出了魔鬼的草图。我听见自己"怦怦"的心跳声，它们不再是从前那样独特的钟表滴答声，而像从外面闯入的怪物们大肆进军的脚步声。这些家伙就是传说中来自"世界"的生物，它们是来抓我的。它们把头藏在装满面包的篮子里，正急速爬上山坡，随着我心脏的跳动，咕咕哝哝地抱怨着。后来我猜想，这可能是我早年头痛的症状，但我每天都焦虑不安地等待它们的到来。不过，虽然这些"行军者"的前进是如此执着，却从来没能越过村庄的边界一步。

这些是白天里令我忐忑不安的事，但我没有告诉任何人。

不过到了夜晚可就不一样了，这是当然，黑夜千奇百怪的面孔让我异常恐惧——垂死摇曳的烛光、黑暗中的关门声、上下颠倒的脸孔、地底的诡异洞穴。一到晚上，我的想象力就会疯狂爆发，使我惊悚得想要大声尖叫。除此之外，屋里还有一些"老魂灵"，他们就住在墙壁间、地板下、厕所马桶里，一刻不停地注视和品评着我们，冷酷而刻毒。显然，这些神灵早已陈腐发霉，不过却总能成功地约束我们这些男孩子的举止，而姐姐们则会无耻地用咒语把他们召唤出来。老实讲，在一个没有父亲管辖的房子里，这些家伙倒是完美的代理监护人。

不过在很长的一段时间内，倒还真有一个活生生的老"异教徒"形象在管辖着我们。它来拜访我们的次数不多，但次次都是有意而来。每次出现时，它都以帝王和魔鬼的双重姿态走过我们中间，女人们往往为此大受惊吓。

我还记得第一次亲眼见到它的情形，至今还能回想起当时的那股盐味。在一个白霜晶亮、月色冰凉的冬天夜晚，我们像往常一样坐在厨房里。炉火温柔地燃烧，烛光微微摇曳，女孩们懒洋洋地闲聊着家常，我半睡半醒地趴在餐桌上。突然间，玛乔丽说："嘘……"

她显然是听到了某种声音，不过人们总会听到各种各样的声音，这倒没什么可稀奇的。我醒了过来，也迷迷糊糊地侧耳倾听。其他人同样高度紧张地努力听着，连一根羽毛飘落的声音都不放过。最开始我什么都没听到。一只猫头鹰在红豆杉树枝头悲鸣，从另一棵树上传来了回应的啼叫。然后桃乐茜说：

"听!"妈妈也大喊:"嘘!"这声警告把我们都吓坏了。

我们如同一群失去雄鹿保护的母鹿和小鹿,将脑袋紧紧靠在一起。之后我们听到了那个声音,它从远处乡间小路传来,微弱但确凿无疑——是金属拖过结霜地面和铁链断断续续的磕碰声。

女孩们交换了一个惊恐的眼神,她们明亮的眼睛瞪得大大的,写满了大难临头的恐惧。"是它!"她们低声说,声音颤抖着,"它逃出来了!是它!"

没错,确实是它。妈妈扣好门闩,吹灭了油灯和蜡烛。然后我们挤成一团,蜷缩在炉火闪烁的黑暗中,等待它厄运般的到来。

铁链的拖沓声越来越大、越来越近,在黑夜中嘎嘎作响。它踏着冷酷的步伐,脚印被月光照亮,顺着远处的小路,朝我们踉跄走来。女孩们在椅子上坐立不安,又紧张又兴奋地咯咯傻笑,看上去像是要丧失理智了。

"嘘,"妈妈警告我们,"别出声,别动……"她的脸因惊恐而扭曲变形。

女孩们恢复了理智,静静等待着,身体颤抖着。铁链的嘎嘎声越来越近了,经过小路,绕过街角,走上山坡——然后伴着鼓点似的步伐,它来了……此时家里乱作一团,女孩们再也忍不住了。她们跳起来,好奇地尖叫着,跌跌撞撞穿过炉火闪耀的厨房,用手将幽暗的窗帘一把拉开……

夜色中,这头野兽骄傲地走过,头上两只庄严的兽角为它加上了国王的冠冕。它乳白色的眼睛被道道月光温柔轻抚,巨大的身躯长满蓬松的毛发。它的脚步拘谨僵硬,像是踩着高跷,银色的胡须随之左右摇摆。缠绕的铁链被扯断了,沉重地拖在它的肩膀和后腿上。

"是琼斯的山羊!……"桃乐茜低声说,简单的字眼中几乎满是崇拜之情。它可不是一只迷路的动物,而是一头象征着远古之梦的神兽。它是月光下的漫游者,走过乡间小路,一半是俘虏,一半是发情的国王。它像雪特兰马一样强壮、毛发浓密,每个男人都惧怕它。事实上,乡绅老爷①琼斯已经用铁链拴住了它,并用长五英尺的长钉子将铁链钉入地面。然而每到月色皎洁的夜晚或夏天,不论铁链还是钉子都没法把它拴住。那时,它会用鼻子哼哼呼气,前蹄凌空,身子立起,挣断拴在地上的铁链,然后追寻着它的欲望,穿越整个村庄。

我常常听人说起它,不过现在,我终于亲眼见到它了。它蹒跚地走过街道,宛如神灵般苍老,拖着它的铁链,仿佛披着一件长袍。它的呼吸中带着一股盐味。它每走几步就嗅嗅空气,应该是在寻找朋友,抑或一个可以加害的家伙。不过它一直踽踽独行,没有碰见任何人,它穿过的是一个空荡荡的村庄。女儿和妻子们躲在黑暗的卧室里偷看它,男人们手握着斧头,在阴影中等待着。而在这个时候,它呼出刺鼻的臭气,仿佛在展现自己的力量;月光下,它通体洁白,走出一条令人敬佩的道

---

① 17世纪末至20世纪初的英国乡村里往往有一个主要的士绅家庭,拥有大部分土地和最大的庄园,其家族领导人是庄园领主,被称为"乡绅老爷"(Squire)。

路……

"你见过这么大的山羊吗?"桃乐茜叹息道。

"它会把你撞倒,然后狠狠踢你的。我听说它就撞倒过科恩小姐。"

"想想吧,要是一个人回家的时候正好撞见它……"

"你会怎么办?"

"我会对它勃然大怒。你呢,范妮丝?"

范妮丝没有回答——她已经逃跑了,躲在食品储藏室里歇斯底里地哭叫起来。

在我看来,琼斯老爷这只形似恐怖分子的山羊大概是那个时期的一种自然现象,是这个野兽和幽灵的出没就如人们走路一样常见的村子的一部分。它们都是这个社区的成员,尽管习性有所不同——有的很善良,有的让人唯恐避之不及;有些根据一年中月亮的圆缺露面,有些则在一天的白昼或午夜现身。

根据不同的属性,它们可能发出警告、送来祝福,也可能使人发疯。这些家伙有死亡之鸟、大马车、巴洛克罗小姐的鹅、刽子手的房子,还有双头羊。

至于双头羊,倒是没有太多可以解说的,除了它上了年纪还说英语之外。它独自住在凯斯伍德松林里,只在天空闪电之际现身。它能用两种声音唱出和谐的歌,还能用自己的两个脑袋争论上几个小时,许多经过那片松林的旅客都听到过它的声音,不过却几乎没有人亲眼见过它。如果你碰巧在雷电交加的暴风雨中遇上它,还有胆量上前询问的话,它就会告诉你,你将在何时、以什么方式死去——至少人们是这么说的。不过事实上，没有人想要真正领教这头野兽的威力。每当"羊之闪电"出现在凯斯伍德松林上方时，大家都觉得还是远离那里为好。

公牛十字路口的大马车是另一个不祥的征兆，也是一位经常在午夜时分到访的来客。公牛十字路口实则是一片荒野，处在山鞍之上，高高坐落在山谷的尽头，曾经是车马和牛群行经驿道的交叉路口，连接着伯克利到伯德利普、比利兹到格洛斯特集市的两条路。古老驿道的遗迹仍深深印刻在草地上，也烙印在老一辈村民的记忆中。在这里，在任何一个午夜——特别是新年前夜，人们都会看到一架银灰色的马车，被闪耀着熊熊火光的马群拉着，犹如失控一般风驰电掣地奔过；人们会听到好似手枪噼啪射击的缰绳崩断声、乘客的尖叫声、木头的劈碎声，还有车夫绝望的吼叫声。这种场景让人联想到远古时期的灾难，然后不断地在每个午夜重新上演。

那些没见过它的人总吹嘘说自己见过，不过真正见过的人却绝口不提。据说，大马车对那些多嘴的目击者下了诅咒，我们都对这个诅咒深信不疑——到了夜晚，你就会变得全身惨白，牙齿尽脱，最终被马匹踩踏而死。所以有关这个诡异幻象的新闻往往都是二手消息。"昨晚他们又看到那辆大马车了。"哈里·拉兹伯利见过它，人们纷纷传言说，他刚从佩恩斯威克回来，正推着自行车往前走，一看到大马车就丢下自行车，疯了似的狂奔回家。在我们为哈利的悲惨结局感到痛心的同时，大马车的影像仍不断飞驰过我们的脑海，它摇摆着车轮，白光闪闪，向前无声地滑行，就像风雨无阻的邮差一样从未消失。

而幻象背后的那些悲惨景象却总是在我们心头萦绕不去，让人难以忘却。歪斜的马车、四分五裂的车轴、弯如月亮的变形车轮、悲声嘶鸣的马匹踢踏着同伴、死去的乘客陈尸荒野——虽然这只是小规模的灾祸场景，却切实发生在我们本地，即便与当今那些大规模屠杀相比，令人惊恐的程度也毫不逊色。

至于公牛十字路口——那片崎岖不平、风吹草低的荒山野地——我依然不会在午夜时分走到那里。它是一片惹人好奇的寒漠，一座寸草不生的荒岛，高高矗立在众多拥挤的山谷上方。然而它那空洞安静、万物不生的苍凉似乎也被陌生人的闯入惊扰了；在这个无人看守的路口，在路上仅有脚印和马蹄印记的年代，旅客们会心怀疑虑地擦肩而过，或是躺在地上伺机等待对他人实施暴力——抢劫、强奸，或者谋杀。而对于周围的村庄而言，这里不过是一条光秃秃的地平线，一片寸草不生的林中荒地，一块引人注目的风蚀高地而已。因此，这里也只能用来树立绞刑架。后来，一个绞刑架在此屹立多年，年老的村民至今还记得这件事。

在公牛十字路口下方有一片潮湿的黄色树林，我们都知道那里就是"死亡峡谷"。兄弟们和我在那儿发现了一个小屋，它立在一座荒废的花园里，屋顶已经塌了。我们在小屋腐烂的房间里穿梭玩耍，在横七竖八的楼梯间爬上跳下，摘下悬挂在残破窗户外的酸涩小苹果，狼吞虎咽地吃下去。这间小屋就像一堆阴暗的废墟，位于潮湿的树林深处，房间里散发着破旧床铺和霉菌的刺鼻腐臭味;门后悬挂着一只赤裸裸的铁钩子,全身都是血红色的铁锈。

我们一次又一次重回这个安静、鸟雀罕至、阳光照射不到的狼藉废墟。在这里我们可以随意做自己喜欢的事,为所欲为地搞破坏,而奇怪的是,没有任何人会来干涉我们。只是后来,我们知道了这个小屋的历史:这里曾是公牛十字路口的刽子手的家,他和儿子一起住在这里,干着他的营生,最终也在这里自杀。

这幢林中小屋是他特别挑选的,离他干活的地方很近,也很隐秘。那是个饥饿的年代,他的日子过得忙忙碌碌。他是个小心谨慎、工作娴熟的人。一晚又一晚,他闲步走上小山,把当地犯了重罪的犯人挂上绞刑架。在一个暴风雨的黑夜,他像往常一样被召唤到小山上,别人交给他一个浑身发抖的男孩。由于习惯了在黑暗中工作,他干净利落地处决了男孩,停下手来点燃了烟斗。正当他准备回家时,月亮从乌云里露了出来,清晰地照亮了绞刑架。绞架上那张被雨水冲刷的脸歪向一边,正瞪视着他——刽子手看到了他的儿子。面对身旁围观的人群,他一言未发,只是走回他的小屋,将铁钩打入墙壁,套上绳索,上吊自杀了。

从此以后,再没有人住过刽子手的房子,它在"死亡峡谷"中渐渐崩塌,而我们在这里嬉戏玩耍,大嚼苹果,在那个铁钩上荡来荡去,把潮湿的墙皮纷纷踢成碎片……

五岁起，我渐渐认识了周围的邻居——从着装和举止上看，他们中的大多数都算不上规矩老实——我至今还记得他们的名字和做的事情。下面就先从"卷心菜梗查理""魔鬼艾伯特""来自佩恩斯威克的珀西"说起。

"卷心菜梗查理"是我们当地的一个彪形大汉——一个暴力、扎着绑腿、面容瘦削憔悴的养猪户。他活着只是为了两件事——养猪和打架。他最善于引起争执，好像某些男人们是植物，需要他通过寻衅挑事提供热量、用好斗的热血每日浇灌才能生根发芽、茁壮成长。

他每天晚上都要出门，拿他的卷心菜梗当武器，逢人便打。"你怎么了，查理？我可不想和你打架。"路人这么说。"哇！"但查理回应一声，还是上前就打。人们一看到查理走来，不是吓得跌下自行车，就是猛蹬后踏板倒退。查理有着棕色的鹰钩鼻和长满绒毛的手臂，看上去像是个被困在陆地不能出海的北欧海盗；他总是站在小酒馆外，把他巨大的菜梗举到头顶使劲摇晃，喊着："哇！砰砰！"就像漫画里的小男孩，对所有路人挑衅，想和他们打上一架。但他经常在打斗中受伤，还会撇下流血的对手不管，先爬回家照顾自己的猪。"卷心菜梗查理"就像"琼斯的山羊"一样让全村人避之不及、关门闭户。

"魔鬼艾伯特"是村里的另一个报警器——他是一个聋哑的乞丐，身躯就像黑色甲壳虫，腿很短，有着木偶一样的嘴。他那一双温柔的眼睛仿佛蕴藏着不同寻常的力量，让所有看到他的灵魂们都躁动不安。传说他不经意的一个目光就能毁掉一个女孩子、夺走一个男人的男子汉气概,或是把你的大脑思绪搅得一团乱,把腊肉变成绿色的,还能造成其他的家庭混乱。所以每次他来村里乞讨,只要听见他那越来越近的音乐般的傻笑声,大家就赶忙把零钱和食物放在高高的墙头上,然后跑进厕所躲一躲。

再说到"来自佩恩斯威克的珀西",他是一个小丑,也是衣衫褴褛的花花公子。他常常翻山越岭而来,穿着旧式的礼服大衣,扎着绑腿,跑到村里寻花问柳。他不会伤人,有几分智障,只用嘴巴向女孩们求爱。不过他的甜言蜜语足以令她们开心或震惊地尖叫。他有一张粉色的尖脸,身体像舞蹈家般轻盈,女孩子们常常尾随他去各个地方。她们不断挑逗他,让他讲出浪荡放肆的情话,还将丝带别在他的燕尾服大衣上。他就用脚尖打个转,话语从微笑的唇间滔滔不绝地冒了出来,讲得又快速又详细——然后女孩们往往尖叫着跑下山坡,她们脸颊绯红,兴奋而疑虑地躲进树丛,询问着彼此"珀西刚才说的是不是真话?"其实他是一个温和、睿智、举止有礼的人,但没过多久就因为精神疾病去世了。

还有就是"鱼儿威利"。他在每个星期五到来,带着一筐筐鲭鱼挨家挨户地兜售。不过那些鱼实在太不新鲜,连我们家都不愿意吃。威利是个嘴唇松弛、眼神忧郁的男人,因为职业的缘故,女友弃他而去。他总是靠在我家门上,一边吹气一边抓门,述说他是如何失去她的——什么交通不便啊,航海太远啊。然而事情的真相可能是,可怜的威利太过臭气熏人。

在其他人中，我还记得"长牙的汤姆"，他将一袋袋树根贩卖给人们当柴火用。此外还有"兔唇哈利""累赘戴维斯""拳头菲儿"和"前途无量的思迈乐"。前三个人是流浪汉，像小行星一样围绕着各自的轨道运行；最后一个人是脾气暴躁的农场主。在我看来，没有人比他更加不幸了。因为一方面，他是一个憎恶人类的忧郁症患者；而另一方面，脸部偏瘫又使他变得口眼歪斜，形成了一副永远灿烂无比的笑容。于是所有人都会被他温暖的笑容所感动，快乐地向他高声打招呼。然而，当他用明媚的脸孔对着他们亲切微笑时，实则正在心里狠狠咒骂着所有人。

在白天，时常有两位来客到访公牛十字路口：约翰·杰克和以马内利·特宁。约翰·杰克常常站在公牛十字路口的路标旁，忧郁地凝视威尔士的方向。他为人沉默、野蛮，拥有一副俄罗斯人的长相，和妹妹南希住在一起。在过去这些年里，南希已为他生育了五个孩子，都有着惊人的美貌。另一个人——以马内利·特宁，则是一位温和的老人，他用医院的毯子为自己做了一套衣服，带着一匹马住在路口附近。

以马内利和他的花斑马有许多相似的地方，包括共同使用一个厨房。几乎每个晚上，都有人看到这样的景象：他们灰白的脑袋靠在一起，双双探出窗户。而独自一人的时候，老者仿佛远离了尘嚣，看上去是那么忧郁，那么遥远，姐姐们禁不住对他唱起赞美诗来：

噢来吧,噢来吧,以——马——内——利

赎罪的俘虏以——色——列

听到歌声,他点点头,向我们温和地一笑,也随着哼唱起来。他是如此年老,如此遥远而奇特,以至于我深信这首赞美诗就是为他而作的。他身穿天蓝色毛毯制成的衣裳,他的名字是以马内利,很容易让人误以为他就是上帝[①]。

在1921年那个漫长而炎热的夏天,全国遭遇了一场严重干旱。泉水枯竭,井底挤满了青蛙,我家汲水泵里一贯流出的甘甜的水如今变成了棕色的,还带着一股铁锈的味道。尽管这场旱灾让我们家松了一口气,但对村里的其他人家来说却无疑是一场灾祸。接连几个星期,高悬的天空蔚蓝而炙热,树木枯萎,庄稼在田野里燃烧。听老人们说,这是太阳脱离了轨道,过不了多久我们所有人就都要死掉了。有不少人前去祈雨,但我们家没有参加,因为下雨是我们最害怕的事。

旱灾仍在持续,人们只好放弃祈雨,采取了更极端的手段。最后,背着步枪的士兵爬上了山坡,朝着飘浮的云朵开枪射击。当我听到他们干涩的枪响好像树枝在寂静中突然折断,我知道,我们漫长的休战时间结束了。不过完全可以确定的是——不论祈雨还是射击,亦或只是大自然简单的轮回——旱灾在不久后

[①] 以马内利(Emmanuel),在《圣经》中是先知及圣徒对耶稣基督的别称。

就结束了,仿佛从未下过雨一样,天上下起了倾盆暴雨。

我还记得那天夜里,我从睡梦中惊醒,跑向正在尖叫的妈妈,看到窗外的黑暗在嘶声咆哮,树木被风雨猛烈摧残。恐惧,古老的恐惧又来了,一如往常那般总是在午夜时分突然来临。

"起来!"妈妈大喊道,"水来了!快起来,不然我们都会被淹死!"

我听到她拼命"砰砰"敲墙的巨响,像是末世厄运到来的前兆。妈妈已经发出了警告,我没法继续躺在床上或思考,也根本没法保持理智。我吓得汗毛倒立,不假思索地跳下床,与大家互相推搡着跑下楼梯。

我们家的窘况是显而易见的,因为我们的生存完全依赖于大自然的慈悲——我家的小房子坐落在陡峭的山坡上,那里恰巧是洪水流经的路径。天堂的每一柱水流都直接通往我们的家门口,而用来排水的设施只有一个小小的排水沟。一旦排水沟被堵住——通常是立刻就堵住了,洪水就会涌进厨房——而由于房子没有后门,洪水便无法再次流出去,当时的我确信,我们肯定会被活活淹死在里面。

"噢,见鬼!"妈妈哭叫道,"这该死的!耶稣怜悯我们吧!"

我们哭哭啼啼地抱怨着,四处奔走寻找扫帚,然后跑出门应付暴风雨带来的灾难。不过为时已晚,排水沟已经堵塞了,院子里溢满了水。哗哗的雨声淹没了我们的哭喊和啜泣,我们什么都做不了,只能拼命扫水。

那些午夜里的惊醒是多么令人惶恐不安,那些喇叭似的鸣叫破坏了我们的睡眠:黑暗、盘旋的狂风、透明的雨水、树林的咆哮、云朵的爆裂、惊雷的霹雳、闪电的猛击、洪水的上涨,还有焦躁发狂的妈妈。女孩子们身穿睡袍,手里端着"噬噬"作响的蜡烛,我们这些男孩则忙着清理排水沟。鞭子般的雨水打在身上、灌进衬衫,让又惊慌又寒冷的我们颤抖不停。

"再多拿些扫帚!"妈妈一边大喊,一边上蹿下跳,"快点,大家!看在上帝的分儿上!扫得再用力点,小伙子们!仁慈的圣徒在上!水已经淹到门口了!"

洪水汩汩流淌,将我们紧紧包围,泛着浮渣般浓稠的黄色泡沫;雨点如子弹打落,激起水花和水泡。积水一寸寸地缓慢流向我们的屋门。排水管现在已被淹没在水下了,我们为了保命只能拼力扫水。被打湿的蜡烛发出"噬噬"声,一根又一根接连熄灭,妈妈只好用报纸点起火把。我们在喊叫和雷声中与齐膝的洪水奋战,水花四溅,全身湿透,几乎就要哭出来,被巨大的恐惧所淹没。

事实上,一时之间,洪水确实已灌进了屋内,大概有两三英寸深。它像一股蛋奶糊,从台阶上缓缓流入,向四处漫开。这个时候,妈妈的悲伤几乎到了能唱出挽歌的地步,仿佛全世界都被召唤而来,旁观着这一切。整个夜晚都弥漫着戏剧化的气氛:神祇遭受审问,圣徒们被要求建立秩序,而命运之神则受到严厉的谴责。

到了第二天清晨,厨房里乱作一团,地垫上沾满了黏糊糊的稀泥。接下来就是漫长的令人郁闷的清洗工作——将泥块刮去,把地垫装进水桶浸泡。妈妈跪在地上,绞着双手,无助地环望四周。

"真不知道我是造了什么孽,要我这么操心和劳累。什么时候才能把这房子清理干净啊。就算是天使或圣徒,也没法在这么多麻烦事面前保持耐心……我可怜、可怜的孩子们啊,我的心肝宝贝们啊——想想看吧,你们没准会死在这个脏兮兮的洞穴里,但没有人在乎——一个活人都没有。看看那个该死的水桶!"

除了噪声、眼泪和泥泞,回想起来,这些洪水真的不算太糟糕。不过无法否认的是,它们确实让我深受惊吓。洪水可能会涌入我们家,这个念头对我来说比大火还要可怕。此后,每到风雨大作的午夜时分,我都会静静蜷缩在床上,听着雨脚抓挠窗户、狂风扑打墙壁的声音,禁不住联想到我们家、我们的房子,以及所有的家具一齐被卷进水流、永远地沉入排水沟中的场景。

不过没过多久,我就如释重负了:因为我发现我们的房子是坐落在半山腰的,所以我们不太可能会淹死,而妈妈的疯狂和恐惧则是因为其他一些事情。由此看来,我依然可以在雨夜里安心入睡。但即便这样,直到今天,每当天空突然阴沉、暴风雨在西天酝酿、风中传来下雨的气息、惊雷发出第一声咆哮的时候,我都会紧张不安,不由自主地起身四处寻找扫帚。

第三章　乡村学校

我们全家迁居到的这个村庄有二三十幢房子,它们散乱地分布在山谷东南方向的陡坡上。山谷狭长而陡峭,近乎与世隔绝;同时,它还是一道漏斗形状的风口,一条洪水流经的河道,以及一座草木葳蕤、鸟雀云集、昆虫蹦跳的阳光小岛——但凡阳光可以照射进来的话。这里不像温德拉什地区①那样地势高耸和视野开阔,但却有着神秘的起源:早在我们到来之前,高山上消融的冰盖将崖石侵蚀,形成了后来陡峭的断崖。如今,陡坡被洪水蚀刻的遗迹仍然清晰可辨,牛群沿着边缘从上面走过。这里就像一座岛屿,被渡尽劫波后的各种稀奇古怪的幸存者们占领——比如,奇异的兰花和罗马蜗牛;另外,石灰岩中流出的泉水里富含某些化学物质,使这里的女人们患上了甲状腺肿大的疾病,颇有前拉斐尔派画中人物的风韵。山谷的侧面生长着肥美的牧草,山顶则覆盖着茂密的山毛榉林。

---

①英国温德拉什河(Windrush River)流经区域。

居住在谷底就如同生活在豆荚之中，除了睡觉的床，其他什么也看不到。远处的树林形成了一道地平线，成为我们眼中的世界尽头。接连几个星期，树木在狂风中摇摆，发出干涩的嘶吼声，宛如这片风景天然的话语。冬天时，它们结冰的树枝相互敲击碰撞，叮叮当当，为我们摇起铃铛；夏天时，它们勾勒出山坡的轮廓，若隐若现的样子好似一层层绿色的浓稠岩浆。无数个清晨，在晨雾和晓光中，它们蒸腾起朦胧的水汽；而几乎在每个黄昏时分，它们都为我们送来彩色的绸带，将背阴处难得一见的夕阳反射过来。

山谷里最活跃的东西要数水了，它从威尔士而来，乘着漫漫大雨抵达这里。整日间，雨水滴滴答答下个不停，从云朵里，从树林中，从房顶、屋檐和鼻翼上掉落。它洒在宽阔的道路上，在花园里形成水渠，积满水沟，发出吮吸的声音。男人们与马儿披着麻布袋踟蹰徘徊，鸟儿在淋湿的枝头抖落彩虹，小溪从洞窟里流出来，又流回洞窟中去，就像喧闹的地下火车。

我也记得山坡上的光芒、树丛和山洞间长长的影子，还有彩绘瓷器般优美的牛群，它们踩着步子前进的身影，悠悠地在我心上回荡。蜜蜂像蛋糕屑一样掠过金色的天空，洁白的蝴蝶则似沾满糖霜的薄脆饼。而不下雨的时候，钻石般晶亮的灰尘为万物蒙上了薄纱，又将一切都放大。

村里的房屋大多用科茨沃尔德的石头建成，劈开的石块被用作屋顶的瓦片，瓦片上生长出一种金黄色的苔藓，宛如结晶的蜂蜜般闪闪发光。房屋的后面是狭长而陡峭的花园，充满了卷心菜、果树林、玫瑰、兔笼子、干土防污厕所、自行车、养鸽房之类的东西。山谷的排水坑边浸泡着乡绅老爷的大庄园——它曾是一座非常精美但颇为朴素的16世纪庄园，建筑正面采用的是乔治王时期风格。

村里人主要靠三种方式谋生：为乡绅老爷干活，在农场里劳作，或是到山下斯特劳德的织布厂里做一份差事。除了那座大庄园以及数量充足的各家后花园（艰难的时世里，这可是生活的基本保障），一切其他的日常需求都可以在以下场所得到满足：一座教堂，一间小礼拜堂，教区牧师的宅邸，教士的住所，一座小木屋，一间小酒馆——以及，一所乡村学校。

那时，乡村学校为我们提供了所需的一切指导。校舍是一座石块搭成的小谷仓，中间用木板隔成两个房间——幼儿室和大孩子室。学校里有一位已婚的女教师，可能还有一名年轻的女助理。山谷中所有的孩子都挤在学校里，一直待到他们十四岁为止，之后便去往工厂或其他地方工作。他们的脑袋空空如也，只存储着些许记忆的碎片、一张战争年表，还有一幅梦幻的世界地理图像。不过无论如何，这些已经足够他们应付生存所需了，比我们可怜的祖父祖母们还要强出许多。

在我入校时，这所学校正处在它的鼎盛时期。国民教育的普及和反常的高生育率使得学校里人满为患。那些野蛮的男孩女孩，来自方圆几英里外的地方——从山谷尽头偏远的农庄和隐蔽的肮脏小屋前来——每天一窝蜂地涌入我们中间，增加着学生的人数，带来奇怪的咒骂和浑身臭气、奇装异服与惹人好奇的馅饼。他们是头一回使我感到惊奇的世界上的景象（除却我们家的女性温暖以外）；而我并没有指望自己能在其中活得太久。当这一切终于来临的时候，我只有四岁。

在一个清晨，没有任何征兆的，姐姐们将我团团围住，替我裹上围巾、系好鞋带。她们把帽子戴在我的头上，然后往我的口袋里塞了一个烤马铃薯。

"这是什么？"我问。

"你今天就要上学了。"

"我不要。我要待在家里。"

"现在，快点，洛瑞。你已经是个男子汉了。"

"我不是。"

"你是。"

"哇——呜。"

她们一把将我抱起，尽管我乱蹬乱踢、大哭大闹，但还是被抱上了上学的路。

"不上学的男孩子会被装进盒子，变成兔子，等星期日一到，就会被剁碎。"

我觉得这种做法实在太过分了，但听了这话也就不再言语。我就这么上学去了。那时的我只有三英尺高，被裹在厚厚的围巾里。学校的操场像个乱哄哄的竞技场，马铃薯的热气灼烤着我的大腿。旧靴子、破烂的长袜、撕破的长裤和短裙，在我身边奔来跑去。一群小混混向我逼近；我被包围了；沙粒像弹片一样打在我的脸上。卷发的高个子女生、手肘尖利的强壮男生,他们以一种令人害怕的兴趣戏弄起我来。他们用力拉扯我的围巾,让我像陀螺一样团团转,拧我的鼻子,还偷走我的马铃薯。

最后,我被一位和蔼可亲的女士救了下来——一名十六岁的年轻教师。她教训了那几个家伙,擦干我的脸,将我领到了幼儿室。上学的第一天,我一直在往纸片上戳洞,然后憋了一肚子闷气回到家。

"怎么了,洛瑞?你不喜欢学校吗?"

"他们根本没给我礼物!"

"礼物?什么礼物?"

"他们说要给我礼物的。"

"喔噢,不过,我想他们没这么说过。"

"他们说了!他们说'你是洛瑞·李,对吗?那好,你乖乖坐在那里,等礼物吧[①]。'但我在那里坐了一整天,根本没收到礼物!我再也不要回去了!"

然而只过了一个星期,我自己也变成了捣蛋高手,同其他人一样胆大包天:有人偷了我的烤马铃薯,我就拿走别人的苹果。幼儿室里堆满了我从没见过的玩具——五颜六色的模型和黏土卷轴、塞满填充物的小鸟与涂色的人偶。还有一个学算术用的珠串盘,年轻的老师在拨弄它时就仿佛弹奏一架竖琴,她温暖的胸襟抵住我们的脸颊,引导我们的手指灵活游动……

[①]原文是"for the present",老师让洛瑞暂时先坐一会儿,被洛瑞误解为要给他礼物,"present"有"礼物"的意思。

美丽的女助理最后还是离开了我们,取代她的是一位富有的寡妇。她个头很高,身上散发着浓郁的香气,如同一车满载的薰衣草。她头上戴着发网,但我却认为那是假发。我记得自己曾走近她,仔仔细细地观察了一下——它四四方方的形状显然太过整齐,不可能是真的头发。

"你在看什么呢?"寡妇问我。

我的心肠太软,不忍心回答她。

"说吧,告诉我,不必害羞。"

"你戴的是假发。"我说。

"我可以跟你保证,我没戴假发!"她的脸涨得通红。

"你戴了,我看到了。"我说。

这位新老师立刻慌张起来,有种略微古怪的气恼。她把我抱到膝盖上。

"现在再仔细看看,真的是假发吗?"

我努力地看,见到了发网,然后说:"是假发。"

"什么,怎么可能!"她说。这时候,所有幼童都目瞪口呆地看着我们。"我敢向你保证,这不是假发!而且你要是能在早晨看着我梳妆打扮,就知道我说的是真的。"

她将我从她膝盖上甩下去,好像扔掉一只湿淋淋的猫。不过她倒是唤醒了我的想象力,暗示我可以在清晨看着她梳妆打扮。这在我看来既骇人听闻,却也非常美妙。

狭小的幼儿室粉刷了白墙，虽然设施简朴，但无人管束的混乱状态却让人感到舒适自在。在那段短暂的时光里，我们玩耍哭闹，打碎东西，呼呼大睡，对老师不讲礼貌，彼此为所欲为，尽情享受着最后一段没有罪恶感的日子。

我的同桌是两个金发女孩，在那时就已然出落得纯真美丽。在我后来的十五年生命中，她们的名字和身影时常勾起我的思绪，久久萦绕在我的心头。帕比和乔总是形影不离，像帽贝紧攀岩石一样亲密，整天手拉着手坐在一起。她们红扑扑、黏糊糊的脸上挂着女人泰然自若的淡定神情，让我忍不住生气地朝她们大吼大叫。

薇拉是另一个令我感兴趣和喜爱的女孩。她独来独往，头发蓬松而卷曲，身材十分矮小。我对矮胖的薇拉怀有一种好奇的怜悯，而且因为她，这个不算漂亮的女孩，我惹上了麻烦，生平第一次在公众场所遭遇打击。这件事的过程说起来简单，而我也看似很无辜。一天早晨在操场上，她向我走来，把脸凑到我面前。我的手中恰巧握着一根树枝，于是就拿树枝打了她的头。她的头发很蓬松，于是我又打了她一下，然后注视着她张开嘴巴大叫起来。

让我吃惊的是，周围的人爆发了一阵骚动，年龄大些的女孩子们对我大声呵斥，震惊的尖叫声、严厉的责骂声中混合着薇拉的哭泣声。挥舞一根山毛榉树枝竟然能产生如此大的动静，我被激发了兴趣，丝毫没有感觉害怕或担忧。于是我继续打她，没带什么恶意或怒气，然后我便走开了，试图找些别的事情做。

这场实验本可以就此结束，然后被大家忘得干干净净。可是并没有；许多怒气冲冲的脸将我包围，它们全都涨得通红，朝我吐口水和咒骂。

"真是个可怕的小子！可怜的薇拉！小怪兽！呸！我们要把你的事告诉老师！"

事情有些不对劲，这个世界看上去生气了；我开始隐约不安起来。我不过是在薇拉粗硬的黑头发上打了一下，现在所有人都冲我大吼大叫。我赶忙逃跑并躲藏起来，相信这样就不会有事了。然而最后他们还是找到了我。两个充满正义感的高个子女孩揪住我的耳朵，将我拖了出来。

"大房间的老师要你过去一趟，因为你打了薇拉。你要受罚了！"

于是我被拖进大房间，在此之前我从未进去过。在大孩子们凶神恶煞的目光中，老师将我严厉地训斥了一顿，使得我脸颊发烫。我都有些糊涂了，因为羞愧而身体颤抖。最后，我傻笑着逃出了大房间。我学到了人生中的第一堂课，那就是我不可以打薇拉，不论她毛茸茸的头发有多么蓬松；此外还有一些别的东西：来自"大房间"的出庭传唤、按在我肩膀上警察般有力的手——它们总是出人意料地到来，因为那我早已忘得一干二净的罪名将我抓捕。

起初，哥哥杰克同我一起待在幼儿室，不过他实在太过聪明，用不着长期待在那里。说实话，他的聪明让我们感到很不自在，我们十分高兴能就此摆脱他。他戴着儿童围嘴，脸色苍白地端坐，严肃地学习研究，要求老师拿更多新书来给他看，或是替他削好铅笔，又或是要求老师不要发出太多噪声——他从一开始就是幼儿室里的怪物。于是他升入了大孩子室，得到了一张桌子和一摞地图集，然后继续用冷酷而清晰的声音折磨着大孩子室的老师们。

相比之下，我则是个稀松平常的"幼儿"，乐于把我的时间自由自在地消磨掉，用在四处闲逛、哭哭啼啼和无所事事上——况且也没有人暗示我不应该这样做。于是在杰克搬走后，我又在幼儿室里待了很久。在这段托儿所生涯中，我充分主宰着自己的生活，娴熟地从纸片上剪下人形，用粉笔在墙上画出太阳，将黏土捏成小蛇，在乳白色的日光下散漫自得地游荡，依赖着新来的老师度日。不过时间依旧缓缓流逝，升入大孩子室的日子渐渐近了。突然间，我惊愕地发现，我竟然能从一数到一百，用大小两种字体写出我的名字，还可以将任意两个数字做减法。当呼喊声远远传来时，我甚至分辨得出那是来自帕比还是乔。我不能再留在幼儿室了，升学的时候到了——大孩子室已经准备好迎接我。

不久我就发现，大孩子室是个艰辛的成年人世界，充斥着长长的桌子和墨水池、挂在墙上的奇怪地图、高大强壮的男生、沉重的靴子、沙沙作响的钢笔写字声、令人怨声载道的苦活累活，还有突然降临的猛烈迫害。而那些幼儿时期的借口和因口齿不清而获得的庇护都已失效，永远地一去不回。现在的我孤身一人，无依无靠，面对着一场场斗争，急需学习新的生存技巧。在这里，人们立下盟约又分崩离析，结为朋友又彼此背叛，还要为靠近火炉的位置你争我夺。

在我们中间，靠近火炉的位置就是社会等级身份的象征，我们紧贴着这个温暖的铁桶熬过长达七个月的寒冬。火炉是铁铸的，排气口发出噪音，焦炭在里面嘎吱作响，吐出熊熊火焰。炉子上装饰着一只乌龟，贴着"虽迟缓但坚定"字样的标签，一到冬天，它就被烧得通红炙热。若是将铅笔杵在炉子上，木杆上就会腾起火焰；而要是往上面吐口水，唾沫就会像乒乓球一样欢快地蹦来跳去。

在大孩子室最初的那几天里，我时刻都在思念幼儿室的年轻老师，我怀念她罩有镶边衣裳的胸怀，她解开纽扣的手，还有她说话的声音，其中蕴藏着安静的爱意。显而易见，大孩子室里可没有这样的慰藉——B小姐，我的班主任，如今我被分到她的班级，她给人的感觉就像犁耙划过皮肤般难受。

她那矮小的身体不仅粗壮，还总带给人苦头吃，从前在学校接受洗礼时，她就被赐名为"坏脾气"。她看上去面黄肌瘦，油腻无光的直发在耳畔盘成发髻，皮肤和声音都好似火鸡。我们都很害怕说起话咯咯叫的B小姐，她善于暗中监视、刺探打听，然后屈身蜷伏、伺机潜行，最后出其不意地朝我们猛扑过来——她可真是恐怖的化身。

每天清晨都像一场不宣而战的战争，没有人知道下一个会轮到谁。我们全神贯注、心惊胆战地站在位子上，等待B小姐走进教室。她用一把直尺重重敲打墙壁，眯起的眼睛扫视全体，我们紧张了起来，大气都不敢喘。"早——上——好，孩子们！""早上好，老师！"我们的问候声就像锋利的长剑在空中相击。然后，她会脸色阴沉地凝视地面，粗哑着嗓子说："啊上帝……"这个时候我们就念起主祷文，歌颂一切美好的事物，并感谢上帝赐予我们的国王健康。不过，我们很少有机会喊出最后那句"阿门"，因为无论"坏脾气"的头发有没有盘成髻子，她总能找到机会大吼一声猛扑过来，将某个可怜的男孩子打到一边。

我们大多不明白灾难为什么降临，也总是对它们毫无防备，因为惩罚往往比指控更先到来。然而，排山倒海的指控也会紧随其后，愤怒的口水像阵雨一样落在我们身上。

"不好好走路！玩那张桌子！对可怜的贝蒂幸灾乐祸！我绝不能容忍这种事。我说，绝不能。我再重复一遍——我绝不能容忍这种事！"

许多在操场上打架的男孩，当他们被打得头晕眼花、东倒西歪时就会大喊："我绝不能容忍这种事！绝不能，我说！我再重复一遍，我绝不能容忍这种事！"这其实是一种信号，通常是为自己遭受的苦难而求情，恳请对方大发慈悲地立刻住手。

所以对于"坏脾气"的做法，我们并不赞许，尽管我们灵敏的应激反应是拜她所赐。除此以外，她在教学上没什么让人可以称道的地方。在我的记忆里，她只是一个好斗的家伙，一个躬身耸肩的小个子生物，梳着满头发髻，打起人来噼啪作响——不过无论如何,她都算不上是个怪物,只是代表了我们心目中"学校"的正常形象罢了。

因为,在我儿时的那个年代,在那个遥远的年代,在"坏脾气"身处的那个年代,所谓"学校",仿佛是专门为了将我们同空气隔离、防止我们跑到田野中进行"正当的追跑"而设立的。"坏脾气"教授我们的那一套有关日程、算术和写作的知识,如同她自己的发明创造,分明就是消磨时间的把戏,或者说监狱的劳动教育,类似于整理麻絮和织麻布之类的工作。

于是,当明媚的时光流经我们的身畔,我们被牢牢地锁在自己的座位上,弯下的身躯背对外面的山谷。六月的空气浮动着春意,唤醒了我们原始的渴望,草籽与蓟花绒毛慵懒地飘进窗户,我们嗅着来自原野的气息,被布谷鸟的歌声撩动得心痒难搔,外面的每一丝声响都重重击打在我们心头:马车经过学校时的嘎吱声、叮当作响的缰绳抖动声,还有马车夫的吆喝、"十七英亩"上牛群的呼唤、弗莱彻割草机嗡嗡的发动声、养兔场里的枪响——它们催动着我们蠢蠢欲动的渴望,使我们甚至想为B小姐献上一场谋杀。

这一天的确不可避免地到来了,反叛的军旗高高举起,紧张的对峙演变为冲突,一位英雄出现了——我们甚至愿意用他的名字替街道命名。至少从那天起,他的名字赢得了我们的敬重,虽然我们并没有给予他什么支持……

他的名字叫史佩吉·霍金斯,我必须承认,我们在当时都很惊讶。他是那种体格健壮且发育成熟的男孩子,腿部粗壮,拳头通红，肌肉贲张，仿佛就是为了伟大的户外活动而生的。当时的他只有十四岁，但体格却远远超出那个年龄应有的标准——至少在我们的学校范围内。他的身体挤在逼仄书桌里的样子，活像塞进芭蕾舞鞋的小公牛，令人不忍直视。他就不是什么学习的材料，不是像做苦力一样哼唧抱怨，就是用一把折叠小刀在桌板上乱砍乱刻。B小姐总是强迫他大声朗读，以刺激他为乐，或是突然问他一些莫名其妙的问题，搞得他面红耳赤、结结巴巴说不出话来。

伟大的一天到来了。这是一个灿烂的夏日，万物在阳光下闪闪发光，外面的山谷草木葳蕤，轻盈地飘浮在空中。今天的"坏脾气"B小姐尖酸到极点，终于令史佩吉·霍金斯忍无可忍了。他开始痛苦地在椅子上扭来扭去，眼珠滴溜溜转动，穿着靴子的脚不停踢踏，并且絮絮不休："她最好当心一点。呃——'坏脾气'B，她最好当心，就这么回事。我可以告诉你……"

我们并不明白发生了什么，尽管他看上去真的煞有介事。他甩掉手中的笔，说了一句："去他妈的。"起身向门口走去。

"你要去哪里，年轻人，我能问一句吗？""坏脾气"一边说，一边目光恶毒地看着他。

史佩吉停下脚步，直视她的眼睛。

"不关你的事。"

我们激动得发抖，观看这场反抗之战。史佩吉悠然自若地走到门口。

"立刻给我坐下！""坏脾气"突然尖声叫道："我绝不能允

许这种事发生!"

"再见。"史佩吉说。

然后,"坏脾气"如同一只黄色的猫,猛然一跃而起,啐出口水,愤怒地抓向他。她在门廊上抓住史佩吉,扑倒在他身上。老师撕破了他的衣服,有那么丢脸的一瞬间,门外传来了沉重的喘气声和扭打声。史佩吉用强壮有力、通红的拳头攫住她的双手,拼劲双臂的力量将她按倒在地。她不断挣扎着。

"快来帮帮我,来人啊!""坏脾气"歇斯底里地哭叫着。但是大家都没动,我们只是默默在一旁观看。我们看着史佩吉将她举起,放到壁橱的顶部,然后出门离去。片刻的寂静之后,我们放下了手中的笔,开始一致地在地板上跺脚踏步。"坏脾气"还待在原地,她坐在壁橱的顶部,用脚跟咚咚踢着柜门,不停啜泣着。

我们期待后续的报复和惩罚会随之而来,但事实上什么都没有发生。甚至连肇事者史佩吉都没有被叫去做记录和交代事情经过——他只是被晾在一边。然而从那天开始,"坏脾气"再也没有同他说过话、经过他的身旁,或是否定他的言行。他无所事事地坐在座位上,用膝盖抵住下巴,吹着口哨沉浸在自己的世界中。有的时候B小姐会不小心看了他一眼,假使碰巧被他发觉,他也只是满不在乎地眨眨眼睛。除去这些,他几乎来去自由,只要乐意就可以随时离开。

不过我们再也没有造反,因为改朝换代的事发生了。一位新来的班主任取代了"坏脾气"B小姐的位置——来自伯明翰的华德莉小姐。在我们看来,这位女士相当新潮。她佩戴时髦的玻璃珠宝,走起路来闪闪发光,说到"天啊"的时候就像在说"铜锣"。但她非常喜欢唱歌,也热爱鸟类,并且鼓励我们学习这两样。相比"坏脾气"而言,她更加严肃和冷静,对我们的管束相对宽松却更加有力。起初,她的到来与陌生感使我们一片哗然,但没过多久我们就接受了她合法上任的事实。

她不怎么喜欢我,称呼我为"又胖又懒的家伙"。在吃完中午的烤卷心菜和面包大餐后,我通常会在书桌上打个小盹。"起来!"这时她就会大喊,用一把戒尺敲击我的脑袋,"看看你和你的小红眼睛!"她还对我那长流不止的鼻涕十分反感,而这在我看来就同呼吸一样自然。"出去,到走廊上把鼻涕擤掉,不擤干净就不要进来了。"但我可不愿擤鼻涕,不愿为地球上的任何人而擤,特别是在被人命令的情况下。于是我坐在墙边,愤愤不平,怒火冲天,将鼻涕吸得更大声。我绝不让步动摇,也不主动回到教室,直到一个男孩被派出来接我回去。这时,华德莉小姐就用一种冰冷而愉悦的语气欢迎我:"现在就不那么野蛮了吧?不如明天带一块手帕来学校怎么样?我敢肯定,我们所有人都会感激不尽的。"于是我坐下来,皱起了眉头;后来,我渐渐忘了应该皱眉,不久后便再次进入梦乡……

那时,我的兄弟们都与我同处一所学校。杰克已经被公认为是天才,能力远远超过我们,谁也帮不上他的忙。大家一致认为,他的大脑是如此卓越出众,甚至不必再和凡人接触。于是他被安置在角落,以便将各种灵光一闪的奇思妙想施展出来,就像一台闪闪发光的弹球机。小托尼来得最晚,但他同样与众不同。他坚持我行我素,对学习和权威一概不为所动,引进了一种惊世骇俗的厚脸皮作风,并且不容他人置疑。他终日坐在那里,往吸墨水纸上戳洞,一双大眼睛深沉而若有所思,敏捷的舌头说长道短,他的才智中充满挑衅的意味,对一切指令和教诲置若罔闻。除了对他大喊大叫以外,没人能奈何得了他。

而我发现,作为一个总是昏昏欲睡且介于他们两者之间的人而言,要想赢得华德莉小姐的青睐实在太难。不过,凭借着那些有关水獭的长篇造假文章,我终于达成了这个夙愿。其实我从未见过水獭,甚至都没想过找来一只看看,然而那些文章欺骗了她。它们被大伙朗读传诵,还为我赢得了几枚奖牌,不过这并不是什么值得炫耀的事。

我们的乡村学校贫穷而拥挤,但我最终还是喜欢上了它。这里有股鲜活而强烈的臭气,那是生活热气腾腾的样子:男生的靴子、女孩的头发、火炉和汗水、蓝色墨水、白色粉笔,还有削落的铅笔屑。在那里,我们没有学到抽象或缥缈的东西——只学到了关于事实与字母的简单模式和算术的简便技法,不超出我们所需的技能范围,诸如测量棚屋、写账单、读懂猪瘟疫情的警告通知单,等等。在那清晨的寂静时刻,在那漫长的午后时光,我们坐在自己的桌前反复吟咏讴歌。我们高声朗诵的声音从坐落在山坡上的拥塞教室飘出,传入路人的耳朵:

"十二英寸是一英尺。三英尺是一码。十四磅是一英石。八英石是一英担……"我们笃信地背诵这些数字,仿佛它们是某种无与伦比的力量所宣告的最初真理。"两个二是四。上帝就是爱。一主是国王。乔治是五世……"我们始终这样机械地读着,过去如此,未来也永远如此。我们不问任何问题,我们不听自己吟咏的语句,然而,我们永远也忘不了它。

如今的我依然没有忘记。在往昔时光的反复召唤中,我回想起那间过去很少留意的教室——华德莉小姐荣耀地坐在她高高的书桌宝座上,长长的脖颈上戴着玻璃的饰品,发出叮叮当当的清脆声音;火炉冒着气泡,在鲜红的火焰里喀嚓作响;古老的世界地图有着茶水般深沉的颜色;窗台上摆着瓶瓶罐罐,插满了从原野上采撷而来的花朵;壁柜的门开了一条缝,露出里头折角的书。还有那些男孩和女孩们,那些侏儒和跛子、迟缓肥胖的和敏捷瘦弱的、巨人和没礼貌的野孩子、小天使和歪斜眼——沃尔特·凯瑞、比尔·廷布雷尔①、史佩吉·霍金斯、克劳治②·格林、巴林杰家和布朗家的孩子们、贝蒂·葛丽德、克拉莉·霍格、萨姆和西克斯彭斯③、帕比和乔——我们既丑陋又美丽,都患了淋巴结核,长着疣子和钱癣,膝盖上结了痂;我们吵闹,粗鲁,心胸狭隘,残忍,愚蠢并且迷信。但我们一同挣脱命运的掌控,安稳地住在看不到厄运的世界里。于是我

---

① Timbrell,字面意思是"大粪车"。
② Clergy,字面意思是"教士"。
③ Sixpence,字面意思是"六便士"。

们抓痒，舔舐，啃咬手中的笔，窃窃私语，到处说笑话，被人搔挠得咯咯笑，因为劳动而叫苦不迭，迷离的眼神呆望墙壁，慢慢进入梦乡……

"噢，老师，拜托了老师，我能不能到后面走一走？"

老师不情愿地点下头，默许了我的请求。我蹦蹦跳跳地猛冲出去，一头扎进新鲜的空气和悦耳的鸟鸣声中。现在包围我的是一片自由的绿色天地，只有伯特太太在晾衣服。有那么片刻的时间，我对自己的境况进行了全面的判断。我听到教室里传来蜂窝般的嗡嗡嘈杂声。不过当然了，我其实根本就不属于那里；我知道自己是个非常特殊的人物，也许是个年轻的国王，如今被秘密地藏在这儿，以便和普通百姓们融为一体。我的身世显然是个谜，我感觉自己是如此独特而威严。我知道总有一天，这个秘密会被揭开。到那时，一辆配有车夫的马车会突然出现在我们的小房子门前，而妈妈（她会是我的亲妈吗？）将会为此哭泣。全家人都将庄严肃穆、饱含敬意地站在门前，而我则会登上马车，前往远方继承属于我的王位。我会非常慷慨大方，这是毫无疑问的，但我也丝毫不会骄傲自大。等待我兄弟们的当然不是地牢，相反的，我会给他们蛋糕和果冻吃。而且我还要为每个姐姐送上一位王子。至高无上的君主慈悲将成为她们的嫁妆，尽管她们并不太值得拥有……

最后我回到了教室，华德莉小姐朝我皱了皱眉（等我成为国王，她就该给我行屈膝礼了）。但我立刻就把这些事忘得一干二净，因为沃尔特·凯瑞凑上前来，找我要算术题的答案。

"好,沃尔特。当然,沃尔特。在这儿呢,你就抄吧。题目不太难,我全都做出来了。"

这个恶棍,他抄了我的作业,仿佛是我的附属国般认为这是他理应享受的权利,而我也对此感到自豪,将权力赋予他。小家伙吉米·费恩坐在我旁边,从他破烂不堪的作业本上抬起头来,看着我说:"你真是个大学问家!你和你哥哥杰克都是。要是我也像你们那样是个好学生就好了。"他用悲伤而崇敬的眼神看了我一眼。我愈发得意扬扬起来。

游戏时间一到,我们就冲向屋外,将沉闷的情绪释放出来,尽情地大喊大叫。有的人捶了别人脑袋一拳;有的人摔倒在地,膝盖流血。男孩们像蜜蜂一样聚在一起,嗡嗡乱叫、吵嚷不停。"我们到后面玩玩,怎么样,嗯?"我们啪嗒啪嗒地跑过去,进入一条黑暗狭窄的小巷子,那里满载着我们的各种谜团。越过这道墙就是女孩们的地盘了,离我们相当近。于是我们朝她们喊叫着打招呼。

"我听见你说什么了,比尔·廷布雷尔!我听见你说什么了!你最好小心点,我会告诉老师!"

我们满面通红、兴奋不已,一个接一个鱼贯溜回操场。我们吹起口哨,一副雄赳赳的豪迈派头。

"你听到我刚刚说了什么吗?那你呢,嗯?我和她们讲了!谁都不许告状!"

然后我们笑得直不起腰,话也说不出来,狂笑着追跑打闹。

华德莉小姐很有耐心，但我们却不太聪明。我们的书本上满是肮脏的污渍和划痕，活像一群猴子学习写字的杰作。我们美滋滋地一起唱歌，像穴居的原始人那样随意涂画，不过其他大部分才艺则与我们无缘。当然，诗歌是个例外，丝毫不会让我们感到烦闷。我至今记得，华德莉小姐的粉笔在黑板上发出刺耳的声音，潦草写下的语句宛如长长的购物清单：

"请写一首诗——必须包括——下列一个或多个事物：一只小猫、小精灵、我的假期、一个老锅匠、慈善机构、海藻……"（"那个词是什么意思，老师？"）

不过在那个时代，这种事做起来很简单，我能在一个小时内写出十几首。只要你别犹犹豫豫，从头开始起笔，稳步围绕主题展开内容，最后发挥不屈不挠的精神，检查一下全诗的韵律即可。

有时候老师也会打人，但没有人真的在意——除了偶尔有位涨红脸的母亲到来。有时一个男人会到学校来，拔掉我们的牙齿。（"我妈妈说，你不会拔掉不整齐的牙……""……十四、十五、十六、十七……""难道我的牙全不整齐？""闭上嘴，你这小讨厌鬼。"）有时乡绅老爷会来看望我们，给我们发放奖品，再泪眼婆娑地发表一通演讲。还有的时候，一位巡察员会骑着自行车到来，清点我们的人数，然后离开。与此同时，华德莉小姐在我们之间叮叮当当地走来走去，对我们指导着，恳求着，最后陷入绝望：

"你就是个邋遢虫，沃尔特·凯瑞。你的智力就像母鸡一样低下。你真是个粗鲁的笨蛋。你完全可以不思进取,就这么自甘堕落吧。你们所有人都大可不思进取,你们所有人都是。"

当课程变得太无聊或难以理解的时候,我们有一套老办法可以逃掉它们。

"求你了,老师,我明天必须待在家里,我得帮忙洗——洗猪——我爸爸生病了。"

"我不知道,老师;你也从没教过我们。"

"我的课本丢了,老师。卡里·伯达克偷了我的课本。"

"拜托了,老师,我的头很痛。"

有时这些把戏会奏效,有时却不能。不过有一次,在考试即将到来的紧急时刻,我们这些男孩让马蜂蜇咬双手,借此彻底逃过一劫。做完这件苦差事花了我们一整天的时间,但是效果棒极了——我们的手肿得有大象腿那么粗。"有一大群马蜂,真的,老师。它们冲上来袭击我们。我们想逃跑,但还是被蜇得很惨。"我还记得,我们痛苦地呻吟,我们的手肿得无法握住钢笔,不过当时的疼痛我倒是记不清了。

当然,我们有时还会伪造妈妈写的假条,或是吃浆果让自己病倒,或是宣称葬礼上的死者是我们的亲戚(教堂墓地就在学校隔壁)。每当灵车经过,我们便毫不费力地号啕大哭起来。"那是我的姨妈,老师——那是我的表哥威尔弗。我可以去吗,老师,求你了老师,可以让我去吗?"在那些孤零零的棺材后面,总是零星跟着几个面容悲伤的孩子,他们看上去憔悴、凝重、衣衫褴褛,全都是让丧亲的人震惊不已的陌生人。

于是，我们的学业完成了——若不是这样，今天的我们又会流落何方呢？我们还会在该在的地方：眼盯着织布机，驾驶着拖拉机，或仅凭大脑清点五块和十块的钱币。我们需要的就是这么多，华德莉小姐并没有增加我们的负担。在她的关照下，我们学到了一些不太正经的真理——花朵的名称、鸟雀的习性、事物之间的亲密关系、男孩子的奸诈与天真、女孩子的狡黠与魅力、白痴的疯狂幻想，还有一谈论到白鼬，说话结结巴巴的傻瓜就会变成学识广博的权威专家。我们像原始人一样无情残忍，但正是在这所学校里，我们学到了"残忍"的隐秘本质，在越来越多地接触到所谓的"怪人"和"社会弃儿"之后，我们对他们与生俱来的敌意也不见了。

尼克和埃德娜住在公牛十字路口附近，他们是那对兄妹的子女——男的英俊，女的美丽。不过我们对他们的谴责却并不是从学校学来的。还有那个吉卜赛男孩罗索，他住在采石场旁边，夏天时他的族人会在那里安营扎寨。他有着巧克力一样润泽的脸庞、一头干硬的黑色卷发。一开始，我们对他非常轻蔑。他是一个真正的局外人（据说他们还吃蜗牛），一双歪斜的印第安眼睛令我们感到厌恶。后来有一天，他因为饥饿偷了别人的三明治，被华德莉小姐打了一顿。但不论这件事是对是错，都使他成了我们阵营中的一员。

我们看见他跑出学校，挨打后哭泣不止，跪下身去系靴子的鞋带。商店的老板娘恰好经过，便停下来对他进行了一小番说教："就算你饿得要命，也不应该偷东西。你为什么不来找我呢?"男孩看了她一眼,站起身,一言不发地跑掉了。他当然知道问题的答案,就像我们也心知肚明一样:我们的门前都养了狗,原本就是为了防范吉卜赛人的。当我们走在回家的路上准备享用家中的卷心菜大餐时,所有人的心中都对他充满了同情。我们想象着可怜的罗索爬上山坡,回到他的采石场,饥肠辘辘地走进那悲惨的帐篷中。除了泥巴和水坑,他没有别的地方可以坐;为了能找到一口食物,他在散发着馊味的石头堆里寻寻觅觅。如今,在我们的眼中,吉卜赛人似乎不再是不祥或陌生的象征了。怪不得他们要吃蜗牛,我们这样想。

这座狭小的学校只是一条传送带,沿着它,我们走过了那段短暂的岁月。我们进入写有"幼儿室"的房门,又在缓慢的移动中进入另外一间,直到最后被交还给这个世界。这真是一段幸运的时光,我们的目光总在当下逗留。但与此同时,我们也来到更大的书桌前,目睹着低年级的学生数量成倍地增长。突然间,华德莉小姐开始询问我们的想法,并宠溺起我们来,仿佛我们就快要死掉一样。再没有什么可以做,也没有什么可以学的了。我们开始用怀旧而焦躁的目光环顾这间教室。课间游戏时,我们面容严肃地走在路上,居高临下地看着那些年龄更小的孩童。我们再也不会浑身发抖、脸色苍白地参与打架斗殴,不会狼狈地逃之夭夭,也不再对恃强凌弱的流氓逢迎讨好;在这种时候,我们只会动手狠狠打上一拳,彰显我们的权威力量,然后严肃地踱着步子,与同伴一起离去。

终于有一天,华德莉小姐紧紧握住我们的双手,温柔而恭敬地说:"再见了,小伙子们,祝你们好运!别忘了回来看看我。"她的眼中露出腼腆而悲伤的神情,看向我们每一个人。她知道,我们永远不会回来了。

第四章 厨房

直到今天,我仍时常梦见我们的房子,梦见我们在那里的生活。一夜又一夜,我无助地听由它的召唤,重回它的恬静与梦魇之中:回到掩映在山坡和红豆杉树林之间裂痕斑斑的石屋与它沉重的阴影下,回到那木板钉成的天花板、塌陷的床垫旁,回到开满血红色天竺葵的窗边,回到受潮的胡椒和蘑菇的气味中,回到它的混沌以及那由女性统领的生活中去。

我们家的男孩从不知道任何男性权威的存在。在我三岁的时候,父亲就离开了我们,除了少数几次兴起而至的来访外,他再也没有和我们一起生活。他是一个精明、干练、令人捉摸不透的男人。他的父亲与祖父都是水手,但他却对大海没有兴趣,决心在陆地上大展身手,而他也用自己的方式成功实现了这个梦想。早在十几岁时,他就成了一个杂货店的助手、当地教堂的风琴师、摄影专家,以及,花花公子。从他当年为自己拍摄的某些照片看,他算得上是个英俊的小伙子(虽然穿着破旧的衣服),他又高又瘦,热爱手套和高领服饰,还喜欢摆出乡村派头的姿势。在魅力和野心方面，他显然比普通人胜出一筹。二十岁时，他迎娶了一位当地商人的漂亮女儿，她为他生了八个孩子——其中有五个活了下来——但她后来也去世了，死时还很年轻。后来他又娶了自己的女管家为妻，她又给他生了四个孩子，有三个活了下来，我就是其中之一。在这段二次婚姻期间，父亲仍然担任杂货店的助手，每周赚取十九先令。不过，他最大的愿望是成为一名公务员，为了达成这个目标，他每晚都坚持学习。第一次世界大战给了他梦寐以求的机会，虽然不信任武器和战争，他依然毫不犹豫地牺牲了自己与家庭，申请了皇家陆军财务队的一个职位。他穿着一件防弹背心离开了家乡，只身前往格林尼治，并且永远不再同我们一起生活。

我的父亲天生是个化解问题的高手，因而事情进展得非常顺利。他保住了战争期间办事员的位子，得到了一笔作战处的养老金（我相信那是因为他患上了神经性皮疹），随后进入行政部门，成为一名公务员——正如他的计划一样，并永久留在了伦敦。从此以后，他将两次婚姻中的儿女都留给了我的母亲照料。母亲也确实这样做了，因为对父亲的爱与同情，因为毫无理智的忠诚，以及那份坚定的信念，她相信终有一天，父亲会再度回到她的身边……

那时，我们就在被父亲抛弃的地方继续生活——在他那地处乡下的青春遗址上。对他来说，我们不过是一窝乱哄哄、累赘麻烦、土头土脑的孩子，把我们带在身旁，实在和他的身份不太相称。他会寄钱给我们,我们就在他缺席的情况下慢慢长大。因此,我很少思念他。我对这个女性的世界相当满足,尽管这个世界也犯糊涂;在勉强糊口的日子里,我们会受到欺负或踉跄摔倒,时而衣衫褴褛,时而盛装打扮,时而被责骂,时而被夸奖,时而在突如其来的狂热亲吻中神魂颠倒,也时而被扔在一堆待洗的锅碗中不闻不问。

我有三个同父异母的姐姐,她们替妈妈分担了很多家庭重担,是我们生命中的福分。她们慷慨、宽容、热情洋溢,还有些疯疯癫癫,轻而易举就赢得了大家的喜爱。她们像是四季常在、永恒绽放的鲜花,闪耀着青春的光彩,甚至会让我们这些男孩子认为,所有的女性都应该像她们一般,美丽、优雅、手腕高明。

她们的美丽,或说是她们浑然天成的美感,全都是毋庸置疑的事实。玛乔丽排行老大,她就像金发垂肩的阿弗洛狄忒①,却仿佛对自己世所罕见的美貌毫不知情。她的动作总在不经意间流露出优雅,她的美丽就如睡眠般自然。她个子高挑,头发很长,梦幻般温柔,声音低沉而悠扬。我从来没见过她发脾气,也没见过她为自己讨要公道。但我知道,有的时候她也会哭泣,不过通常是为了别人。她会静静地哭,落下大滴澄蓝色的泪珠。玛乔丽天生就是母亲的角色,必要的时候,她会娴熟地运起针线,为我们所有人缝制衣服。她那恒久的美丽与和

---

① 即 Aphrodite,古希腊神话中的爱与美之神,奥林匹斯十二主神之一。

谐的性格，使她犹如深夜里安宁的明灯，驱散了我们心中的恐惧；她是一束平稳的火焰，令我们感到安心；她洒下的光影，为我们送来深深的慰藉。

排行第二的是桃乐茜，她是个头发稀疏的淘气鬼，像烟花一样美丽和危险。她的身体里一半是好奇，一半是任性。对于男孩来说，她是闪耀的火花与导火索。她敏捷、黝黑的身躯似乎在发出警告命令，使她的爱慕者一眼就能看到："请勿将我握在手中，"命令如此说道，"点燃导火纸，然后迅速扔掉。"她是一个活跃的狩猎者，生活在刺激之中，喜欢激烈的冒险，还常常将外面听到的八卦闲话带回家来。这些流言蜚语大多流入了玛乔丽的耳朵，每次听到新鲜的事件，她都会停下手中的针线，瞪大双眼，摇头不止："你一定在开玩笑吧！桃乐茜！他不可能这样做的！不可能……"这就是我听到的内容。

桃乐茜像丛林中的猫一样灵活矫健，她四肢敏捷、吵闹不休，令人神魂颠倒。她用自己独有的火焰与精神保护我们男孩，将外在世界的宝藏带给我们。如今回想起来，她就如一股缭乱的烟雾，咯咯娇笑、气急败坏说个不停，仿佛一枚散发着浓烈气味的无烟火药。不过沉睡时的她则是另一种样子：一个童话中的女孩，如李子般忧郁，温柔而多愁善感。

三个姐姐中，最小的是冷淡、安静的范妮丝。她是一个有着烟草色头发的柔弱女孩，美丽的面庞上总饱含着歉意。她在三人中年龄最小，所以或多或少生活在两个姐姐的阴影下。由于玛乔丽和桃乐茜在年龄上更为接近，所以两人间形成了一种天生的亲密感。于是范妮丝落了单，作为没有群体的独居者，被迫需要找到属于自己的方式。她用谦逊的质朴忍受了这一切：善于赞美，很少抱怨。她最喜欢的家务活是带我们这些男孩上床睡觉。每每这时，她就散发出自己独特的光芒，那是一种虔诚、甚至近乎老派的谨慎，她会庄严地唱起赞美诗，哄我们入睡。

忧伤的范妮丝被夏季的夜晚点亮，她散乱的长发熠熠生辉。她静静坐在我们床边，双手交叠，凝望着远方，反复唱着《快乐伊甸园》，独自照料我们——无数个夜晚，我聆听着她的歌声入梦，在她年幼而低沉的唱诗歌声中，在那不成曲调的幻想曲中，感受温暖的潮水把我淹没……

我珍视这些同父异母的姐姐们，不过除了她们，我还有两个同父异母的哥哥。雷吉是长子，和他的祖母住在一起；但年轻的哈罗德则和我们住在一块。哈罗德相貌英俊、瘦骨嶙峋、神秘莫测，并且深爱着我们常年不在家的父亲。他有些不合群，常常对别人嗤之以鼻，不开心的时候比开心的要多。尽管比姐姐们年纪小，他看上去却仿佛是上一代人。他有一双灵巧的双手，但心却茫然若失。

我的亲兄弟是杰克和托尼，我们三个年龄最小，是父亲第二段婚姻的产物，在他飞离这个家以前，我们三个陆续在四年里诞生。杰克最大，托尼最小，而我夹在中间，得到最多保护。杰克聪明机敏，像一把刀子般锃亮、尖锐，也是我亲密的玩伴。我们一起玩耍，也会打架和告密，在身边建立了我们两人自己的领地,直到我最后离家远走,我们始终睡在一张床上,依赖对方的智慧相依为命。托尼小宝宝是个古怪、漂亮的流浪儿——还是一个神游天外、想象力丰富的独行者。和范妮丝一样,他也因为落单而苦恼;更糟的是,在七个兄弟姐妹中,他仍旧是落单的那个。他一向不是奔跑着想要追上我们其他人,就是孤零零地坐在泥巴里玩耍。他那好奇扭动着的苦恼面庞有时散发着圣人的光辉,有时又如微渺的小虫,空洞而饱含戒备。他时而踽踽独行,时而静止不动;时而迷路走丢,时而出现在错误的时间点。他像画家那样画画,不喜欢读书和写作,能吞掉一整盒首饰珠子,爱唱歌爱跳舞,天不怕地不怕,有神秘的朋友,很爱做噩梦。在我们之中,托尼才是一位真正的梦想家,一位没人能彻底了解的小隐士……

加上妈妈,我们八个人住在这座小房子里,占用了全部三层楼。这里有一间巨大的白色阁楼,贯穿了房屋两头,女孩子们便睡在其中宽厚的条纹床垫上。这是个墙皮脱落的古老房间,倾斜的屋顶像帐篷布一样凸起。屋顶很单薄,雨水和蝙蝠都能穿透而来,甚至还能听到小鸟落脚在瓦片上的声音。妈妈和托尼住在二楼的一间卧室里;杰克、哈罗德和我则住在另一间。不过自从建成起,这栋房子已经历了太多次翻修和分隔了,如今你要想进入自己的房间,几乎必须先穿过别人的。于是每天晚上,你都能看到一队无精打采的鬼魂,他们昏昏欲睡地寻找自己的床铺,直到蜡烛熄灭、黑暗降临才排成一列,拿着各自的床单回到自己的床上。随后,这座老房子在鼾声和呼声中震颤不已,犹如一条被加速的火车驶过的公路。

不过,我们醒时的生活,我们成长的岁月,大多是在厨房里度过的;并且一直到我们结婚和远走高飞那天,这个厨房始终是我们共享的公共休息室。在这里,我们全家人同处一室,一起生活和进食,不在乎空间有多狭小。我们挤在一起,互相踩踏,就像洞中群鸟一样,没有恶意地用手肘推搡开路;我们一起开口说话,一起默不作声,大喊大叫着对彼此抗议。不过,我从来不觉得这里太过拥挤,也不觉得我们像五线谱上的音符那样各自分离。

那间厨房被我们的靴子和活动日渐磨蚀,它破旧、温暖、低矮,里头的家具被拖来拽去,不停换着位置,发出的噪音每天都不一样。一座黑色的炉栅里烧着煤块和山毛榉的细枝,发出噼噼啪啪的声响;毛巾挂在炉罩上烤干;壁炉架上散乱地摆着精致而古老的瓷器、黄铜骏马和奇形怪状的马铃薯。地板上铺了沾满泥巴的条纹地垫,窗户被各色植物塞得满满当当,墙上挂着停摆的钟表和日历,天花板上布满了烟熏味的真菌。还有六张尺寸不一的桌子、裂口的扶手椅、盒子、凳子、散开的篮子、摊在椅子上的书籍和纸张、一张猫咪专用沙发、一架用来挂外套的风琴、一台落满灰尘和照片的钢琴。这些物品是构筑我们厨房景观的地形,是我们海底生活的礁石,在我们日常的摩擦中变得光滑,在鲜活的深海藤壶的附着下长出坚硬的外壳。它们是见证生日和逝去感情的遗迹,是沉船一样的旧日家具的残骸,深深地淤塞于海底,覆盖在妈妈多年来堆积的旧报纸下面。

清晨醒来，我看见松鼠正在红豆杉树上啃食湿润的红色莓果。树木和窗户之间悬挂着一朵金色的云，那是黏结着草木种子的蜘蛛网。农夫们在山谷另一侧召唤着他们的牛群，黑水鸡在池塘边尖声鸣叫。一如往常那样，哥哥杰克第一个穿好衣服起身，而我还在床上扯拽靴子。最后，我们终于都站在光溜溜的木地板上了，一边挠痒，一边祷告。我们那么硬朗，那么富于男子气概，根本没法大声讲出祷告词。我们背对背站立，含糊地小声咕哝，要是谁不小心说出一句被人听到的祈求，他就会立刻唱起歌来，以此掩饰失误。

唱歌和吹口哨是保住颜面的有效办法，特别是辩论惨败的时候。我们玩起这种把戏来真是得心应手，但有人可能会觉得无聊和单调。今天早上是杰克最先开始挑衅的。

"那么，国王叫什么名字？"他边说边摸索着找他的裤子。

"艾伯特。"

"不，不对。是乔治。"

"我刚才就是这么说的，不是吗？是乔治。"

"不，你从没这么说过。你不知道是谁。你可真差劲。"

"不如你差劲，从哪个方面说都比不过。"

"你真是蠢货。你的脑袋里都是臭虫。"

"嗒——嗒——嘀——嗒——嗒。"

"我说你是个傻子，你连数数都不会。"

"嘟噜噜——嘟噜噜。……我听不到你说什么。"

"你听到了,笨蛋,你这个又肥又懒,大肥……"

"嘟——嘀——嗒。……我听不到……嘿诺妮!……"

不过,这种吵嘴无关紧要,甚至像往常一样是种荣耀。我们睡意全消,迅速穿好衣服。

一走下楼梯,一股木地板、破衣物、变酸的柠檬、过期的调料混杂的气味扑鼻而来。清早的厨房里烟雾缭绕,乱作一团,而用不了多久,早餐就将从这里端上餐桌。妈妈在熏黑的罐子里搅拌稠粥,托尼用一把尺子切割面包,女孩们穿着雨衣,正在布置餐桌,猫咪在舔食它们的黄油。我擦拭了几双靴子,用水泵汲来一些新鲜的水,而杰克则取来大陶罐,用来装脱脂牛奶。

"我的动作太慢了,"妈妈对炉火说,"这讨厌的煤炭真不好烧。"

她抓起油壶扔到火中,火焰瞬时腾空而起,蹿进了烟囱。妈妈大叫一声,就和往常一样,然后继续搅拌她的稠粥。

"要是我有一台像样的火炉就好了,"她说,"每天赶着时间送你们出门,真是个不小的考验。"

我在一片面包上撒了些糖,三口两口囫囵吞下。今早的厨房里缭绕着烟雾和阳光,看上去是多么不同寻常!阳光洒在雕花玻璃的花瓶上,折射出参差不齐的彩虹,穿透了飘浮在钢琴上空的灰尘;而在墙上,照片中戴着夹鼻眼镜的父亲俯视着我们,仿佛是受到诽谤、勃然大怒的神灵。

最后，一把黏糊糊、热气腾腾的勺子伸过来，将粥迅速抹在我们的餐盘上。我在冒烟的稠粥上浇满糖浆，开始从四周往中间吃。女孩们围坐在餐桌四周，目光呆滞地吃着，沉浸在清晨的恍惚中。她们还没睡醒，嘴巴缓慢地蠕动，懒洋洋地抬起勺子，停滞一会儿后，才将勺子送到嘴边，然后回过神来，一口把食物吃掉。她们空洞无神的眼睛直勾勾地盯着前方，呆滞地望着眼前的白日景象。她们刚刚从梦幻的床铺上苏醒，刚刚离开某位英雄豪杰的怀抱，脸颊还是粉红色的，看起来容光焕发，宛如无法开口说话的精灵，才刚刚享受完一场天堂的爱情盛宴，就被骤然拉回人间尘世。

"天哪！"桃乐茜叫道，"你注意看时间了吗？"

她们猛然跳了起来。

"老天，我们迟到了。"

"我得走了。"

"我也是。"

"上帝啊，我的东西放哪儿了？"

"好了，再见，妈；再见，小伙子们——乖一些哦。"

"你要我从商店带什么东西回来吗？"

她们拉起腿上的长袜，拍了拍帽子，然后匆匆跑上山坡。每天这个时候，步行和骑车的人群正纷纷顺着山坡而下，前往斯特劳德；长鸣的汽笛声划破清晨的露水，工厂的烟囱开始冒出浓烟。从斯特劳德的五个山谷中，从每个犄角旮旯里，都有少女们奔跑而来，奔向各个商店和织布厂。她们仍然睡眼惺忪，脸颊如鸡蛋般饱满,昨夜的种种声音渐渐从她们的耳中退去,新的一天开始了。玛乔丽要去女帽店上班,范妮丝去鞋靴店,桃乐茜则在溪边一家衰落的织布厂当办事员。至于哈罗德,他早已开始工作了,他的一天从六点就开始了,他会生气地大吼一声,然后离家去做真心热爱的车床工作。

不过在所有人走后,我们这些男孩会做什么呢?如果到了上学时间,我们也会跟随大家匆忙出门;不然,我们就躲到山上去玩耍,在墙角举办"蜗牛赛跑"比赛,或是到花园里挖马铃薯,把它们装进从垃圾堆找到的空罐头中,带回家做菜吃。我们永远觉得肚子饿,永远嚷着要吃东西,永远在翻箱倒柜地寻找食物。不过节假日的清晨往往充满了危险,因为我们可能要做家务活或是被支使出门跑腿。妈妈一会儿熨衣服,一会儿整理房间,一会儿又坐在地板上看书。所以在院子里玩耍时,我们必须竖起耳朵,不然万一被她逮住,游戏就结束了。

"啊,你在这里,儿子。我需要一些盐,快去维克那里买一包,这样才乖。"

或是:"问问特里尔奶奶,能不能给咱们一把茶叶——一定要礼貌地问,记住了。"

或是:"跑到塔克小姐那里,看看可不可以借半个克朗;我没想到只剩这点钱了。"

"叫杰克去,妈妈!我已经借过培根肉了,这次该轮到他了。"

不过杰克和以往一样,他像鳝鱼一样滑进草丛,早就狡猾地溜掉了。他竖起耳朵，贼头贼脑，迅捷地逃脱险境。和我们其余人比起来，他显得骨瘦如柴，或说是农夫们口中"长不大的可怜人"那种类型。不过事实上，他们可说错了，杰克其实很有两下子。他发明了一种吃饭的策略，保证能让自己吃掉两个人的饭量。速度和狡猾是他制胜的法宝，我们这些因此而挨饿的孩子就称他为"大滑头"。

每到吃饭的时候，杰克就像在同时间赛跑，这是他真正的诀窍；而且在我们家，你必须得这样做才不会挨饿。想想看，我们所有人都在等待晚餐，八个人围坐在一锅炖好的菜肴旁。这道菜通常是炖扁豆，一种浓稠的深棕色糨糊，简直像用塑料鞋钉煮出来的。尽管它闻上去有种热乎乎的马厩味，但我们早就习惯了，况且它还足以填饱肚子——前提是，只要你能抢到嘴里。然而我们家的人实在太多了，人数远远超过锅里食物的供应量，所以饭菜永远都不够吃。

妈妈在分食物的时候毫无章法可言，连随机的原则都算不上——她只是用老式方法，往每个盘子里舀上一勺，之后大家便各取所需。没有什么优雅的动作，没有警告，也没有开饭的发令枪声，只是第一个吃完盘中餐的人，可以再吃锅里剩下的。妈妈手中的勺子滴着汤汁，一直在紧张地观望——让它尽量落到该落的地方去。不过饥肠辘辘的杰克掌握了秘诀，他的盘子会跟着妈妈的勺子走。心不在焉的妈妈往往给他一大勺，过不了多久又给他一勺；而他呢，一分到食物便忙不迭地吞下，甚至不用牙齿咀嚼。"再给我一些，我吃完了"——有空空的盘子为证，就连锅底的一层锅巴也归他所有了。这样一来，我在比赛中多次输给他，惨获第二名，只比他慢了一小步。不过，这样的恶性竞争给我的心灵留下了丑陋的疤痕——一种扭曲的、为食物而疯狂的本性。以至于直到今天，我还会在晚餐时争着吃掉所有的大米布丁和一大锅浓汤。

一天就要结束了，我们抓紧最后的时间跑腿买东西，到田野里觅食。夜幕降临，我们回到了厨房，回到烟雾缭绕的舒适气氛里，从室外骤冷的空气里重回暖洋洋的烹饪香气中。我们这些男孩回来得最早，我们沿着山坡一路打闹，好似归巢的乌鸦，一个接一个地回家。日暮的光影伸出长长的舌头，舔舐着田野蜿蜒的轮廓，树木也变得丰满而静默。我被妈妈支使去佩恩斯威克缴纳地税，一路狂奔着穿过高高的潮湿的草丛；而现在，我要回家了。我气喘吁吁地完成了任务，腿上沾满草籽。一缕盘子形状的蓝色炊烟悬挂在我家烟囱的上方，扁平地挂在静止的空中；回家路上的每一块石头都震动着我的骨骼，使我感到临近家门的喜悦。

我们劈好晚上用的木柴，将它们搬回家，干燥的山毛榉树枝就像糖果一样松脆易折。面包师傅挎着一篮子面包向我们走来，面包从他的肩头一根根垂下来。八根四分之一品脱重的面包条好像一根根小房子，外表黝黑坚硬，被从门口递给我们。他的空篮子里还粘着一些松脆、味道刺鼻的面包碎屑，于是我们用唾沫蘸湿手指，将它们粘出来送到舌头上。暮色渐沉，面包师傅向我们大声道晚安,然后吹着口哨走上山坡。他的黑色骏马正在山路上等他,马车灯泛着朦胧的红光。

妈妈正在屋子里煎松饼,炉火将她的脸庞映衬得发亮。屋里飘出酸柠檬和咸面糊的气味,还有热油的"咝咝"声。厨房里还没点灯,十分昏暗,斑驳的影子齐齐晃动。火焰腾起又黯淡,墙角一时间明亮如醒来,又幽暗如死去。火光的颜色仿佛一千个黄铜在燃烧。

"帮我找找火柴,亲爱的孩子。"妈妈说,"该死的,我要是知道它们在哪儿就好了。"

我们逐一点好蜡烛,把它们放在屋子的各个角落:两个在壁炉上,一个在钢琴上,还有一个装在盘子里,摆到了窗台上。每根蜡烛都祭出各自的光球,那是一圈微弱却清晰的光晕,追随着噼啪作响的烛芯,追随着吹来的微风,时大时小,忽明忽暗。不过,烛光实在太过微弱,有了红色炉火的映衬,屋里并没有因此明亮很多;与其说我们的脸庞被光芒照亮,不如说只是变得影影绰绰了一些。

接下来,我们在高大的铁油灯中灌油,把它点燃摆在桌子上。待灯芯变暖,一切就绪,我们就把光芒调到最亮。漏斗中的火焰突然热烈地迸射,如一朵尖尖的小花款款升起,它开始歌唱、颤抖,变得越发璀璨夺目,在天花板上投射出一池光芒。不过即使如此,厨房的大部分依然笼罩在黑暗中,周遭的墙壁透出一股妖娆的忧郁气氛。

到了我练小提琴的时间了。我津津有味地拨弄琴弦。妈妈还在煎松饼,并一个个卷好;兄弟们低下头,发出一声叹息。我在壁炉台上支起乐谱,断断续续地演奏出一首俄罗斯舞曲。与此同时,葡萄干混合着柠檬、油脂的甜香,如同灰尘飞过云端般从我的琴弓上飘过。有时我恰好奏出一个准确的音符,妈妈就会抛给我一个眼神——每当她躲开我摆动的手臂时也会露出这种锐利的、饱含焦虑的鼓励眼神。她丰腴的双脚穿着拖鞋,一只手托腮,另一只手握住与时间赛跑的平底锅,她的头发垂下来遮住了耳朵,嘴巴也没闲着,哼着小曲帮我找准曲调——尽管她年迈而疲惫,却仍有一双少女的眼眸,正是这样的明眸才让我有了拉琴的动力。

"棒极了!"她大喊,"一流的演奏!鼓掌鼓掌!再给我们拉一个别的,我的小伙子!"

于是我用力拉出一曲《威廉·退尔》[①]。在我演奏的时候,桌上的盘子也开始震动;妈妈围着壁炉前的地毯欢快地舞动,就连椅子上的托尼也小幅摇摆着。

在这个时候,杰克已经擦拭了桌子上的几双靴子,开始写深奥难解的作业;托尼在同角落里的猫咪交谈,还拿着几片破布玩耍。伴着窗帘的垂落和松饼的上桌,我们在夜晚中慢慢安静下来。壶里的水烧开了,面包烤好了,我们齐聚一堂,共同享受喝茶的时光。我们争来抢去,接力传递,嬉闹躲闪,好像一群鹈鹕一样往嘴巴里塞满食物。

[①]《威廉·退尔》(*William Tell*),意大利作曲家罗西尼(Gioacchino Antonio Rossini)的歌剧作品,讲述了13世纪瑞士农民反抗奥地利暴政的故事。

妈妈永远站着,她用手指一点点撕碎面包外皮,再送进嘴里,这个"从手到口"的动作表达了她的警惕,就像海上的无线电操作手那样。大部分时间,妈妈的注意力都放在炉子上,因为炉火绝不可以熄灭。每当这种危险即将发生,妈妈就会变得歇斯底里,她哀嚎着、绞着双手,赶忙将油倾倒进火炉,暴躁不已地把椅子砍碎填入火炉,祈祷火焰不会熄灭。但事实上,尽管火焰时常十分微弱,却很少有熄灭的时候。妈妈熟练地看护它,每晚煨好余火,次日清晨又用力鼓风扇火。对于我们而言,火焰重要至极,就同原始部落要依赖火种为生一样:当它微弱渐熄之际,我们便绝望不已;而当它光芒四射、烈焰熊熊之时,整个世界都仿佛为之点亮;而且假如(上帝拯救我们),假如所有的火焰一齐熄灭,我们就会陷入太古之初的冰天雪地之中,到了那个时候,或许太阳就将死去,或许永恒的凛冬将要来临,或许荒野群狼会朝我们慢慢逼近,或许永不再有希望可以追寻……

不过,今晚的炉火噼啪作响,烧得正旺,一切都在妈妈的掌控之中。她不知疲倦、心惊胆战地摆弄着眼前的一切,统领着厨房和其中的所有工具。她一只手吃东西,另一只手用来加柴火、铲灰烬、加热烤箱、放上水壶、搅拌锅子、将衬衫铺在炉架上晾晒。我们这群男孩一喝完茶,就将陶瓷茶杯推到一旁,粗暴地堆在餐桌另一头,然后在铁油灯旁坐下来。它温暖而充满活力的灯光环绕着我们,那是独属于它自己的一团火光。我打开书本开始画画;杰克在复习他的笔记和数字;托尼在玩棉线卷轴,让线团围着餐桌四周滚动。

一切都归于寂静,只有托尼的声音响起,他在温柔地讲着棉线卷轴的故事:"……看到没,于是他们从这个大洞走出来。一个大块头说:'好吧,看我这就杀了他们。'海盗就在那里等他,他们有古尔特大炮,然后他们开火了,大块头被击中倒下了哈哈哈!他滚进了大洞,于是我说'我们抓住他们了',之后我就跑上山坡,看到这艘大船迎面开来,我'嗖'地跳上甲板。我说'你们看到了没,我现在是船长了',他们说'好吧',我就拿起我的斧头砍砍砍,他们就都'扑通扑通'掉进海里,然后我就把船开到这里,还有这里,之后这里,再到这里,然后这里,再开到这里,绕到这里,再到这里……"

后来,女孩们也到家了,她们身穿系带雨衣,踏着暮色归来,一路走得面红耳赤。我们正埋头玩游戏,于是抬起头问:"给我们带东西了吗?"桃乐茜递给我们一些甘草糖。然后她们在桌子另一边坐下吃晚餐,我们就在这一边继续玩游戏。吃完晚餐、收拾好一切以后,我们每个人都在厨房中找到了安身之所。我们齐聚一堂,环绕在油灯四周,真是悠闲而自在的时光啊……玛乔丽开始整理她的新帽子,桃乐茜在写情书,范妮丝拿着几把刀叉坐下来,"哈"地吹一口气,睡眼朦胧地擦拭它们。哈罗德回家最晚,在墙角擦洗他的自行车,妈妈则在剪报纸。

我们偶尔聊几句天,声音很轻,也不在意是否有人应答。

"今天,我给汝转转车轴。"哈罗德说。

"给什么东西?"

"他说给'汝'。"

椅子发出一阵咯吱声,我们费力地思索他的意思。

"查理·雷维尔得到一套崭新的西装,请裁缝定制的……"

"估计他在编故事。"

"查理·雷维尔!……"

一阵静默。

"你看,桃乐茜,我还有这么些六便士的硬币,我要把它们在帽子上缝一圈。"

"唔……唔这样,咝……那好吧……"

"格林医生今早到商店来了,穿着灯芯绒的灯笼裤,笑死我了!……"

"看,玛乔丽,看!我画了一座着火的教堂,快看啊,玛乔丽,桃乐茜!喂,看啊!……"

"如果X等于X,那么Y就等于Z——闭嘴!——如果X是Y……"

"啊玛德琳,如果你属于我,我想带你去看海,滴答……"

"快看,我剪了什么贴在剪贴簿上,女孩们——一个伦敦塔卫兵——他是不是迷死人了!"

"今天查理·雷维尔对他爸爸很没礼貌,他管他爸爸叫傻瓜,他……"

"……你知道乳品店的那个男孩吗,玛乔丽——就是被人叫作'藤壶靴子'的那个人？唔，他邀请我一起去斯波茨看电影。我叫他滚回家去。"

"不，你不会这么说的！"

"我当然会，我说我才不和满身黄油的家伙去看电影呢。你真该看看他脸上是什么表情……"

"哈利·拉兹伯利身上有股鸡臭味，我只得把桌子挪开。"

"听听是谁在说话？是高雅的迪克。"

"我绝不可能在星期天之前准备好……"

"我发现一张可爱的剪贴画，可以贴在动物那一页……一只老海豹——看啊女孩们，看它的表情！……"

"所以我就行驶到这里，还有这里，然后他说'好'，于是我就砍砍砍……"

"为了这种美妙的奶油块，没有什么是我不能做的……"

"查理·雷维尔让别人用注射器给他洗耳朵……"

"你还记得吗，桃乐茜，我们去斯波茨看电影那次，他们说抱小孩的不能进，然后我们硬是让托尼自己走上台阶，那时他还不到两岁呢……"

玛乔丽露出温柔而怀恋的笑容，怜爱地看着托尼。明亮的炉火熊熊燃烧，发出深绿色的光芒。他们的声音渐渐低沉模糊。山谷那头，远远传来一只农场狗的叫声，精准地定位了时间和距离。从狗吠的提示和猫头鹰的几声哀鸣中，我能感到夜晚的山谷正慢慢空旷起来，它在繁星和雾水中一寸寸延伸开来，越来越神秘，越来越深沉……

而此刻的厨房洋溢着温暖与絮絮低语,在玫瑰色的阴影中轻轻震颤。我的铅笔开始在纸上打转,我的眼前时而模糊,时而清晰。我觉得,还是到沙发上躺一会儿为好——一会儿,就一小会儿。女孩们还在喃喃絮语,我挣扎着想听到她们的声音。"嘘!……不要现在说……等男孩们都上床……听到就要吓死了……不要现在说……"

天花板上悬浮的甲板像冰一样融化了。耳边的话语变得支离破碎,一片片漂向远方。柔美的和弦涌入我的脑海,温暖的海浪将我淹没,我似乎沉入了漂浮着羽毛的海洋,惬意地回旋起落……

我不时被温柔地唤醒,耳边是被睡意放大的声音、煤炭掉落的噪音、猫咪的喷嚏,还有一声压低嗓音的惊叹。"她不可能做这样的事……她做了……""做了什么?……做了什么事?……告诉,告诉我……"不过无奈,我又滑入了梦乡,陷入地底张裂的深海;无声的海水让我变得安静,重力迫使我下沉,而女孩们的讲话声仿佛漂浮在海面;我躺下的时间更长,躺的地方更深、更远,更重的水草落到我的身上……

"来吧,洛瑞,该上床睡觉了。男孩们早就上楼了。"耳语的姐姐们俯身看着我,厨房上下颠倒了。"醒醒,小乖乖……他太累,醒不过来。我们试着抬他上去吧。"

半梦半醒中,她们把我连拖带拽地弄上楼。我好像喝醉了一样,断断续续做着梦。她们跌跌撞撞地将我拖到楼梯的拐角,然后我闻到了床上毯子的甜美气息。

卧室里很冷,没有炉火。杰克张着嘴躺着,已经睡着了。我打着哆嗦,困得东倒西歪,让姐姐们为我脱衣服。她们咯咯笑起来,帮我解开纽扣,等我只剩衬衫和羊毛袜子时,便将我塞进被窝。

蜡烛挪到了楼下,楼梯被踩得嘎吱响,厨房门也关上了。在一片黑暗之中,眼前的东西渐渐恢复了形状。窗户是个银色的正方形。我这一边的床很冷——杰克却像小鸟一样温热。有那么一会儿,我把身体横跨整张床,牙齿打颤,不断呼气,慢慢靠近他取暖。

"把膝盖挪到你那边去。"杰克说着,翻了个身。他醒了。"嘿,想一个数字。"

"一千一百零二。"我恍惚地咕哝道。

"乘以二。"他低声在我耳边说。

乘以二……是两千四百还是多少?我算不出来。可能是某个数字或别的什么……一只狗又吠了起来,还似乎吞掉了一只鹅。小声的低语仍从楼下的厨房传出。杰克又迅速睡着了,他一口气提完所有问题,随即在我身边打起鼾来。我缓缓伸展一下僵直的身躯,把所有手指都握在一起。现在我完全清醒了,觉得自己可以一直数到一百万。"一,二……"我默念;然后,就没有然后了。

第五章　壁板下的老奶奶

我们的房子保有着17世纪的科茨沃尔德风貌,并一如那时美丽。房屋是石头建成的,有着手工雕刻的窗户、金色的外表、长满苔藓的瓦片;墙壁非常厚重,不论季节和天气怎样变化,室内都有一股潮湿的寒气。阁楼和走廊上有许多与墙壁等高的房门,我们的手指总渴望将它们开启——这些门一度通往回声荡漾的密室,如今却被永远地封锁。这里曾是一座小型的乡村庄园,后来变成了公共啤酒屋。不过等我们搬来时,它破败得更厉害了。如今,房子由三个小屋舍连成一体,呈"T"字形,我们住在"T"字下头的这一竖中,上面的那一横——它延伸到山坡两侧,就像一个锈迹斑斑的贝壳,并被隔成两半,分别住了两个老太太,她们的领地互有重叠。

特里尔奶奶和瓦隆奶奶,这两位老人互为对手,总是挑战着对方紧张的神经,她们之间永恒的敌对就像墙壁里的老鼠,吸引了幼年时的我大部分的注意力。她们如镰刀一样弯曲的身躯、浅粉色的眼睛,还有篱笆般蓬乱的头发,都让我联想到巫婆的形象；而且，她们两个的样子也很像。作为近邻，她们长期以来从未和对方说过一句话，却用靴子和扫帚取代了沟通——在地板上跳脚或猛敲天花板。她们称呼对方为"下头那个楼下的"和"上头那个楼上的恶棍"；对另一个人来说，对方都是空气一样不足为道的东西、一个名字不值一提的本地居民。

"下头那个楼下的"老奶奶和我们住在一层，她可能是两个人中年龄较小的，就像一只白色的小尖嘴鼠，总是踩着小碎步钻过她的花园，把爪子搭在我家窗外，"咯吱咯吱"说长道短，或坐在阳光下吮吸面包。她永远神秘而独立，动作如羽毛般轻盈。她有两个名字，依据当天的心情随意更换。别人告诉我们，"瓦隆奶奶"这个名字最了不起，有着特别的渊源，它取自一个曾经显赫的家族。传闻说，在这个一路小跑的脆弱躯体中，流淌着某种贵族的血液，不过她从来不主动提起这些。她因为生养子女众多而出名，也因为穷困潦倒而出名。她依靠卷心菜、面包和土豆为生——不过，她也能酿造出绝妙的美酒。

瓦隆奶奶的酒在村中远近闻名，她把一年的大部分时间都用在酿酒的准备上。原料的采集是其中的头等秘诀。她每到四月初就挎着篮子出门，到田野和树篱边劳作，人们每天都能看见她在山谷中四处游走，一直持续到夏天结束。傍晚时，我常常见到她挑着沉甸甸的残花，颤巍巍地蹒跚回家，直到将一篮又一篮的野樱草、蒲公英、接骨木花堆满屋子的每个角落。在厨房地板上晾晒的接骨木花好似一层腐臭的地毯，又像一层灰绿色花朵凝结的冰霜，迅速地消融在夏日烟尘中。接下来，葡萄珠似的接骨木果将在紫色大锅中热烈沸腾，小雏菊、兰花，甚至是犬蔷薇枝叶也会加入其中。

瓦隆奶奶的厨房酿造了美好的季节，大锅里翻涌着明媚的夏天。枯萎的花朵堆积在地板上，随后被投入锅里凝为酒液；首先是野樱草刺鼻的甜香，其次是冒着强烈铜臭味的蒲公英、苦涩难闻的罂粟花粉、猫香花菜、泛着死亡绿色的接骨木花。她整日在外捡拾，穿越十几片牧场，将乡间小道和路旁篱笆洗劫一空——把收集的花朵带回铺着国旗的厨房，挑拣分类，支起炉火，放上大锅，并加入糖和酵母。每天，锅里都沸腾着糖沫，花瓣在翻涌的水中旋转，空气里弥漫着芳香、水蒸气和防腐剂的味道，蒸馏出炙热的水珠和馥郁的汤汁，而美酒则从湿答答的墙壁上淌过。

锅里熬煮的不仅是花朵；老奶奶还会把防风草、马铃薯、黑刺李、海棠和温柏加入其中，事实上，她把手头能找到的任何东西都扔了进去。瓦隆奶奶像疯了一样酿酒，完全不管不顾，只要有糖和酵母在，她甚至可以把旧火柴盒也酿成酒。

她从来不对她的酒催熟或窖藏，而是让它们慢慢经历自然的过程。煮沸以后，它们被留在锅里沉淀冷却。接下来的几个月，她用烤面包片舀出发酵的沉渣，然后将所有的酒液装瓶，贴上标签，收起来储藏一年。

终于，酒酿好了，到了该分发给大家的时候。我们听到窗户传来"咯吱咯吱"的摇动声，随后看到这位老奶奶站在窗前，她微笑着，手上挥舞着一只硕大的白罐子。

"嘿,你好,夫人!尝尝这个吧。这是我去年酿的第一拨野樱草酒。"

她穿过厨房窗户,将酒倒进我们的杯子,歪着头看我们喝下去。杯中的酒清冽而金黄,宛若一个浅淡的春日清晨般澄澈。它闻起来有股成熟的青草香,从远方的原野遥遥而来,尝起来则如空气一样清新。它看上去一点危害也没有,于是我们开心地一饮而尽,就连最小的孩子也喝得酣畅淋漓。然后,一阵古怪的晕眩向我们的脑袋袭来:潮水就像发烧时那样从我们的脚底升起,厨房的墙壁也开始震颤和挪移,我们所有人都仿佛突然爱上了彼此。

很快,我们推搡着挤在窗边,挥舞着杯子请求再多给我们一些酒,这时我们的母亲两眼发亮,嘴里嘟嘟囔囔地说着话,兴奋极了:

"上帝保佑你,奶奶。多么棒的野樱草和香芹。你一定得把配方告诉我,亲爱的。"

瓦隆奶奶把她罐中的酒全部倒进我们的杯子。她甩甩罐子,将最后几滴酒液倒在花丛里,随后迈开小碎步,嗤嗤笑着走上花园小径,留下我们在窗内拥抱成一团。

瓦隆奶奶沉浸在这些小小的嗜好中,它们温暖了她的老年生活,而她的邻居——特里尔奶奶,却一个爱好都没有。这是因为"楼上那个"像一只麻雀般节俭,生活简单得如一条小虫。她可以在椅子里一动不动坐上几个小时,仿佛眼前罩了一层黑色面纱,脆弱的四肢已被寒霜冻住,除了她的下巴偶尔发出轻微的动静,别人几乎看不出她是不是还活着。特里尔奶奶一开始吸引我注意的事是,她的嘴仿佛永远都在咀嚼。在终日不停的反复沉思中,她那折叠的牙龈起起落落。在我看来,这是一种老年人的游戏,一种缓慢而持久的饕餮享受。我想象着,她收到一条四分之一品脱重的面包——比如说,在某个星期五的晚上——然后,她把面包全都塞进那富于弹性的腮帮子下,缓慢地嚼上一个星期的时间。不过,事实上她从来不吃面包——也不吃黄油、肉和蔬菜,她的生活完全依赖于茶和饼干,还有乡绅老爷送给她的稠粥。

特里尔奶奶对时间有一种原始的感知,似乎遵守着某种残存至今的模式。比如,她会在清晨四点用早餐,在十点吃午餐,在下午两点半喝茶,而后在五点钟回到她的床上。不论冬天还是夏天,这套作息规律从不改变,而且很可能来源于她的童年生活,那时,她与她的父亲一同住在树林里。然而在我看来,这样的日程安排实在太过可怕,它完全打乱了秩序的根本。不过特里尔奶奶的作息是属于上帝或小鸟的;尽管她有一只表,但也只是为了听上面的滴答声,表针早在多年前就丢了。

与瓦隆奶奶住在下头的地下隧道、洞穴般的生活相比,特里尔奶奶的房子大门永远敞开,她的客厅随时欢迎我们的到来。这并不是说她总有办法可以躲开我们,而是说她完全任凭灵活机敏的我们摆布。她的房子就位于我家门外,门口环绕着一圈天竺葵盆栽。她那狭小的房间正对山坡,像去年刚修筑的鸟巢一样清晰可见。屋子里到处堆满了茶叶罐,弥漫着一股干燥的亚麻布气味,还有更加香甜、浓烈的老年人气息。

"你在家吗,特里尔奶奶?你在里面吗,奶奶?"

这是当然了——除此之外她还能去哪儿呢?我们听见她"嘎吱嘎吱"(咀嚼)的叹息声从屋里传出。

"好吧,我被束缚住了,哪儿都去不了。又是你们这些淘气包吗?"

"我们来看看你,奶奶。"

"注意别碰那些盆栽,不然我把你们切成碎片。"

于是我们三个人"咚咚咚"拖着步子跑进屋。特里尔奶奶正坐在窗台边,梳理她稀疏的白发。

"你在做什么啊,奶奶?"

"只是混日子,只是混日子,还有梳我这一点头发。"

柴火在冒烟,屋子看上去是蓝色的,朦朦胧胧。我们缓慢、小心地穿行在屋里的宝藏间:敞开的盒子、塞满棉线团的茶壶、沿着地板摆放的过滤盘。这位老太太坐在一旁温和地看着我们,并不怎么介意。与此同时,她的手臂起起落落,梳子乌黑的锯齿滑过她的头发,好像耙子耙过炉火的余烬。

"你要变秃了吗,奶奶?"

"我还有一点头发。"

"就快掉没了啊。"

"不,还没呢。"

"看看掉在你梳子上的那些东西。"

"那是健康的,为了让更多头发长出来。"

我们并不在乎说了什么,不过就是聊天,聊什么都行。不过,老太太突然间从椅子上跳起来,开始在地板上跳上跳下。

"下头那个!我的头发比她多!她的头就像马铃薯根一样秃!邪恶的老笨蛋,我会眼看着她死掉的。她的身体越来越不好,不信你们记住我的话。"

一通激动的发作后,她又回到窗前,把头发绾成一个松松的发髻。她干瘪的手做出美丽优雅的动作,那是她长期反复演练的成果;她的手指飞舞、盘绕、插好发簪,不需要镜子协助就能做好,最后绾出一个紧致、完美的发型,一枚银光闪闪的雪球。

"不要动我的抽屉!那里头是女人用的东西!"

梳好头发,她放松地坐下,戴上那副有裂纹的钢丝眼镜,从墙上取下《老摩尔历书》①,大声朗读起来。她的声音清晰而庄重,仿佛在诵读《圣经》。

"'关于海难的悲惨情报,在安提普兹地区',是对六月的预测,可怜的人,还有他们的所有家人。'一队科学家将从石缝中滑下,势必造成一些死伤……'噢,天啊,噢,那好吧,如果他们非要到这些地方勘察的话。'一具死于谋杀的尸体将被发现于某西部工业城市,举世震惊。'怎么样,你看我说什么!我

---

①即 *Old Moore's Almanack*,在英国每年出版的占星历书,首本出版于1697年,由占星师、医生弗朗西斯·穆尔(Francis Moore)撰写,书中包含对当今世界的预测。

就知道会发生这事，我一直等着呢。"她开始跳过很多页，翻过很多月份，只对那些让她震惊的警告信息多看两眼。"'国会危机'……'房屋被火球击中'……'暴动'……'皇室的惊喜'……'土耳其大屠杀'……'饥荒'……'战争'……'国王将罹患微疾'……"这本灾难目录似乎使她感到平静，使她确信世界是有序可循的。在老摩尔写下的篇章中，她看到了未来将发生的最坏事情；她看到了，却并不惊慌。这些警报既不是威胁，也不是预言，只是历史的一次次重演；它们让人慰藉，让人恐惧，也让人感到熟悉，它们的组成部分也是构成她漫长过往经历的元素，是她反刍的毒物，任她耐心地反复咀嚼，吞下去却幸免于难。

"啊，好吧。"她平静地说，放下了历书，"他预料到一些可怕的事。看上去真是可怕的一年。据他说，下星期二要下冰雹……"

我们男孩们拿起历书翻看，想找出更多不吉利的图片。书里有很多图画，诸如天空被闪电劈裂，教堂的塔尖倒塌，很多人溺水身亡，身穿礼服的男人摇着手指预警。这些图画虽然潦草，却栩栩如生，很像监狱墙壁上的涂鸦。我们同特里尔奶奶一样津津有味地欣赏这些图画，仿佛它们是世界末日的叹息，我们却不为所动。我们从中看到了外面的整个世界——它分裂、失控、遭受诅咒。不过自然，这些都与我们的村庄没什么关系；我们饶有兴趣地看着这些血腥的场景，觉得自己就像上帝一样既慈悲又残忍。

特里尔奶奶拿这本历书作为开胃小菜，现在她来到餐桌前享用午餐了。她将几块饼干泡在冷掉的茶里，再把湿透的饼干放到嘴里，用尽牙床的力量碾磨它们。她咀嚼得如此用力，别人还以为她在咬碎骨头。她穿着平日里的黑色网格连衣裙，不过她那明亮而年迈的头却从裙子上抬起来，好似一团火焰在冒烟的油灯上燃烧。她的眉毛很高贵，粉红色的眼睛闪闪发亮，鼻子像手指一样垂下来；她的脸只有下半部分是垮塌且弹性十足的，不过却由它们完成了全部的咀嚼工作。

"你有一百岁了吗，奶奶？"

"九十多——九十多。"

"你有爸爸吗？"

"上帝保佑你，我没有；他很早就去世了。在阿什柯姆，他被一棵树砸死了。"

她常常和我们讲起这个故事，现在她又一次讲给我们听。她的父亲是个伐木工人，就像巨人一样强壮，能提起一匹马和一辆马车。五岁那年，她的母亲去世了，从此她与父亲一起住在树林中。他们经常睡在帐篷或松木搭成的棚屋里。每次父亲出门伐木，小女孩就编织篮子，拿到附近的村子贩卖。他们就这样一起生活了十年，日子过得幸福圆满。她逐渐出落成一个美丽的少女——据说"不知道怎么回事，我好像让男人没法呼吸"——不过她的父亲非常谨慎，每当其他伐木工人前来找他，他就让她躲到成堆的麻布袋子下头去。

后来有一天，在她十五岁那年，一棵树倒在了他父亲身上。

她听到他的大叫,急忙跑过灌木丛,发现一根树枝刺穿他的身体,将他钉在地上。他倒下时脸朝着大地,所以看不见她。"我就要走了,爱丽丝。"他说。她用手在地上挖了一个洞,躺到他的身旁,然后抱着他,直到他咽气。整整二十四个小时,她一动没动,而他再也没有说过一句话。

最后,几个马车夫发现了他们。那时她仍躺在地上的父亲尸体旁边。她看着这些人将大树从父亲身上挪开,伸直他的四肢。然后,她跑进灌木丛藏了起来。她在附近的狐狸洞旁躲了将近一周的时间,不吃也不喝。后来乡绅老爷派人前来找她。他们找到她的时候,她就像野人一样拼命反抗。但他们还是将她制伏,把她带回了乡绅老爷的大庄园,在那里他们让她泡了个澡,并给了她一张床。"这是我有生以来第一次泡澡,"奶奶说,"他们六个人一起上阵,才为我抹上肥皂。"不过他们照料她、安慰她,让她平静下来,还给她家务活做,不久之后又让她嫁给了庄园的园丁乔治·特里尔。"他也是一个好人——他让我安定下来。那时我大概十六岁。他很像我的父亲,只是动作稍微慢了些——另外,当然了,他比我大出许多。"

她讲完这个故事,就把下巴靠在茶杯上休息。她的面容看上去既抽象又明亮,双眼四周爬满了尖锐而细小的皱纹,皮肤紧紧地包住骨架。她真是那个身材健壮、被马车夫在树林中追逐的爱丽丝吗?那个让男人们洗澡、最后嫁为人妇的十六岁少女?就和我们的姐姐桃乐茜一样大?

"这是我爸爸种的树。"她忽然漫不经心地说,向老旧开裂的窗户外面指去。

这棵壮观的山毛榉树遮住了至少一半的天空,摇曳的树影荫庇了整座房屋。它的树根像一只巨大的手,深深扎入斜坡,让山坡安稳地坐落;它的树干遒劲地盘绕,洒下恍若轻纱的绿色尘雾,高塔一样向上生长、直入云霄;它散开繁茂的枝叶,伸出一千条树荫小径,成了猫头鹰和松鼠居住的都城。我曾以为这样的大树必定同地球一样古老,但我做梦也没有想到,它们竟然出自一个男人的手。然而,正是特里尔奶奶的爸爸种下了这棵树,是他用手指把种子用力推入大地。他得有多么年迈,才能留下这样的印记啊?想想奶奶的年龄,再往前加上他的,你就回到了世界的太古之初。

"他当时还是个年轻人,这是当然,"奶奶说,"他是在结婚前种下的它。"她眯起眼睛向上看,凝望大树的顶端,然后坐下来,温和地点头;一枝树叶摇落婆娑的绿影,在她的脸上轻柔地晃动。

"我得去看看!"她冷不丁地说,颤巍巍地从椅子上滑下来。她离开我们,提起裙角,迈着轻盈的小碎步跑到大树边。我们看见她蹲在树下的草丛中,眼睛闪闪发亮,好像一只小巧的黑色山鹑。年老或许迫使她待在房子里,但在寻求安慰的时刻,她仍会朝着这片树林跑去。

特里尔奶奶和瓦隆奶奶是那种我们如今见不到的传统老人,是最后一代能让年龄点缀自身尊严的老奶奶们。那个时代的老奶奶们总会身穿古怪却招人喜爱的服饰，而如今我们只有在音乐厅才能见到。我们的这两位老邻居出门办事的时候，都会这样一丝不苟地打扮自己。她们穿上绣有蕾丝的高筒靴和细纱织成的长裙，佩戴镶嵌珍珠的项圈，身披灯芯绒披肩，头戴高高的阔边女帽，帽檐上缀满漆黑的亮片，还垂下几缕飘动的缎带。她们看上去就像两只椋鸟，全身镶着黑色的斑点，叮叮当当从黑暗中走过。

每当这两位严肃而熟悉的老年身躯这样打扮的时候，我都会为之深深着迷。等我有朝一日成为国王（我过去时常这么想），我将要求组建一支老奶奶仪仗队并训练她们，让她们来回进行列队游行——那里将满是一排排蹒跚迈步的靴子、点头不止的阔边帽、迎风舞动的披肩，还有一张张疯狂咀嚼不止的脸颊。她们被从所有的城镇和村庄中挑选出来汇聚在一起，然后坐着马车来到我的宫殿。当然了，这不过是君主的突发奇想而已，就像想吃热可可或喝果冻一样，不过比起平日里那些步伐疲惫的士兵来说，这样的场面可壮观得多了。

虽然她们都打扮得很正式，两个老太太却从没走远过——只是偶尔去教堂听布道，每周去村里的商店买一次东西。瓦隆奶奶去买她的糖和酵母；特里尔奶奶则去买她价值两便士的鼻烟。

吸鼻烟是特里尔奶奶一个可怕的坏习惯，并且她还沉浸其中无法自拔。她所有的衣服都沾上一种细小的棕色粉末，两个鼻孔被熏黑得如同狗獾的洞穴。她把鼻烟保存在一个小圆盒里，盒子是锡做的,被抚摸得像鹅卵石一样光滑。她不停地重复以下动作:轻敲一下,"咔"地打开盒子,用指尖捏起一撮粉末吸进鼻子里,"哈"地吐气,之后弹弹手指,擦擦眼睛,在空气中留下一缕微弱而干燥的云雾,仿佛真菌爆破的尘埃。

这个鼻烟盒让我们男孩既厌恶又兴奋,我们常常怀着崇敬的心情打开盖子,里头冒着强烈臭气的物质仿佛来自地下的世界:那里有着腐烂物土褐色的遗骸、变成粉末的躯体、压碎的老骨头、铁锈的碎渣,还有坟墓里的各种垃圾。这可怕的气味是那么浓烈刺鼻,它从盒子里袅袅上升,震颤的轻烟让空气充满生气,好似巫术的一丝神秘气息。虽然我们抓起一点闻了闻,但实在没法享受它,不过我们也不愿就此放下。

"你们又在玩我的鼻烟了?你们这帮小子!我要剥了你们的皮,我可会来真的!"

我们内疚地抬起头,看到她幸灾乐祸、咯咯笑着的脸,于是赶忙又捏了一大撮。我们呛出了眼泪,摇头摆脑,抽搐不止,在地板上滚来滚去。老太太得意地看着我们;我们突然的发作震动了整座房子。

"我猜,这下你们可尝到教训了吧,你们这些偷东西的小耗子。拿来,把它给我,我给你们示范。"

她拿过盒子,打开盖子,优雅地把粉末塞进鼻子。一阵狂喜的颤栗让她闭上了双眼。她已经飞到九霄云外去了。

一天早晨,母亲在削苹果,我们男孩就坐在一旁玩果皮。

它们卷成绿色的圆圈,散发着酸甜的清香。我们慢悠悠地咀嚼这些多汁的缎带,一边磨动下颌,一面含糊不清地咕哝。

"我是老奶奶特里尔,我在吃午餐。"杰克一面说,一面吮吸牙床之间的果皮。这个笑话可真好笑;我们咀嚼着,嘟囔着,做出许多没牙的人才有的费力动作。

"不要嘲笑她,"我们的母亲说,"可怜啊,可怜的灵魂,她整天都是一个人待着。"

我们看了姐姐们一眼,想把我们的幽默分享给她们,却没读出鼓励的意思。她们像往常一样,正沉浸在一些异想天开的劳动中,把死掉小鸟的羽毛缝到帆布帽子上。

"多么可怜而孤独的人啊,"我们的母亲继续说,因为怜悯而降低了声音。"这么做是罪过和耻辱!"她又提高声音说,"这么做完全就是——犯罪!你们这些女孩应该经常过去看看她!你们都知道她多么喜欢你们。"

我们的姐姐们已经到了光彩照人的年纪;她们小心翼翼地讲话,身穿华丽夺目的衣裳——到底有多美呢,换句话说,她们用所有手边找得到的碎布头打扮自己:这儿缩短一截,那儿加一小片薄纱,在大减价时挑拣一两片羽毛,手边是一团刺猬般的针线,满嘴含着别针,不停地丈量、裁剪和争论——就她们仅有的那点儿资源来看,她们就像用魔法变出了一套衣服,简直太不可思议了。

一直以来,她们都希望有机会展示自己,于是她们欣然接受了妈妈的提议。她们决定将自己打扮成最好看的样子,让特里尔奶奶大饱眼福。阁楼被洗劫一空,壁橱上撞出了裂痕,没过多久,所有东西都乱作一团。争吵、抢夺,但一切都顺利而高效地进行,她们迅速地收拾好自己;这里加个花饰,那里添块衬布,系上一圈束腰,穿上紧身胸衣;片刻的工夫,她们就像一群天堂鸟,迈着装腔作态的小碎步,出门看望老太太去了。

就像从前一样,我被她们东拼西凑、绚烂夺目的打扮吸引,于是紧紧地跟在她们的身后。美丽的玛乔丽带头走上小径,优雅地敲了特里尔奶奶家的门。与此同时,桃乐茜和范妮丝赶紧向上拉一拉滑落的腰带,又把滑下来遮住眼睛的束发带推上去,她们把手随意搭在臀上,轻声交谈起来——像是两个爵士舞交际花,在阳光下明艳无伦。

有那么片刻的时间,特里尔奶奶似乎什么都没听见,虽然女孩们已经敲了三次门。于是,在做了个迷人的耸肩动作,发出一声挑剔的叹息之后,玛乔丽用尽全力"哐哐哐"敲打起房门。

"是谁?"一声受惊的尖叫从屋里传来。

"是我们而已。"女孩们的声音因激动颤抖着。

她们迈起华尔兹舞步滑到门口,宛如玫瑰的幻影,摆出和《家庭杂志》里一模一样的姿势。"我们看上去怎么样,奶奶?"玛乔丽问,"这个款式是最时髦的,你知道吧。我们完全照那本杂志学的,书上说,它在斯特劳德特别流行。"

抖动羽毛,伸长脖子,欣赏自己在镜子里的扭捏作态,她们在房间里昂首阔步,好像三只美腿修长的火烈鸟,在金黄的羽毛下光彩夺目。对我来说,她们就是天空中的来客,带着仙女的光芒飞来飞去;她们用尽全部的热情,为老太太呈现一场杰作。然而很明显,一切似乎都不太对劲。空气中清楚无疑地飘荡着一股寒意……

奶奶注视了她们一会儿,猛地合上她的下巴;更糟糕的是,她的牙床也不再咀嚼了。然后她用力拍手,发出可怕的击掌声。

"你们这些荡妇!你们这些自以为是的狐狸精!给我出去,不然我就拿扫帚了!"

女孩们以双倍优雅的姿态退出了房门,虽然她们十分惊讶,却一点没感觉受到冒犯。她们的时尚感是不容被质疑的,因为她们不是走在时尚的最前沿吗?这个老姑娘怎么会了解腰带和束发带呢?——毕竟,她只是个农妇……

不过后来,特里尔奶奶却把我们的母亲拉到一边,严厉地说出她的担忧。

"你最好把这些女孩儿看得紧一些,不然,她们总有一天会为我们带来耻辱。挺着胸脯、打网球、模仿绅士阶层——这就是肉欲,是对上帝的亵渎。你一定得看好她们,夫人;我不喜欢她们做的事情,谦逊的女孩儿必须记住自己的身份才行。"

而母亲,我想她有一半是赞同的,但她从没想过要干涉她们的行为。

往后的很多年中,两个老太太的生活继续在"亲密"的敌意中围着对方运转。她们就像两颗清冷的双子星,彼此相连,却又彼此分离,依靠相互之间的平衡而活。她们都能回忆起久远的往事,遵循同样的生活风格和习惯,认可同样的封建秩序,信仰同样狂暴而可怕的上帝。她们相像的地方远比不像的地方多,但彼此之间就是无法相安无事。

为了确保永不碰面,她们特意把一切安排得井井有条。她们从不同的小路爬上山坡,选择不同的日子出门买东西,在不同的地段上厕所,甚至连去教堂礼拜的时间都会错开。然而她们总能知道对方要做什么,并热情地表示绝不支持。瓦隆奶奶忙着照看花香四溢的大锅,煮沸、搅拌她的美酒,从她的卷心菜田地爬过,敲打我们的窗户,说闲话,抱怨,或是唱歌;特里尔奶奶则继续摸黑起床,梳她花白的头发,出门坐在树林里,咀嚼,吸鼻子,吮吸稀粥,还有研究她的历书。然而在两个老太太之间,她们依然维持着一种互通的感应,完全依赖于她们的耳朵和鼻孔。每当瓦隆奶奶的美酒沸腾,特里尔奶奶就会全身抽搐;每当特里尔奶奶吸起鼻烟,瓦隆奶奶就会加以指责——而且一定让对方永远难忘。所以一天到晚,她们都在偷听,吸鼻子,打探,猛敲地板和天花板,一边在屋里徘徊、一边用力咳痰,远距离地造成对彼此的干扰。这是一种安宁的、有苦有乐的生活,由于多年来的习惯而更臻完美。而在我看来,她们两个仿佛是永远长生不死的丑老太婆,存在于经久不衰的神话中。她们仿佛永远都在壁板下的某个地方;而我也想象不出,没有她们的世界会是什么样子。

后来有一天,特里尔奶奶在从树林爬出来的时候跌了一跤,摔伤了她的髋部。她上床休息,并再也没能起来。她耐心地躺着,穿着印花布外套,脸色蜡黄,却把头发梳得像少女一样精致。她毫无怨言地接受了死亡的判决,就像某个巨大的权威——乡绅老爷、她的父亲,或是上帝——在一旁发出指令,要她接受这个命运。

"我知道它就要来了,"她告诉我们的母亲,"在那次显灵以后。上个星期我看见它坐在我的床脚。是个穿着白衣服的人,我不知道……"

第二天一早,一阵响亮急促的敲击声在我们窗户上响起。瓦隆奶奶正在外头来回走动。

"你听到它的声音了吗,夫人?"她有意问我们。"从午夜起,它一直在叫。"这只"死亡之鸟"是瓦隆奶奶的私人宠物和信使,说起它的时候,她突然跳了起来。"它叫了三四次,就在红豆杉林里。她就要走了,你们记住我的话。"

那一天特里尔奶奶真的去世了;她的骨头太老了,没有办法愈合。她就好像一个易碎的、苍白的泡沫,虽然被风吹得比同代的女孩更高更远一些,但却只是飘浮了足够久的时间,只是让我们得以看上她一眼,在眼前盘旋了短短一瞬;然后在倏忽间,她突然破碎了,并永远地消失不见,除了一个微弱而干涩的幻影和一丝鼻烟的云雾,没有在空气中留下任何东西。

老太太就像是当地的一座纪念碑,因此前来参加她葬礼的人挤满了小教堂。他们抬着她的灵柩,沿着树林边缘前进,又把它放上马车，一路穿越整个村庄。瓦隆奶奶穿着缀满黑色珍珠的衣服，远远地跟在后面；在葬礼仪式的全程中，她一直坐在教堂的后头，大家都很敬佩她。

一切都进展得很顺利，直到棺材下葬的那一刻，人群中突然爆发出痛苦的哭声。瓦隆奶奶的缎带飞起，阔边帽也歪了，她拼命往前走，想挤到坟墓旁边。

"这是个谎言！"她尖叫道，用手指着棺材，"这个荡妇比我还小！她说她九十五岁！——她绝不可能超过九十，我都九十二岁了！你们就这么让她回到造物主身边，这是犯罪！是最无耻的谎话！把这个老魔鬼挖出来！把那个黄铜棺材扔掉！这简直是对教堂的侮辱！……"

他们把她拉走，她挣扎着、哭泣着，用带铁弹簧的靴子不停踢蹬。但她的哭喊声终于越来越弱，不久便湮没在掘墓人铲土的声音中。一片片泥土落在特里尔奶奶的棺材上，将她与她的墓碑碑文一起永远尘封到地底；因为没有谁知道她的真实年龄，没有谁有那么年老，老到足以知道。

瓦隆奶奶获胜了，她埋葬了她的对手；而现在，她再也没有别的事可以做。从那时起，她一天天地衰弱下去，活动量也日益减少，总是待在她的房子里，并且不再见人。我们有时会在深夜听到神秘的敲打声，那种充满活力的、振奋人心的声音。可是到了白天，一切又都归于沉静，再也没有人走进花园，或是蹦蹦跳跳地跑来叩响我们的窗户。厨房中酿酒的火焰沉寂、消亡，就如同那痴迷于酿酒的甜美火焰一样。

大约两个星期后,没有任何特殊疾病的征兆,瓦隆奶奶在睡梦中去世了。被发现的时候,她躺在床上,戴着阔边帽和围巾,手中握着她最具标志性的扫帚。她睁开的眼睛直直凝望天花板,似乎在聆听死亡的到来。事实上,没有什么能支撑她继续活下去了;没有原因,没有疼痛,也没有愤怒。"下头那个楼下的"加入了"上头那个楼上的"的行列,她们住得更近了,近得远超任何人的想象。

第六章　公开的死亡，私下的命案

第一次世界大战后不久，村子里发生了一起暴力事件，它将我们集体拉入了一个沉默的大网，并在一段时间内使我们近乎与外面的世界隔绝。那时的我还年幼，并没有对这种事感到震惊，但我却认识那些与此事有牵连的人，也很早就知晓了整件事的前因后果。虽然人们很少谈论它（对陌生人更是从来闭口不提），但我们都非常清楚那一晚事情的真相，并一致同意，要把此事深深地掩埋，连带抹去它所有的痕迹。这件事是如此血腥、野蛮、突然，就像是一次家人突发的疯癫，我们痛苦地掩藏它，既是出于耻辱和自尊，也是为了这些染病的人考虑。

罪行发生在圣诞节的几天前，在一个大雪纷飞、游子归家的夜晚；每到这个时候，家人都会召唤远行在外的亲人回家享用一年一度的烤鹅盛宴。这个夜晚非常寒冷，几乎是科茨沃尔德最冷的日子，寒风从北极圈长驱而下。我们小孩子都待在床上，朝膝盖呼热气；妇人们在炉火边烤着双脚取暖；而男人们和年轻人都来到了酒馆。他们畅饮热乎乎的苹果酒，玩克里比奇纸牌,眼看着他们潮湿的长靴蒸发出水汽。

不过在那一晚,纸牌没有发出多少张,人们也没有玩上几局;一个幽灵的出现打断了这一切。门被一阵猛烈的风雪吹开,一个高大的男人大步走进了酒馆。在屋内的酒客看来,他似乎既陌生又熟悉。他有一张轮廓分明、晒得黝黑的脸,说话带着浓重的鼻音。他确信自己是受欢迎的,于是喊了每个人的名字;而那些人只是低下眼睛,略微点了点头。他"啪啪"地猛击吧台,为周围所有人都点了酒,然后开始说话。

除了年纪较轻的人,大家都还记得这个男人;现在,他们正研究着他身上发生的变化。几年前,当他还是一个苍白、瘦削的小伙子时,就被匆匆打发离开,去往某个殖民地。他是在教堂的许可和祈祷下被送走的,如同之前许多穷人家的男孩一样。这些人往往一去不回,从此杳无音信,渐渐被世人遗忘。现在,他们中的一个人回来了。就像一个外表镀金的幽灵,他看上去很成功、衣服华贵,用炫耀的谈资和财富,回来奚落这些"足不出户"的人。

他说,他是在这天清晨登陆布里斯托①的,搭乘的是一艘从奥克兰②出发的羊肉货船。他雇佣的马车在雪地里坏掉了,所以只能依靠徒步完成接下来的行程。他朝着父母的小房子走去,想给他们一个圣诞的惊喜;他还要在山谷里攀爬一英里,还要

---

①布里斯托(Bristol),英格兰西南部的港口城市。
②奥克兰(Auckland),新西兰的港口城市。

在雪地里跋涉一英里——当然现在,他不能错过这个老酒馆,对不对?

他背靠吧台,又开脚站着,在宾客面前展示着自己。除了他那高扬而尖锐的声音外,酒馆里一时寂静无声,酒客们目不转睛地注视着他。他在那边干得相当不错,他说,养牛赚了一大笔钱。其实这很简单,只要你有胆量,并且别陷在泥巴地里不出去看看,就像一些……老人们听着,年轻人看着,油灯的火焰将他们的眼睛映得通红……

他又叫了更多酒,请周围的人喝,男人们把酒猛灌进肚里。他谈论起外面的世界,谈到它的广阔与富裕。他教训老人,说他们白白浪费了生命;又教训年轻人,说他们沉浸在自我满足中,十分愚蠢;他们给乡绅老爷卖力干活,一星期只能挣来区区十二先令;他们全靠马铃薯为生,还要卑躬屈膝给人脱帽行礼;他们穷困潦倒、不名一文;他们什么都没见识过,除了泥巴、粪便和彼此的脸——或许再加上可以在星期六的晚上去斯特劳德看看。他们知道他都干了些什么吗?他都见识过什么?他做出了什么成就?因为喝了威士忌,他棕褐色的脸显得容光焕发。他拿出一捆一英镑的钞票,在吧台上一字排开,又从衣服口袋里摸出一块奢华的金表。这些不足一提,他说,仅仅是其中的一部分而已。他们真该瞅瞅他在新西兰的大农场——骏马,马车,每天都有肉吃,而且他永远不用称呼任何人为"先生"。

老人们一言不发,只是喝着他们的免费饮料,时不时地窃笑一声；而几个年轻人则待在阴暗的地方，紧紧地注视着男人，注视着他旋转的金表。当他醉得越来越厉害时，他们互相看了对方一眼，一个接一个地溜了出去……

外面的天气愈发恶劣，狂风裹挟着凌厉的雪片。冰封的夜晚带来刺目的寒冷，整个村庄的人都蜷缩在被窝中。到了酒馆打烊熄灯的时候，这个新西兰人是最后一个离开的。他拒绝了别人给他的灯笼，说自己就是在这儿出生长大的，根本用不着，难道不是吗？他拿出金币付了酒钱，系好外套的纽扣，然后高声道了句"晚安"，大步流星地出了酒馆，走进狂风怒号的山谷中。他刚喝过威士忌，觉得暖烘烘的，离家也越来越近了，于是他一面爬上山坡，一面唱起歌来。那些躺在床上的人听到了他最后的歌声——那高亢的悲鸣声穿透暴风雪而来。

当他走到石头十字架时，那些年轻人正等在那里——他们是一伙人，低着头站在风中。

"你好啊，文森特？"他们说。他停下了脚步，歌声也停了。

他们轮流殴打他，打得他站不起身，打得他满身是血、摔倒在雪地里。他们为自己的原因打他、踢他；他脸孔朝下趴在地上，不住地呻吟。他们剥掉他的外套，掏空他的口袋，又把他丢到墙角，然后甩下他离开了。伤口和酒力一并发作，现在的他不省人事。暴风雪整夜刮过他的身体，他再也没能从倒下的地方站起来。第二天早晨，人们发现他冻死了。

警察来了，不过当然，他们什么都没有发现，调查询问只换来大眼瞪小眼的沉默。但很快,这个故事被口口相传、广泛地流传开;它在我们中间被故意传播,被告知给所有人,不论男人还是孩子,使我们尽可能得知每一个细节,并且代为隐瞒。最后警察离开了,留下了悬而未决的疑案。但无论他们还是我们,都没有将此事忘怀……

大概十年后,一位老太太躺在床上即将离世。弥留之际,她的头脑变得凌乱起来。她涣散的心神在无意间透露了一些信息:她似乎正为一块手表惊恐不安。"那块表,"她不停地喃喃自语,"他们一定要找到那块表。告诉那个小伙子,藏好它。"一个穿黑色西装的陌生人突然出现在她的床边,手上拿着一个笔记本。在她辗转反侧、念念有词之时,他就坐在一旁等待,将耳朵凑到她嘴边,倾听她的低语。他很耐心,名字不为人所知,也从来不大惊小怪;他只是整天坐在她的床边,将笔记本摊开,手中的铅笔蓄势待发,一页页空白的纸张仿佛许多只等待聆听的耳朵。

老太太终于清醒了片刻,看到陌生人坐在她的旁边。"这是谁?"她向身旁的女儿寻求答案。女孩俯身到床边,"没关系的,妈妈,"她的女儿一字一句地说,"只是一位警察局的绅士。他不是来找麻烦的,只是想听听有关那块表的事。"

老太太用敏锐而清醒的眼光看了陌生人一眼,再也不发一言;她只是靠在枕头上,紧闭嘴唇和双眼,把双手交叠在一起,随后溘然长逝。这是有可能危及到她的儿子们的最后一个弱点;而黑色西装的陌生人也知道这一点。他站起身,将笔记本放进口袋,轻手轻脚地走出了房间。这个年迈、神思恍惚的垂死灵魂曾是他们最后的机会。此后,再也没有出现过任何其他的线索,于是这起案件永远也没能破解。

不过在那个冬天聚众结伙、伏击杀人的年轻人们仍继续生活在我们中间。我经常看到他们在村中四处走动:他们单纯而爱开玩笑,努力工作,性情温和——全都是家里的顶梁柱。他们没有遭到排斥,生活也一如往常,似乎没有沾染任何特殊的污点。他们属于这个村庄,这个村庄也给予他们照料。但不论如何,如今他们也已全部过世了。

虽然悲伤与疯狂的事件没有向外散播,只被控制在村庄的范围之内,但它们并非全然私密的;伴随着窃窃私语,它们也在人们的眼皮底下公然上演。发生在阿什柯姆的弗林小姐自杀一案就是如此;弗林小姐是一个离群索居、与众不同的美人,她那沉默、忧伤、放弃生命的形象,伴随着我直至今日。

弗林小姐住在位于山谷另一侧的一幢小屋里。小屋正对着塞文河①,每到落日时分,一排排彩色的窗子在夕阳下熊熊燃烧。她身材高挑,患有肺病,仿佛蓟花的绒毛一样苍白羸弱;她有着一头松软的秀发,迷人的样子堪比前拉斐尔画派杰作中的美人;她还拥有一架小小的风弦琴,挂在她的苹果树顶端,起风时旋转摇荡,奏出动听的曲调。同母亲一起散步的时候,我们

---

①塞文河(Severn),英国最长的河流,发源于威尔士中部河道,流经英格兰中西部,注入布里斯托海峡。

时常经过那条路,总是东张西望想看到她的身影。她一看见有陌生人到来,就立马跳起身来,跑进她的酒窖,或是扑到他们怀中。每当我们问起有关她的事情,母亲都会含糊其辞,然后说:"世上还有很多更坏的人,可怜的人啊。"

弗林小姐喜欢我们这些男孩,她给我们苹果,用鹅黄色的纤长手指轻抚我们的头发。从某种怪诞的角度说,我们也很喜欢她——她的蹦跳,她的头发,她挂在树上的风弦琴,她说话时古怪的方式。她的美丽在我们看来是不同寻常的,在这片地区没有人像她那样;她那瘦长的石头般惨白的锥形脸庞看上去十分冰冷,好似教堂墓地里的天使雕塑。我还记得最后一次经过她的小屋时,我们的眼睛像往常一样四处寻找她;她坐在彩绘的玻璃窗后面,脸上倒映着五彩缤纷的颜色。妈妈欢快地叫她:"啊哈,弗林小姐!你在家吗?你最近还好吗,亲爱的?"

弗林小姐纵身一跳来到门口,她低头看看双手,又看看我们。

"这些无礼的男孩,"我听见她说,"就跟摩根马一个样。"她抬起一个膝盖,绷直了脚尖。"我一直很坏,呃……太太。"她说。

她摇摇晃晃地向我们走来,手指不住绕着头发,看起来如此苍白,恍若白日里的月亮。妈妈同情地发出一声母鸡叫一般的"咯咯"声,然后说西风对人的神经不好。

弗林小姐以一种难以理解的热情拥抱了托尼,目光越过我们头顶,用力地凝望远方。

"我一直很坏,太太——我做了一些坏事,因为我必须得做。你知道吗,我妈妈又来了。我一直努力想赶走她那可怕的灵魂,她一到晚上就缠着我不放。"

片刻间我们就匆匆地沿着小路而下,虽然我们很不情愿离开。"可怜啊,可怜的人。"妈妈自己叹息道,"况且她还有一半绅士的血统……"

几天之后的一个清晨,我们围坐在厨房中,等着弗莱德·贝茨送来牛奶。那天肯定是星期日,因为早餐糟透了;不过若是工作日,这倒不算什么大问题。每个人都在发牢骚,粥煮煳了,我们到现在也没能喝上茶。弗莱德终于来了,他迟到了一个半小时,眼中还带着一种牛奶般湿润的神情。

"你跑哪里去了,弗莱德?"姐姐们质问他,他以前从没有迟到过。弗莱德是一个十几岁的小伙子,又瘦又小,有一个形似瓶刷的脑袋。不过这天早晨,猫咪没有围着他的腿打转,他也没有回答女孩们的话,只是为我们舀出往常分量的一壶牛奶,而后不停地抽鼻子,喃喃自语道:"老天,真他妈的。"

"发生什么事了,弗莱德?"桃乐茜问。

"没有人告诉你们吗?"他问。他的声音空洞、惊讶,还带着些自得,让女孩们不由站起身来。她们拽他进屋,倒给他一杯茶,强迫他坐下来待一分钟,然后将他团团围住,圆睁双眼。我能看得出来,她们察觉到出事了。

起初,弗莱德只是使劲朝他的茶吹气,喃喃自语:"谁能想到会发生这种事?"但女孩们慢慢地、旁敲侧击地追问他,最终从他口中得知了整个故事……

那会儿他刚刚挤完牛奶回来；天色尚早，晨光熹微，他走过了琼斯老爷家的池塘。他想拿起石头砸老鼠，所以停下脚步片刻——每抓住一只老鼠，他就可以得到两便士的报酬。走过百合花丛时，他突然看到有个东西漂浮在水面上：是一片摊开的白色物体。他起初以为是一只死天鹅之类的东西，或者起码是琼斯老爷的山羊。但当他走近一些时，却看到了弗林小姐浸泡得发白的脸，一双眼睛直直地瞪着他。她披散着头发——所以使他之前误认为是天鹅——而且身上一丝不挂。她的眼睛睁得很大，目光穿透水面望向天空，就像正在窗内向远方凝望。这下可好，他大吃一惊，手中的一个奶桶滑落在地，牛奶流进了池塘。他站了一小会儿，思索着："那是弗林小姐"；而除了他，四周一个人也没有。于是他跑回农场告诉大伙儿这件事。人们赶忙前往事发地，用干草耙子将她捞上来。他不愿再等着看热闹，这不是他的作风，他还有牛奶要送。

弗莱德坐了一会儿，啜饮他的茶。我们用惊奇的眼光盯着他看。我们都了解弗莱德·贝茨，非常了解他，我家的女孩们常常说，他这个人太过多愁善感；但就在两个小时以前，他看到了溺亡的弗林小姐一丝不挂的样子。此刻，他仿佛散发着呛鼻的味道，咸涩、腥辣，让我们全都想摸一摸、尝上一尝。兴奋的女孩们想拉他回来，让他把故事再讲一遍。但他只是把茶喝完，用力吸吸鼻子，然后离开了我们，说他还有牛奶要送。

消息迅速传遍了整个村庄，女人们开始在各自家门口聚集起来。

"你听说了吗?"

"没有,听说什么?"

"可怜的弗林小姐……她把自己溺死在池塘里了。"

"这不可能!"

"是真的。是弗莱德·贝茨发现了她。"

"是真的——他刚刚在我们厨房里喝茶时说的。"

"我真不敢相信,我上个星期才刚刚见过她。"

"我知道,我昨天才刚刚见过她。我说:'早上好啊,弗林小姐。'她就说:'早上好,爱尔丝太太。'你知道的,就像她一贯那样。"

"可是她才刚到过镇上,还是星期五的事!我在'家与殖民地'的店里见到了她。"

"可怜又可悲的人啊——她究竟为什么这么做?"

"她有一张多么可爱的脸蛋啊。"

"她对我的儿子们特别好,她那么善良,一想到她躺在那儿……"

"听他们说,她有些生理缺陷。"

"你是说那些男人吗?"

"不,还要严重。"

"什么缺陷?"

"嘘!"

"呃,不是所有人都知道的,当然……"

弗林小姐淹死了。女人们看着我，听我讲述事情经过。我偷偷溜走，跑下小径。我因兴奋而口干舌燥，又因恐惧而身体紧绷；我只想去看看那方池塘。一群村民，包括我的姐姐们，全部站在那里，睁大双眼眺望下方的池水。池水平静、碧绿、空灵，一团牛奶黏在芦苇旁边。我躲在灌木丛后，希望不被人发现，然后注视那团冒泡的污渍。这就是让弗林小姐窒息而亡的池塘。但奇怪的是，这却并不是一场意外的事故。她赤裸全身，在深夜中独自走来，像上床睡觉一样滑入池塘；她躺在那里，等待池水将她淹没，然后在芦苇丛中静静地溺亡。我凝视百合花盘绕、深植于泥土的根须，凝视百合花四周海绵一样松软的芦苇；那是她躺下的地方，在碧绿水面下方一英寸的位置，她独自一人，安静地度过一整夜时光，目光穿透水面注视着天空，就像穿透窗户凝望远处，等待着弗莱德的到来。我的一个膝盖开始打颤，毫不费力便能看到她还在那里；她的头发浮在水上，苍白的眼睛张开，就和弗莱德发现她的时候一模一样。我清楚地看到了她，她的身形被微微放大，我还听见了她干涩、模糊不清的声音："我一直很坏，太太。我妈妈的灵魂又来了。她一到晚上就缠着我不放……"

池塘里空空荡荡，她被装进棺材抬回了家，女人们看见了她的尸体。但对我来说，只要记忆还未消亡，弗林小姐就永远浸没在那个池塘中。

至于弗莱德·贝茨，在那一天，他无论走到哪儿都受到人们热烈的欢迎。他一遍又一遍地讲述那个故事，喝了不下几十杯茶。可是就在突然之间,他的名声臭掉了,因为后续发生了一件更不吉利的事。刚好在第二天,在前往斯特劳德的路上,他亲眼见到一个男人被马车碾死了。

"两天就发生了两次这样的事。"村民们说,"下回他该见着魔鬼了。"

那件事后,大家都对弗莱德·贝茨避之不及。一看到他迎面走来,我们就走到马路另一侧去。没有人愿意同他讲话或与他目光相接。他丢掉了送牛奶的差事,被送往采石场单独工作,过了很多年人们才重新接纳他。

虽然这些谋杀案与溺亡案发生在很久以前,它们却时常浮现在我的脑海中:强烈的死亡气息、一触即发的暴力行为、任由池水淹没的绝望美人、雪地里愤怒的血迹。在它们发生的那个年代,这个村庄就是全部的世界,我所知道的一切也仅限于村里的事。事实上,这个村庄就像一个深不见底的洞穴,依然与它怪诞荒唐的过去相连接,在它的重重阴影下,依然隐约充斥着来自祖先的精神与法则。我们栖居在这个深洞中,回望的目光穿透一个个房间,直抵它最初幽灵般的景象。这里尚未受到电灯的横扫和清洗,没有维多利亚式教堂带来的逆城市化进程,也还没有被铺天盖地的电影院广告所掩盖。

在这里,我们刚好有足够的时间用来传承并隐约地了解,了解那些从石器时代起村里人便代代相传的血脉和信念。虽然这种持续的联系最终被打断,更深处的洞穴也被永远地封锁,但当我赶在那个时代终结之前到达这里的时候,我依然捕捉到了它的一些残留气息,宛若冰川般古老。石缝中,树林里,墙壁间常常有幽灵在游荡,每一片原野和丘陵上都有那么几个;老人们知道这些东西,提起它们时各有各的说法。山谷里还有一些特定的地标——它们有着独属的、古老的、含糊不清的名字,比基督教更为古老;当年,女人们会在聊天时谈到这些名字,但在如今再也没有人提起。此外,人们还对死亡抱着一种坦然而毫不畏惧的态度,并且接受暴力的存在,仿佛这是某种老规矩,没有人会予以谴责或是请求原谅。

在我们灰色的石头村庄里,尤其在冬天,这样的故事从不稀奇。每当我待在家中,坐在聊天的姐姐们中间,或是同一位哑着嘴的老太太在一起,听她们讲述各种故事漫长的细节,比如不幸的自杀案、斗殴的男人死在雪地里、被巫婆诅咒的寡妇被公牛顶破了肚子、爱吃小孩的母猪,或是诸如此类的事情时,我都会望向窗外,看着潮湿的墙壁滴水,看着漆黑的树林被风吹得弯腰。而后我便有一种感觉,感觉这些事件的发生不过是这片土地上与生俱来的一场场骚乱而已,虽然我听到它们时会嘴唇发干,却并没有感到震惊。

我来到世上还不久,生命的诞生对我而言没有特殊的意义;让我着迷的是它的另一端。死亡是迷人的,我已经见过太多次死亡,它就是我童年中的一日三餐。又有人走了,他们在夜里去世,而且没有人试图隐瞒此事。年老的女人们兴致勃勃,前来告知这个消息。死者受到祷祝,而后入土为安;与此同时,妈妈和女孩们则聚在厨房里聊天，回顾死者临终的情形："可怜的老人。她抗争到了最后一刻，一丝力气也没有了。"她们动不动便落下泪来，吸溜着鼻子，脸上浮起健康的红晕；她们也会这样哀悼一只狗的死亡。

对老人来说，冬天当然是最糟糕的季节。每到这时，他们就像盐腌的蜗牛一样蜷缩起来。我们在一个星期日拜访了家住商店旁边的老戴维斯夫妇。那是一个寒冷而潮湿的一月，似乎人的骨髓都快冻得结冰了。在这段时间里三个连续的星期六，有三位老人被相继送进了坟墓。戴维斯夫妇也苍老得厉害，但他们拥有一种顽强求生的意志。我还记得他们注视对方的时候，眼里总带着牌手一般精明的目光。这个早晨，女人们再一次谈论起关于葬礼的事，我们男孩们则依偎在炉火旁。戴维斯太太看上去神气活现，她逐一道出前去参加追悼会的人的名字，挨个评论他们的健康状况。她摇晃白花花的脑袋，犀利地瞥了一眼丈夫，说她很好奇下一个会轮到谁。

老头听了，随手向炉火里添了几根木柴，然后朝他的绑腿上磕了磕烟斗。

"你最好关紧窗户，太太，"他说，"那个老混蛋好像总爱在周末抓走他们。"

他连连气喘，咳嗽了几下，又重新恢复了那种快乐而沉默的状态。他的妻子开心地端详他片刻，然后叹了口气，转过头来看妈妈。

"以前，你必须使劲跑才能跟得上他，"她说，"可现在，和他说话只能马马虎虎。他不再是我记忆里的样子了,年纪让他慢了下来。"

她的丈夫只是咯咯一笑,注视着炉火中的木柴,仿佛他的袖子里还藏着几张纸牌。

过了一两个星期,他便卧床不起了。戴维斯先生的状况很差,据说一天天地消瘦下去。我们再次爬上山坡,前往山旁的小屋打听这位老人的情况。戴维斯太太看上去兴致勃勃,她披着一块崭新的黄色围巾,在盒子大小的厨房里接待了我们——这是一个狭小的、烟雾缭绕的洞穴,聚集了他们用一生时间积攒的脆弱的战利品,其中包括零星几件瓷器、一个天使造型的钟表、一本挂在壁炉旁绳子上的课本、一座维多利亚的半身雕塑,几个破碎的茶壶和烟斗,还有一幅版画,描绘的是英国红衫军[①]在海滩上的场景。

戴维斯太太在煮一锅燕麦粥,她佝偻着瘦削的后背,像是一个鳝鱼笼子。她邀请我们坐下,又在锅里疯狂搅拌一阵,然后颓然跌坐到一把藤椅上。

"他的情况很不好,"她说着,猛地抬头向楼上看去,"这倒没什么奇怪的,他已经用了很多年氨水了……他的肺就像海绵。他自己还不知道,但我们都觉得他快不行了。"

她递给我们男孩一把硬豌豆嚼,然后坐下来和母亲聊天。

"事情是这样的,李太太,他从上个星期五开始生病。我找

---

①即英国军人,身穿醒目的红色衣服。

人把女儿玛琪叫了回来。我们为他请了两个医生，威尔斯医生和帕克医生，但他们在是否应该做手术的问题上起了争执。威尔斯医生不相信手术能医好他，所以开了一个治疗方案；可是帕克医生非常生气，固执地坚持开刀。但艾伯特是绝不会被搞昏头的。他说他一点也不想被屠杀掉。'给我一点煮熟的培根，就让我听天由命吧。'他是这么说的。当然，在这一点上我支持他。确实如此，你知道吗——一旦你的身体被切开，你永远都回不到原来的样子。"

"我来煮粥吧，"妈妈说着站起身来，"你要做的事太多了。"

戴维斯太太茫然地放开手，任由妈妈拿过长柄勺，抖了抖围在肩上的披巾。

"你知道吗，李太太，昨晚我坐在这儿，数了数到底有多少人被带走了。从农夫勒斯蒂死掉开始，到这次追悼会，我想已经有将近一百个人。"她十指紧扣，虔诚地祷告，眼睛看着天花板，"请赐予我对抗世界的力量，战胜即将到来的一切……"

之后，我们获准去楼上探望卧床的老人。戴维斯先生快要不行了，这件事再清楚不过了。他躺在狭小、冰冷的卧室中，呼吸渐渐粗重，瘦削的棕褐色手指紧紧揪住床单，像是钩住铜线的钩子。他的脸就如一个包在黄纸里的骷髅，上头戳开两个闪光发亮的窟窿。他的头发梳过了，好像石头上竖起的一根根结霜的枯草。

"我带男孩们看你来了。"妈妈大喊，但戴维斯先生没有回答。他只是凝望远方，望着某个发光的地方，望着某些我们看不见的东西。屋里陷入了一阵长久的沉默,浮动着古龙水和床铺灰尘的味道,还有潮湿的墙壁和发烧病人散发的苹果似的甜味。老头叹了口气,蜷缩得更小了些,晶亮的泪水晕湿了枕头。他舔舔嘴唇,瞥了妻子一眼,然后气喘吁吁,发出一阵半笑半咳的咯咯声。

"等我走时,"他说,"让我体面地走,夫人。把我的东西用红色的丝绸手帕包起来……"

有时,潮湿多雨的冬日仿佛永无止境,这些日子常常让人们想要自杀。女孩们跳下深井,男人们割断静脉,未婚的老小姐把自己锁在屋里饿死。这样的举动确实有些挥霍人生的意味,充满了对生命的轻蔑和控诉,但那些自杀的人却从未受到谴责,人们还用某种特殊的口吻说,他们的做法使他们超越了生存本身,升华到更高的层次并战胜了人世间的苦难。然而即便如此,这些突然爆发的事件常常会迅速蔓延,掀起一波又一波自杀的浪潮。事实上,在一个格外幽暗阴郁的冬季,连验尸的法医都自杀了。

不过,只要你能摆脱忧郁的情绪和腐烂的肺脏,顺利幸存下来,就很有可能在这个山谷里活到百岁。比如约瑟夫和汉娜·布朗,这对夫妇就似乎坚不可摧。自从我记事起,他们就一直住在公用地旁的小屋里,据说已有五十年之久;对我而言,这就如同活到永远。他们养大了一群子女,把他们送入世界的怀抱。之后两人继续孤零零地生活在这里,没有了孩子们的喧闹声，只剩下一些翻烂了的信件和照片。

这对老夫妇彼此倾心，仍同爱侣一般，生活如意并自给自足；他们从未走出村子一步，也没有离开过对方的陪伴。他们生活得温暖而舒适，就像两粒包着外壳的栗子。白天，他们的烟囱冒出袅袅蓝烟；晚上，一扇扇红色的窗户光芒闪烁。每当我们经过，他们的小屋都像在宣告着一个事实——"布朗夫妇居住在此"，仿佛成了自然的一部分。

尽管面色苍白、形容枯槁，他们却仍然活力十足，把生活过得从容不迫、井井有条。老太太做饭，养鸡，将洗好的衣物晾晒在树枝上；老头拾木，拿镰刀劈柴，时不时种些花果，闲坐在门口的椅子上眺望山谷，或者只是打盹小憩。夏天到来时，他们将水果封存在瓶中，等冬天来临，再取出来吃掉。他们所做的不过是生活必须要做的事，但他们却善用技巧，怀着深情完成这一切——而后，他们并肩在厨房坐下来，享受已过了半个世纪的沉默时光。所有上门拜访的人都会受到他们的隆重欢迎，不管是男人、野兽还是孩子。而在我看来，他们就像两只黄褐色的昆虫，行动缓慢却灵巧，随便找一点食物，节俭地享用，然后复归于或长或短的宁静。他们交谈时从不提高嗓门，只是发出轻微、短促的唧唧喳喳，好像鸟儿在歌唱。在狭小的厨房走动时，他们的步伐是如此流畅自如，他们滑行在磨旧而熟悉的轨道上，从不会撞上对方或挡路。他们深情款款，脸颊粉红，宛如两粒樱桃，多年的相濡以沫使他们互相模仿和融合，甚至连眼神和口音都变得同对方一样。

老布朗夫妇仿佛会永远活下去,他们的爱情恒久不衰,相比之下,他们长寿的奇迹也都黯然失色——如果可以把这种平衡的关系称为"爱情"的话。但突然地,在前后两天的时间里,他们两人都衰弱下去,就像两台上好发条、同步运转的机器,恰好在同一时间渐渐损耗。他们对彼此的依赖堪比传奇,以至于最初我们并没有发现他们陷入了困境。过了一个星期,没有人见到他们的踪迹,几位邻居觉得还是拜访一下为好。他们发现汉娜老太太躺在厨房的地板上,正用勺子喂丈夫吃东西;他则躺在角落,身上半盖着地垫。他们两个都很虚弱,站不起来。她说她切了一盘果皮吃,因为没有力气开火煮饭。不过他们的情况并不严重,只是虚弱而已;他们可以熬过去的,这不算什么问题。

但再后来,有关机构得知了此事;前来探望的老小姐们忙活了一阵做出决定,他们必须搬到别的地方去。现在他们太虚弱,没法照顾对方;子女又分散四方,忙得帮不上忙。眼下只有一件事要做,也是最好的解决办法——他们必须搬进济贫院。

老夫妇既震惊又恐惧,他们躺在地上,紧紧握住对方的手。"济贫院",一个向来耻辱的字眼,将灰色的阴影洒向生命的终点,它是老人们最害怕的地方(即使有段时间被称作"医务室"),比欠债、监狱、乞讨甚至是发疯带来的污点更令人深恶痛绝。

汉娜和约瑟夫对到访的老小姐们表示感谢,但也恳求这些人让他们留在自己家里,像他们希望的那样留下来,他们不会制造任何麻烦,只想同彼此待在一起。济贫院无法给予他们所需的慈悲，只能以慈善之名将他们分离。但他们宁可销声匿迹、死在河沟里，或是注视着厨房中自己一生收集的东西，慢慢饿死——那些擦得干干净净的桌子、盘子和平底锅、冷掉的炉子，停摆的洁白钟表……

"你们会得到很好的照顾，"老小姐们说，"还能一个星期见两次面。"这些欢快而喧扰的声音连同当局一起哄骗他们，没有经验的老夫妇不知道该如何拒绝。于是在那个下午，他们脸色惨白，无言以对，被带走送进了济贫院。女士区的一张床接待了汉娜·布朗，约瑟夫则在男士区躺下。这是他们相伴五十年来头一次与彼此分离。他们再也没能见到对方，因为不到一周的时间，他们就双双离世了。

他们的结局久久萦绕在我的心头，是那仁慈而致命的当局一手安排了此事。从与对方分开的那刻起，生命便已离他们而去，于是他们一同终结了生命，就像在执行一份共同协议。他们的小屋空荡荡地伫立在公用地的边缘，前门紧锁，寂然无声。它的石块迅速变冷，抗议着其中突然消逝的生命。不到一年，它便轰然倒塌；最先是屋顶，然后是墙壁，最终，残石碎瓦四处散落，堆积在纠结缠绕的荆棘丛中。它的崩塌是如此迅猛和势不可当，仿佛是这对老夫妇亲手将它摧毁的。

没过多久，约瑟夫和汉娜以及他们漫长的亲密生活所留下的痕迹，只剩下若干蔓草丛生的树墩，一座废弃的花园，几个生锈的瓦罐，还有一株野蔷薇。

第七章 母亲

19世纪80年代早期，我的母亲出生在格洛斯特附近一个叫奎奇利的村子里。她的母系家族世代都是科茨沃尔德的农民，并且无一不因灾难失去了自己的土地；其中，酗酒、天真、赌博、抢劫也扮演了近乎同等重要的角色。母亲的父亲叫约翰·莱特（John Light），是一名伯克利地区的马车夫；因为他，母亲拥有了同城堡的某种神秘的关系，某种模糊、隐秘、渐渐为人所遗忘的关系，谁知道到底是什么呢？不过这总归暗示了一种血缘上的联系。

事实上，据人们传言，对爱德华二世①的谋杀是由一个叫莱特利（Lightly）的商贩发动的——至少，这是一位当地学者的观点。母亲羞耻而愉悦地接受了这个理论，就像我听到这个说法后困惑而矛盾的心情一样。

不过，不论她的祖先是多么惊世骇俗的伟人，母亲还是降

---

①爱德华二世（Edward Ⅱ），英格兰国王（1307—1327年在位），最后被推翻并处死。

生在与普通人一样贫穷的家庭里。她是家中唯一的女儿、男孩们唯一的姐姐,承担了照顾他们的重大责任。没有姐妹,也没有女儿,这是母亲心头永远的遗憾;与兄弟和儿子为伴是她一生的命运。

她是个活泼开朗、富于幻想的孩子,拥有一颗充满好奇、求知若渴的头脑;她与生俱来的优雅气质与她的出身背景颇不相符。但她是村塾校长的骄傲,他用尽全力保护她、培养她。在那个时代,乡下学校的教育充其量不过是一次次体罚间歇的插曲,男孩们在其中学到类似身上淤青般的现实真相,女孩们则几乎是无关紧要的角色。在这些人中,乔利先生——奎奇利的村塾校长发现,这个认真的孩子与她的求知欲是如此难得,令人无法抗拒。这位老人曾执着奋斗数十年,将基本知识传授给好几代农家的孩子。从安妮·莱特的身上,他看到了一种异常的才华,感到自己有义务去培养和珍惜。

"乔利先生是真正有教养的人。"母亲告诉我们。"他为我受了很多苦。"她咯咯笑着说,"他经常在放学后找我,教我做算术——我从来不擅长算术。我现在都记得他的样子,他踱着步子走来走去,拉扯他短小的白胡子。'安妮,'他过去总这么说,'你写字很好看。你写的文章是全班最棒的。但你不会算术……'我确实不会,它们老是在我脑子里缠成一团。不过他很有耐心,能教我学会;他还把所有美丽的书借给我看。他希望我能接受训练,成为一名教师,你知道。不过当然,父亲可不愿听他的……"

十三岁时,她的母亲病倒了,这个小女孩不得不离开学校。五个年幼的弟弟和父亲正等着她来照顾,没有别人能帮得上忙。于是她收起书本,收起她那羞怯的野心,一如她生来就被希望的那样。校长勃然大怒,骂她的父亲是无赖,却无力干涉。"可怜的乔利先生,"母亲深情地说,"他似乎从来没有放弃我。他总会在我洗衣服的时候来我家,为我讲奥利弗·克伦威尔的故事。他总是那么悲伤地坐在那儿,说这真是一种罪恶的耻辱,直说得父亲气得跳脚、破口大骂……"

这个小女孩粗心大意、发育不全,或许再没有谁比她更不会抚养五个高大威猛的弟弟了,但她至少已经尽了全力。她逐渐长成一个少女,头发乱蓬蓬的,时而心不在焉地做着家务活,时而眼望蔬菜呆呆出神;她生活在联翩的浮想之中,而不是家务的规矩里:乔利先生和他的书本毁了她。在她小小的闲暇时光中,她会梳起头发,把自己挤进一件紧身的连衣裙,在窗前坐下,或是到田野中漫游——她有时背诵诗歌,有时则用纤细、雪花般的笔触,潦草地描画乡间风景。

在村里其他女孩看来,母亲是个与众不同的人物,她们对她好奇,被她吸引。她爱做梦的天性,她精神质的幽默感,她的创造力、辛辣讥刺和优雅的言行举止,都让她们既好奇又困惑。她们聚在一起时也会争吵、嫉妒、谩骂和哭泣;但在奎奇利女孩们的小圈子里,母亲永远是让人恼火的核心人物:她们传阅书籍,安排远足旅行,说出的俏皮话让男孩们大惑不解:"比提·托马斯,菲利普六世——我们从前总拿他们当笑料。看我们干的好事，我们那会儿太坏了。"

等弟弟们长大能够照顾自己的时候，母亲就外出帮佣。戴上最好的草帽，拎着绑了绳子的箱子，十七岁的她身形姣好，带着点不舍，带着点兴奋，走进了一个满是豪宅①的世界；在那个年代，这些府邸使大多数像她一样的女孩着迷不已。她当过帮厨、女佣、保姆、客厅女侍，在遍布英国西部的大庄园里，她见到了永生难忘的奢华和风雅。从某些方面来看，她天生就属于那里。

那些绅士阶层的理念就像爱和戏院一样萦绕在她心头，在她的余生里挥之不去。经由她的影响，这种理念也同样萦绕在我们心间。"真正的绅士阶层不会这么做事，"她经常说，"绅士阶层总会这么做……"一说起这些绅士阶层的行事方式，她的语气就变得虔诚而文雅，充满了神往。她提到的文化标准是我们永远无法达到的，我们也为这种标准的完美与无法企及而悲伤。

比如，有时面对着厨房里仓促做好的饭菜，母亲会神游天外，将它幻想成别的样子。她迷蒙的双眼中闪动着光芒，身体摆出一种特别的姿势。她轻柔地将几个盘子摆上餐桌，然后神气十足地卷着手指……

"共进晚餐的时候，他们就像这样逐一安排座位；每位客人都有一个调料瓶……"我们耷拉着脸，盯着盘中的蔬菜和培

---

① Great house，英国乡村的主要住宅。

根。现在,简直没法停止她滔滔不绝的讲话:"银制的餐具和餐巾必须整齐地摆好,每用完一道菜后就得更换一套……"我们那破旧、弯折的刀叉被母亲飞快地摆成一条线,仓促潦草地摆在桌边。她连说带比划,"首先,管家会端上汤来(舀一舀),从女士们开始为大家盛好。下一道菜是河鳟鱼,也可能是新鲜的三文鱼,(撒一撒)上面稍稍淋上一些香草和酱汁。接着可能是几只山鹬,或是一只珍珠鸡——噢,对了,还有烤肉。当然,只有绅士才享用这些,女士们只浅尝几口盘子里的东西,绝不会多吃。""为什么不多吃一些?""噢,那样不太得体。之后厨师会送上紫罗兰蛋糕,还有浸了胡桃和水果的白兰地。当然,你也可以喝葡萄酒,每一道菜时都有,盛在不同的玻璃杯里……"我们一边震惊地听着,一边磨牙,将饥肠辘辘的感觉吞下肚。而与此同时,妈妈把煮汤的事忘得一干二净。汤溢了出来,扑灭了灶火。

不过我们发现,大庄园里还有些别的故事,多少令人感到屈辱。舞会的掠影、光鲜亮丽的人群、光芒四射的枝形水晶吊灯,按母亲的说法:"第二天早晨,我们得清理一桶燃剩的蜡烛。"另外,还有艾米丽小姐的订婚仪式,母亲是这么说的:"她太美了——我们可以在楼梯上偷偷瞟一眼——一位从巴黎来的男士为她做头发。她的裙子上镶了一千颗珍珠。穿黑色衣服的小提琴手坐在楼座上休息。绅士们全都身着礼服。等到了跳舞的时候——波尔卡、两步舞、苏格兰慢步圆舞——啊,天啊,我真着迷。我们所有人都在楼梯最顶层聆听乐曲。我知道,那时候的我很淘气。我一把揪住餐具室的男仆,对他说'来吧,汤姆',于是我们就在走廊上翩翩起舞。之后男管家发现了我们,给了我们好几个耳光。他是个可怕的人,比先生……"

那时,这些女孩过着漫长而艰苦的日子:她们天不亮就起床,睡眼惺忪地生起二十或三十堆火;然后扫地,刷洗,除尘,把屋里的东西一遍又一遍擦得锃亮;擦拭堆得如金字塔般高的玻璃杯和银器,楼上楼下奔走不停;而当你刚想伸开双脚歇息片刻,急躁的小铃铛又匆忙响起,像是谁在大发脾气……

一年的工资是五英镑,一天工作十四个小时,筋疲力尽时睡在一间狭小的阁楼中;其余的时间,她们大多待在楼下的仆人大厅,遵从比印度还要严格的种姓制度。

但是同样,楼下也有着朝气蓬勃的生活,这个下方的世界温暖而富足,大家挤在一起,舒适地享用大餐,每个人都有烤肉和波特黑啤酒。在一个与其说专制不如说满身杜松子酒芳香的管家,以及一个与其说严肃毋宁说有趣的胖厨子的统治下,这些年轻的乡下姑娘同马夫、男仆们一起,将生活过得如肉汤般热气腾腾。沿着走廊的追求、洗衣房浆洗过的爱恋、铺了绿色台面呢的门后那小心翼翼的亲吻——这些幻想与约会,填补了那一排排铜铃消停时的片刻空当。

我很好奇,妈妈是如何融入其中的?还有那些手指灵活的客厅女王、古板的女佣、统治一切的厨师、大发雷霆的奶娘——他们会把她怎么样?淘气、糊里糊涂、充满奇思妙想、有点蠢笨也有点令人惊奇,她完全超出了他们的理解范围,一定经常令他们感到绝望。但她在那些仆人大厅里却很受欢迎,好像一种吉祥物或小丑;而且她很美丽,是那个时期最美的美人。她或许并不了解自己的美貌,但她的照片揭示了这一点;对于她的引人注目,她自己仿佛十分惊讶。

我记得很清楚,有两个故事体现了她的惊讶。它们不过是偶然的事件,但在妈妈告诉我们的时候,那种辛酸的感觉却让我们相信它们一定不是陈年旧事。从那时起一直到她的晚年,我肯定已经听过很多次了,但她每次讲起时依然会脸颊绯红、眼睛发光,并低下头来惊诧地看着自己的双手,再一次回忆起那两次神奇的相遇。在那短暂的时刻,她摆脱了女佣安妮·莱特的身份,飞上了珐琅彩桃金娘制成的宝座。

第一件事发生在19世纪末,当时母亲在加温斯顿宅邸做工。"这是一座老房子,你知道,布局非常凌乱,里头很黑,可以说,在某种程度上很落后。不过他们都很有意思——不仅仅是绅士阶层,而是所有的人,有时候连黑人也是。宅邸的主人曾经周游世界,还是个非常杰出的绅士。在那里,你永远不知道将会遇上什么人——这种事有时让我们女孩子感到困扰。"

"呃,在一个冬季的晚上,他们举办了一场盛大的家庭派对,房子里到处挤满了人。天气实在太冷了,外面的厕所用起来不方便,但是走廊上也只有一间。当然,佣人是不该用它的;但我想,噢,就冒一次险好了。这下可好,我刚刚把手搭在门把手上,厕所门就被突然打开,里面千真万确站着一位印度王子,包着长头巾,胡子上有宝石。我感到糟透了,你知道——我只是个小女孩——恨不得钻到地缝里。我只好对他行了个屈膝礼,然后说:'抱歉,陛下。'你知道,我是吓坏了。但他只是微微一笑,双手叠在一起,朝我深深地鞠了一躬,然后说:'女士请进。'于是我就抬起头,走了进去,然后坐下。事情就是这样。我感觉自己像个女王……"

至于第二件偶遇的事,妈妈叙述的时候就仿佛它从来没有发生过一样——她用那种特别的、清晨独有的、梦呓般的声音娓娓道来,使这件事与所有平淡的生活区分开来。"我那时在一栋叫法纳姆萨里的红色大房子里工作。星期日休息的时候,我时常去奥尔德肖特拜访我的朋友艾米·弗罗斯特——就是艾米·霍金斯,她来自彻奇当,你知道,那会儿她还没结婚。言归正传,在这个特别的星期日,我像往常一样梳妆打扮,而且真的觉得自己看上去很美。我穿上可爱的系带皮靴、条纹衬衣和项圈,戴了一顶新的波奈特帽,还有一双针织手套。我到达奥尔德肖特的时候太早了,于是就四处走走。前天晚上刚下过一场雨,街道被洗刷得闪闪发亮,我独自一人站在石板路上。突然间,没有任何征兆的,前方走来一队盛装打扮的士兵。我呆若木鸡地站在那儿,整条街道上只有那些男人和我自己;我不知道眼睛该看向哪里。走在队伍最前的军官——他有着漂亮的络腮胡须——举起了他手中的剑,大声喊道:'向右看!'然后,你能想象得到吗,锣鼓咚咚响起,风笛吹起,那些英俊的小伙子全都大摇大摆地向前行进,他们的目光齐刷刷地扫过来,直直看向我的眼睛。我独自一人站在那里,穿着我星期日的裙装,这件事简直让我没法呼吸。那些鼓声和风笛,还有那些只为我而敬的礼——我就哭了,真是太令人激动了……"

后来,外祖父从他马车夫的位置上退休了,转行经营酒业。他成了"北斗星"的老板,那是一家位于施普柯姆的小旅馆。而在外祖母去世一年或两年之后,妈妈也辞掉帮佣工作,回家给他帮忙。在那个年代,酒馆里兜售的是生啤酒、一便士的麦芽酒、两便士的朗姆酒、家酿的苹果酒,醉醺醺的酒客喝得东倒西歪,常常爆发暴力冲突。母亲并不完全认同这样的生活,但她还是全身心地投入其中。"我就是在那里学会了怎么反扭别人的双臂,"她说,"不少人都尝过这种滋味!比如帕格·索拉斯,他是施普柯姆的头号恶霸——苹果酒总让他犯疯。他举起桌子就砸,然后像只动物一样躺在地上,这时那些小伙子就躲在钢琴后面。'安妮!'他们大声呼救,'看在上帝的分儿上救救我们!'只有我才能降伏帕格。好几次我揪住他的领子,把他一路拖过走廊。其他的人也怕我——要是他们把我惹急了,我就把他们扔到外面的路上。爸爸太和气了,所以我必须得这么做……如今他们一看见我就傻笑。"

"北斗星"小旅馆位于通向伯德利普的古老马车道上,建造之初是一家小驿站;但到了母亲的那个年代,这条路已变得破败不堪,不再是通向四面八方的主要路线。但出于老习惯使然,偶尔还会有一两辆马车行经古道光顾这家小旅馆,母亲就给他们麦芽酒和培根肉搭配的晚餐,将他们安置在马厩里过夜。其他的时候,很少会有旅客途经这里,因而小道大多数时候都是静悄悄的。于是在那些漫长的下午,母亲就无所事事地做起梦来。她会穿上最漂亮的衣服,坐在屋外的露台上,读书或是临摹花朵。她是个寂寞的年轻女人,神秘而冷漠,脸庞与身形都优雅得体。村里的大多数男孩都害怕她,怕她暴风雨般的脾气,怕她卓越过人的智慧,怕她各种不可预料的奇思妙想。

母亲在那个乡村小酒馆中度过了几个古怪的年头。她过着一种双面的生活,游走于酒吧间的暴怒和露台外的冥想之间,一面等待,一面任她二十几岁的年华流逝。而另一边,外祖父则将时光消磨在地窖中,消磨在蹬着靴子拉小提琴的爱好上。他之所以用店主的身份经营这家小酒馆,与萧伯纳关于婚姻的定义如出一辙——因为这里将最大的诱惑与最多的机会结合在一起。所以除了夜晚,他很少在其余时间露面,每当他冷不丁地从地板上的洞口冒出来的时候,他都会衣衫不整,泪流满面,口中唱着《勇士的小儿子》。

母亲忠心耿耿、坚定不移地支持他,她招架那些醉汉,渐渐长大成熟,也等待着解脱的日子到来。而后某一天,她在一份当地的报纸上读到了这样的内容:"鳏夫(四个子女)招聘管家"。如今,她已经受够了帕格·索拉斯,也受够了地窖里的小提琴声。她换上最好的衣服,走出酒馆,到露台上坐下,然后依据招聘启事申请了职位。回复很快就来了,他们约好了见面的日子;她就这样遇到了我的父亲。

妈妈搬进了他在斯特劳德的小房子，并照顾他的四个子女，那时她三十岁，依然十分美丽。我想，她从没有遇到过像他一样的人。这个自命不凡的年轻男人，他虔诚的信仰和绅士的风度，他的气质和举止，他的音乐才华和勃勃野心，他的魅力与健谈，还有他无可否认的英俊外貌，都使她一见倾心。她立刻就爱上了他，并一直爱到了永远。况且她本身就清秀、善解人意、含情脉脉，父亲也同样被她吸引。于是他娶了她。于是后来，他又离她而去——抛下了他原来家庭里的孩子，以及她和他共同生育的子女。

他离开以后，母亲便把我们带到这个村庄，等着他回来。她一等就是三十年。我想，她从来不知道他究竟为什么抛弃她，尽管原因似乎显而易见。她太过坦诚，太过随心所欲，使这个男人受到了惊吓，与他遵行的清规戒律相隔了太远的距离。归根结底，她终究是一个来自乡下的姑娘：杂乱无章，歇斯底里，洋溢着充沛的爱意。糊里糊涂、调皮捣蛋的她如同一只住在烟囱里的寒鸦，用破布和珠宝构筑着她的巢穴。她一见到阳光就兴高采烈，遇到危险时忍不住大呼小叫，爱打听别人的八卦新闻，有着永不满足的好奇心，而且不是忘记了吃饭的时间，就是整天吃个不停，还会在火红的夕阳下放声歌唱。她的生活遵从的是灌木篱墙一样随意的法则：她爱这个世界，不做规划，一双敏锐、圣洁的眼睛能迅速捕捉大自然的奇观，但却无法安排好她的生活、将房子收拾得井然有序。而我的父亲想要的却是一些完全不同的东西，一些她永远也无法给予的东西——一份无可挑剔的市郊生活所下达的安全保护令。他最终还是得到了它。

母亲同父亲在一起的那三四年时光,支撑着她度过了余下的人生。她死死守护着那时的快乐,仿佛这是父亲终将归来的担保。她会用近乎敬畏的语气谈及那段岁月,并不是因为它已然结束,而是因为它曾真切地发生过。

"那时他为我而骄傲。我能让他开怀大笑。'南希,你真是太有意思了。'他会这么说。他过去总坐在门口的台阶上,因为我讲的故事情不自禁地咯咯笑。他还很欣赏我,他欣赏我的美貌,他真的很爱我,你也知道。'快来,南希,'他总这样说,'取下你的发夹,让你的头发垂下来——让我们看看它闪亮的样子!'他很爱我的头发;那时我的头发金光闪烁,从我的后背直直披散下来。于是我就坐在窗前,甩动肩上的秀发——它有多重啊,你简直不能相信——他会绕一绕我的头发,摆弄它一下,让阳光洒在上面,之后便坐在一旁,就这么看啊看啊……"

"有时候等你们这些孩子全都上床睡觉以后,他便把所有书本放到一边——'快来,南希,'他会这么说,'我受够这些书了,快唱首歌咱们听听!'于是我们走到钢琴旁边,我坐在他的膝上,他用手臂环住我弹起钢琴。我便唱歌给他听,唱的是《基拉尼》和《唯一的玫瑰》。那时他最喜欢这两首歌……"

她对我们讲述这些故事的样子,仿佛它们还是昨天的事,仿佛她再一次在狂喜中将他拥入怀中。他日后对她的轻蔑早已被忘到九霄云外,被爱慕的人再次变得惹人爱怜。她微笑着,举目凝视荒草丛生的小径，仿佛看到了他回家的身影。

可是一切都结束了，他永远地离开了我们，我们无依无靠，事情就是这样。母亲努力让我们吃饱穿暖，却发现很难办到。钱永远不够用，或者说，父亲寄来的几英镑仅够我们勉强度日；然而妈妈真正斗争不止的其实是她自己糊涂的大脑，她的惊慌和天真、健忘、浪费，还有那与日俱增的债务浪潮。此外，她那突然爆发的、固执任性的奢靡浪费之风完全忽略了我们的真正需求。就如我之前所说，我们每周的房租只需三镑六便士，但我们却常常拖欠六个月的租金；从星期一到星期六，我们根本吃不上肉，却会在星期日见到一只绝妙的烤鹅；一整个冬天，我们没有煤炭也没有新衣，她却将我们所有人带去剧场看戏；杰克没有靴子穿，但拍摄了昂贵的照片；一套全新的卧室家具突如其来地到来；而后我们全都上了价值几千英镑的保险，保单又在一个月内因欠债而失效。突然之间，贫穷的寒霜骤然重压在我们的房子之上，又被随之而来的疯狂借贷所消融。我们的邻居发现了问题，对我们说出难听刺耳的话，一看见我们家迎面走来，人们便纷纷落荒而逃。

尽管如此，妈妈仍然相信好运，特别是报纸广告竞争带来的好运。她还确信，如果你赞美一家公司的产品，他们就会给你送来铺天盖地的样品和金钱。她就曾因为写信给一家护肤品公司致敬而被支付了五先令的赏金。从那以后，她的信件像炸弹般轰向市场，每个星期都要匆忙写上好几封。她的信件中洋溢着如痴若醉的赞美，拼命吹嘘着产品的神奇功效，优雅地暗示了一个崭新的黎明或说是救世主的到来,而这些仅仅是因为有了:头痛药、柠檬汁灌瓶器、紧身胸衣制造机、牛肉浸膏、灌香肠机、丰胸器、睫毛膏、煮香皂炉、爱情牵线师、国会议员、鸡眼膏药商和国王们。她的这些努力再也没换回一分钱,但这就是她的做事风格,是她的热情和执念,这些信常常被刊登在报纸上。

家里到处堆满了一捆捆的剪报,文章的标题诸如"受苦的人感激不尽""经过多年的折磨""我过去总在痛苦的呻吟中睡去,直到发现了你们的药膏。"等等……她总会大声朗读这些内容,脸上因为骄傲而泛起红晕,全然忘记了最初写下它们的目的。

被人抛弃,债务缠身,慌慌张张,晕头转向,雄心壮志注定永远无法实现,但我们的母亲仍然保有一份无法撼动的快乐,这种快乐就如同涓涓温泉,源源不断地涌上她的心头。她的大笑、她的痛哭全都是转瞬即逝的,充满了孩子气,并会毫无征兆地相互转换,过后更不留下任何痕迹。她的情绪完全无所保留,前一秒猛揍你,后一秒又拥抱你——不啻于摧毁我们脆弱的神经。万一不小心打翻了锅子,或是切到手指,她便爆发出令人毛骨悚然的尖叫——然后转头又将此事忘到脑后,蹦蹦跳跳地跑开,或是唱起歌来。如今,我仿佛还能听到她在厨房里跌跌撞撞发出的声音:惊恐不安的尖叫或哀嚎,偶尔跳着脚赌咒发誓,惊讶时发出粗重的喘息,还会严厉地要求东西待在原地不动。一块掉落的煤炭能让她汗毛倒竖,一记响亮的敲击声则会吓得她跳起来嚎叫不止。她的世界是各种小圈套组成的迷宫，也一向是造就绝望哭喊的陷阱。我无法不对她表示同情，尽管我也学会了如何去忽视这些惊慌与忧虑。毕竟，对于生活中咬住她脚后跟的魔鬼来说，这不过是表达了一种正式的问候而已。

常有的情况是，在专心工作、不大呼小叫的时候，妈妈就处在滔滔不绝的自言自语中。还有的时候，她会心不在焉地接过你最后一句话，然后唱出一首打油诗作为回应。"给我几块果馅饼，"比如你可能会说，"给你几块果馅饼？当然……给你几块果馅饼！噢，给我你的心！给我你的心，让我来保存！我会紧紧把它守，我美丽的海伦，好似那牧羊人，看护着羊群，哒——啦啦……"

每逢陶器瓦罐摔碎的声音稍微停息片刻，妈妈的心情又很愉悦的时候，她就打趣村里的人，即兴创作一些简单的小诗。而这些诗就好像三尖叉子那样刺人：

> 好好夫人，
> 让我憋闷，
> 打她以球槌！——玩起槌球戏！

文字简练和句法自由是这些诗歌的典型优势。好好夫人是我们当地的邮局局长，一位和蔼可亲、热情友好的女人；但我妈妈可不管这些，为了作出押韵的打油诗，她可以牺牲任何人。

妈妈就像特里尔奶奶一样，完全不靠时钟生活，不守时是她骨子里的天性。她在搭乘公交车时更是格外没有计划性，错过的车次比赶上的还多。在过去随性散漫的日子里，只有运输公司的货运马车经停斯特劳德，她时常会让人家等上一个小时；但在公共巴士开始运行以后，她依然旧习难改，直到听见汽车鸣笛从施普柯姆传来才准备出门。然后，她匆匆戴上帽子，飞一般冲出厨房，发出和往常一样的喊叫和哀嚎。

"我的手套跑哪儿了？我的手包去哪儿了？该死的——我的鞋子在哪儿？在这个破洞一样的小地方，你什么都别想找到！快帮帮我，你们这些傻瓜——别只会吵闹个不停，或者像个贵族似的站在那儿——你们会害我错过车的，我就知道！叫它别走！它来了！洛瑞，快跑过去拦住它。告诉他们我马上就到……"

于是我像往常一样及时地奔上山坡，几乎将山体震裂，挤满乘客的巴士冒出一阵白烟，停了下来。

"……她说她马上就到。得找到她的鞋才行。她说用不了一分钟……"

这对我来说真是一场灾难；我站在那里，羞得满脸通红。司机猛按喇叭，全体乘客一面将头探出窗外张望，一面摇晃他们的雨伞。

"李妈妈又迟到了。她又找不到她的鞋了。来啊，再按她几声喇叭！"

随后，妈妈安抚人心的声音从山坡下方传来，那声音听上去又甜蜜又快乐。

"我来啦——呦——吼！只是手套放错了地方。再稍等我一秒！我来啦，我亲爱的朋友们！"

她气喘吁吁，笑容满面，帽子歪歪扭扭，围巾东摇西摆，紧紧抓着篮子和手包。最后，她终于一瘸一拐地穿过刺人的荨麻树丛，打着嗝爬上了座位。

在既没有巴士也没有运货马车运行的时候，母亲要走上四英里的路去商店买东西；然后再挎着装满日用品的篮子、满是泥污的零散茶包，一路艰难跋涉回家。没力气走路的时候，她就借来桃乐茜的自行车用一用，虽然她并不能完全掌控这种机械。这玩意儿一旦动起来，就足以让她兴奋不已了。但她搞不明白，要怎样才能跑起来，又怎么停下来。必须有一群村民合力推她，她才能上路；若要停下，她就冲入路旁的树篱。作为斯特劳德合作商店的注册顾客，她与商店达成了一项特殊的约定；不过能否成功，还要取决于听觉的灵敏和动作的及时，委实是一场值得观赏的美观操作。当她骑在车上靠惯性滑下山坡、朝商店大门冲过去时，她便发出一声大叫；一位助手（事先要经过特别的指点）就会从商店的侧门疾步冲出，用双臂接住她。他必须既年轻又敏捷，因为一旦接了个空，她就会扑倒在警察局旁。

我们的母亲是个滑稽的人，她既奢靡无度，又浪漫多情，人们从来不会认真对待她。但在内心深处，她滋养了一种优雅的品味，一种敏感的鉴赏力，一种乐观向上的精神，尽管接连遭受命运的残酷打击，但它们始终没被击碎，更没有最终衍变为怨愤。上帝才知道她的这些品质是从哪儿来的，又究竟是怎么保持的。但她深爱这个世界，认为它是新鲜并满载着希望的，永远不会被乌云所遮蔽。她是一个艺术家，一个光芒的给予者，一个有独到见解的人，但她却从来不知道这些……

在我对母亲的最初印象中，她是一个美丽的女人，坚强、慷慨，在她神经质的喋喋不休背后，永远带着一种无形的、庄重的教养。但几年之间，她就变得佝偻而衰老，后半生的磨难和渴望迅速侵蚀了她原先的健康。这是她生命中的第二个阶段，也令我最为记忆深刻，因为她在这里停留的时间最长。我仿佛还能看到她在厨房徘徊的身影：她把甜面包浸到一杯茶中，头发松松地缠在一起，发夹摇摇欲坠，衣服不成形地裹在身上，她锐利的目光凝望屋中的光影，呼喊着"啊""噢""好啦"，时而谈论起汤克斯，时而背诵丁尼生的诗篇，并要求我也去理解。

基于她对漂亮衣服的喜爱，她没有整理的床铺，她胡乱丢掉的未完工的剪贴簿，她的各种忌讳、迷信和守旧，她非凡的自尊，她对受迫害者的怜悯，她对绅士阶层的崇敬，以及她对欧洲皇室族谱的详尽了解……她其实是一个拒绝妥协、行为散漫的普通平民，一个出生在绫罗绸缎中的女仆。但即便如此，她却仍用那难以觉察却恒久不变的惊人美丽，为我们愚钝的智力增添养分。虽然她让我们的耐心饱受煎熬，让我们的神经筋疲力尽，但一直以来，她都在用无意流露的爱意，为我们逐步构建起对人类和自然世界的理解；这种理解是如此朴实和自然，令我们从来也不曾察觉，但它又是如此真切，令我们从来也不曾忘记。

四季的变换、灌木丛中斑斓的鸟儿、兰花的明眸、夜晚的流水、一朵蓟花、一张图画、一首诗歌——如今我所见之世上万物其实并没有镶着金边，然而我从中获得的乐趣，却要部分归功于我的母亲。她时常的考验激发出我最大的潜能。于是时至今日我明白了，正是她那无忧无虑的精神，使我从出生起便胸怀了整个大地。

一直到离家以前，我从来没有住过整洁的铺着地毯的房子。我家的角落永远堆满杂物，窗前的座椅没有一张是空的；若要在厨房里坐下来，必须把倒置的椅子翻过个来，再抖落上面的灰尘。我们的母亲可以说是狂热的收藏家中的一分子，这些人往往花费他们所有的时间，用来采集各种令人难以捉摸的东西，粗砂碎石一般拿来填满生活的空隙。她收藏任何手边能找到的东西，也从来不丢掉任何东西，每块破布、每颗纽扣都被小心地贮藏，仿佛一旦丢失就会危及我们的生活。二十多年来的旧报纸如裹尸布般泛黄，是她紧握不放的逝去过往，是她为父亲留守的时光，或许是她想展示给父亲看的东西……其他离奇古怪的东西同样在屋子里乱扔一气：椅子上的弹簧、靴子里的榫头、碎了一地的玻璃杯、紧身胸衣的铁箍、装照片的相框、壁炉里的炉架、高顶礼帽、国际象棋、丢了头的雕塑。这些东西大部分在不知不觉中如海浪般涌进屋里，好像是洪水过后留下的。但有一样东西是例外——古旧的瓷器,母亲是一个小心审慎的收藏家,在这个方面有着专家的眼光。

对妈妈来说,旧瓷器就像是赌博、酗酒、桃色恋情,或是它们的混合体;那种令人愉悦的触感、象征高雅品味的装饰,仿佛是她天生就应享有却永远担负不起的。虽然没有多少钱,但她可以为了寻找旧瓷器走上几英里的路,怀着渴慕的热情徘徊在各个商店和减价集市中,通过连骗带哄和偶尔意外降临的好运,她不时也会带回几件上好的瓷器。

我记得有一次,在比利兹将要举办一场大型拍卖会,想到即将出现在拍卖会的奇珍异宝,妈妈整个晚上辗转难眠。

"这是个壮观的老地方,"她不停地对我们说,"德拉古一家,你知道的。他们非常有教养——或者至少她是这样。不到那里看看简直就是造孽。"

拍卖的一天到了,母亲早早起床,穿上她拍卖会专用的衣服。我们三口两口匆匆吃掉冰冷的早餐——因为她太紧张了,没心情做。之后她挪着步子踱到门口。

"当然,我只是看看,我不会买的。我就是想看看他们的斯波德瓷器[①]……"

她内疚地看了看我们毫无表情的眼睛,随后迈开小碎步跑进雨中……

那天晚上,我们刚要喝茶,就听见她边跑边喊的呼声从山

[①] 英国著名陶瓷品牌,始建于 1770 年。

坡上传来。

"小伙子们！玛乔丽——桃乐茜！我回来了！快看我带来了什么！"

她满身泥渍，脸色通红，眼神有点躲躲闪闪，步履蹒跚地走进家门。

"噢，你们真应该去看看。我从没见过这么好的瓷器和玻璃。交易商、交易商——到处都是交易商，但我骗过了他们所有人的眼睛。看吧，它是不是很美？我感觉一定要拿到它们……而且只花了几个铜钱。"

她从包里拿出一个骨瓷茶杯、一个林碟，它们像纸一样薄，精巧美丽，无比贵重——只是杯身和手柄断开了，杯碟也摔成两半。

"当然，我可以把它们接好，恢复原状。"妈妈边说，边将它们举起来端详。灯光洒在她的脸上，柔和而娇美，就像她手中蛋壳般的碎片。

恰在此时来了两个搬运工，肩上扛着两只硕大的包装箱。

"放在那儿就好。"妈妈说。他们把箱子卸下来放在院中，领了小费，嘴里咕咕哝哝抱怨着离开了。

"噢，老天，"妈妈咯咯笑道，"我都忘记了……那是和杯子、碟子一起买的。我必须把它们也买了，因为是一套。但我确定它们会很有用的。"

我们用斧头哐哐砸开包装箱，一起凑上前来查看里面的东西。箱子里放着一个浮球阀、一把用来固定楼梯地毯的木条、一个鹭鸶羽毛制成的帽饰、一把铁铲头、几个磨损的陶土烟管、一整盒绵羊的牙齿,还有一幅装裱了的利明顿温泉图片……

用这样或那样的办法,我们弄来了一些美丽的瓷器,其中的一些甚至堪称完美。记得有一次,我们搞到一个塞夫勒①时钟,粉色的钟面绘满了天使,还有一套金色的皇冠德比②瓷器,另有一些人物雕像是由德累斯顿③或别的什么地方生产的,它们又轻又薄,好似阳光下轻飞的泡沫。我们从来不知道妈妈是从哪里弄来的这些东西,但她会轻轻抚摸它们。掸去上面的灰尘,然后面露微笑,把它们放在不同的光线下欣赏;有时她手里还拎着扫把,突然停下步子凝望它们,发出一声饱含着欣慰的叹息,身体忍不住微微颤抖。对她来说,它们就像充满魔法的窗户,有些开出裂缝,有些因瑕疵而显得粗糙,但每扇都通往那个她似乎伸手可及、却永远无法到达的世界。然而,她没法把它们长久留在家里。她只有那么一点时间可以去书本里查找它们的相关信息,吸收一些有关它们的品相和历史的知识,然后迫于内疚感和生活所需,她最终会前往切尔滕纳姆,将它们重新卖到交易商手上。有的时候——在极罕见的情况下——她会赚来一两个先令,这能让她的心得到些许安慰。但更多的情况是,她大喊着:"噢,天啊,我实在太笨了!我真应该要他们双倍的价钱……"

---

①法国著名皇家瓷器生产商,始建于1740年。
②英国著名骨瓷品牌,创立于1750年。
③德国萨克森州首府,周边地区是重要瓷都。

外祖父颇为擅长驯马,母亲则在养花上有相同的天赋。她随时随地都能种花,而花朵似乎也会为了她活得更长久。她在养花时态度粗暴而草率,但她的双手却特别了解花儿们的需要,它们都会朝着她生长,仿佛她是另一个太阳。她可以从原野和树篱里随手捡起一株枯根,擦干净埋进花园,再摇上一摇——它几乎立刻就会开出花来。我觉得,她甚至能在木棍和椅子腿上种出玫瑰,这真是一项绝妙的天赋。

我家花园中一块条带状的梯田就是妈妈的纪念碑,她曾在这里随心所欲地工作,完全没有规划。她永远不对这片土地进行掌控和清理,只珍惜眼前生长的植物,不论它们是什么。面对各种各样的植物,她不偏不倚,一律同等对待,就像甜美的艳阳天一样公正无私。她不强求任何结果,也不嫁接移植花木,更不会把它们整齐排列在陇上。她欢迎自交种子的到来,任由它们在此自由生长,只将少有的几株杂草视为眼中钉,必欲除之而后快。结果是,我们的花园变成了处处发芽的丛林,土地全都充分利用,没有一英寸的浪费。紫丁香破土发芽,金链花垂下花枝,白玫瑰掩映着苹果树,开花的红醋栗(气味浓得像狐狸)沿着小径蔓生开来。这些混沌盛开的繁花,令空中的蜜蜂惊奇,令小鸟迷惑。马铃薯和卷心菜被随意种在毛地黄、三色堇、香石竹之间。有些物种经常会独霸整个花园——有一年是勿忘我,下一年是蜀葵,之后是一大片的罂粟花。不论什么植物,妈妈都只是放任它们自然生长。当她闲步这片荒园,停下来轻抚某朵古怪的花时,她看上去是如此宠溺、和蔼、亲切、好奇,就像一位走入孤儿院的皇后。

厨房将这繁花烂漫的美景进一步延伸,因为那里永远堆积着捆捆束束的花枝。这一方绿意森森的幽暗空间,被树叶和花朵围住,阳光穿过被植物遮蔽的窗户,将些许朦胧的光线送入屋内。我经常觉得自己像一只丛林中的蚂蚁,淹没在这茂盛的林间。不论什么东西,只要吸引了母亲那四处悠游的目光,都被她收集起来带回厨房。她会把玫瑰、山毛榉树枝、欧芹、嚏根草、大蒜、玉米秆和大黄装进各种或破旧或精美的容器:瓶子、茶壶、盘碟和瓦罐。她也会在所有可用的器物里栽培植物:炖锅、茶叶罐,甚至是烟灰缸。事实上,她还一度用铁铸的水软化器培育了一株上好的天竺葵。它被人丢弃在小树林中,是被我们这些男孩发现的——但也只有妈妈知道要怎样发挥它的作用。

虽然妈妈的生命中只出现过一个男人(如果他确实算得上的话),但一说起少女时代向她求过婚的人,她就变得伤感起来,并且乐于讲述他们是如何遭遇失败的。一个邮差被她拒绝,因为他戴假发;一个屠夫遭到她的轻蔑,划伤自己流了血;她还曾把一个牧牛工推进施普柯姆的小溪,为的是让他冷静冷静,熄掉那惹人讨厌的爱火——仿佛山谷里上上下下曾有许多男人爱过她,但都被她断绝了念想。有时候当我们外出散步,或是顶着倾盆大雨从斯特劳德艰难跋涉回家时,某个蓄着胡须的胖农夫或打零工的建筑工人便会驾着轻便的双轮马车从我们身旁丁零当啷地经过。这时妈妈就会转过身,目送着他远去,然后甩甩帽子上的雨水。"你知道,我本可以嫁给那个男人的,"她喃喃低语,"如果我把握好机会……"

妈妈的浪漫回忆或许并不都是真实可靠的,因为其中的角色经常发生改变。不过在她讲给我们的这些故事中,不论是她自己的还是别人的,有一个却是真实的,发生在一个铁匠和一个熬制太妃糖的女孩之间……

据她讲,在一个叫 C 的村子里,曾住着一个单相思的铁匠。多年以来,他一直深爱着本地一位未婚的老小姐,但他非常害羞,就和大多数铁匠一样。那位老小姐靠熬制和兜售太妃糖勉强糊口度日,同样也非常寂寞。事实上,她极其渴望拥有一个丈夫,但碍于矜持和自尊,没法拉下脸面主动寻找。随着时光的流逝,老小姐的渴望与日俱增,铁匠无声的炽热爱恋也日益强烈。

而后有一天,老小姐悄悄走进教堂,虔诚地跪在地上。"噢,上帝!"她祷告道,"恳请你留心我的愿望,让我遇到一个可以结婚的男人吧!"

此时铁匠恰好在教堂钟楼里修理老旧的钟表,老小姐屏气凝息说出的每一个字眼都清清楚楚地落入他的耳朵。当他听到她的祷告——"让我遇到一个可以结婚的男人吧"的时候,兴奋得几乎从屋顶摔落。不过他强自镇定,将声音伪装成耶和华,用低沉的隆隆声说:"如果是铁匠可以吗?"

"有个男人总比没有强,亲爱的上帝!"老小姐感激地喊道。

铁匠听闻此语,赶忙跑回家,换上他最好的衣服,截住了刚要走出教堂的老小姐。他向她求婚,他们便结了婚,从此幸福地生活在一起。他的熔铁炉还增加了新功能,被拿来熬制他们的太妃糖。

我努力搜寻记忆的断弦,试图找回母亲的身影。岁月倒流,她混乱的生活样貌历历在目。她的鲜花与歌唱、她矢志不渝的忠贞、她构筑有序生活的努力、她邋遢习性的反复、她近乎疯狂的状态、她索要灯光时的呼喊、她为死去的幼女日复一日的哭泣、她的蹦跳与欢乐、她的阵阵尖叫声、她对男人的爱、她歇斯底里的暴怒、她对每个孩子公正的对待——这一切驾驭了我母亲的生活,它们骑在她的肩头,宛如栖息的寒鸦和鸽子。我同样记得,她在隐秘的美丽和孤独中也偶曾有容光焕发、神采奕奕的时刻。另外还有那些夏日的夜晚(在我们这些男孩已经上床的时候),当红豆杉树的墨绿树荫溢满静谧的厨房,她会换上丝绸的衣裳,戴上她仅有的一点珠宝,坐下来弹奏钢琴。

她弹得并不算好;她粗糙的手指磕磕绊绊,颤抖着在琴键上寻找每个音符——但她却优雅从容,激昂的情感中潜藏着些许犹疑。她的琴声恍如潺潺流水,从厨房的窗户漾出,又像是秘密暗号,由紧锁的牢笼飞出。她独自一人,闭上双眼,包裹在丝绸的衣裳和她秘密中,奏出柔和婉转的和弦乐章;它们撕破了泛黄的琴键,穿越布满灰尘的金色琴弦,飞升至那独处时光的顶峰。显然，在她制造出的朦胧温柔中，那个男人已经重新回到她的身旁。

我醒着躺在仍亮灯的卧室里，聆听楼下传来的悠扬乐曲：一首破碎的和弦，一次急促的停顿，随后是一段灵动的乐章，仿若奔跑中的点水雀。她的乐声急猛而忧郁，粗犷却又感伤，从一阵突然爆发的刺耳音符中悠悠升起，随后银瓶乍破，声声颤抖，流水一般轻柔地盘旋在我的耳边。她会演奏几首华尔兹，当然还少不了《基拉尼》；有时我会听见她的歌声——那是一种清冷而孤独的声音，音调迟疑着攀升，诉说着属于她的心事。她的歌声温柔和缓，仿佛在半醒半睡之间，但也令人不安，让人有些丢脸地受到感动。每每在这些时刻，我总想奔向她，在她弹琴时抱住她。但不知为何，我却从没有这么做。

随着岁月的流逝，母亲变得不再像以前那么激进。她的风格得到了大家的认可，于是便心怀感激地延续下去。然而我们这些孩子逐渐长大，接连离开了家，她不爱整洁的怪癖由此在家里蔓延开：她的盆栽和报纸、各种乱糟糟的东西和剪贴簿扔得到处都是。如今她读的书更多了，从不上床睡觉，只是直直地坐在椅子上打盹。没有了子女的喧嚣，她的白天和黑夜不再受到打扰，也不再清楚地分隔。她会睡上一个小时，之后起来擦地板，或是在半夜给炉火添柴。如同特里尔奶奶一般，她开始忽略时间的存在，在任何时候都随心所欲。但即使如此，不论我们何时回家，她都会烧上炉火，准备好迎接我们……

记得有一次,我在战争的中期回家,大约于凌晨两点左右到家,她就在那儿,坐在她的椅子上,用放大镜看一本书。"啊,儿子,"她说——她并不知道我要回家,"来这里,看看这个……"我们一起认真地看完那本书,然后我上楼睡觉,筋疲力尽地坠入梦乡。在接近黎明的某个黑暗、寒冷的时刻,妈妈爬上楼将我唤醒。"我把晚餐给你拿来了,儿子。"她一面说,一面将一个巨大的托盘重重放在床上。我还没睡醒,努力将双眼睁开——眼前是蔬菜汤、一大盘炖肉和一个布丁。孩子回家了,他一定得吃晚餐,于是她花了半个晚上的时间准备。她坐在我的床上,要我全都吃掉——她不知道现在已经是将近清晨了。

伴随着全家人的离去,母亲开始顺着自己的心意生活,知道自己已经尽其所能:她见到我们很开心,独自一人很满足,睡觉,种花,裁剪图片,写信告诉我们有关小鸟的事,拜访朋友,阅读约翰·拉斯金的作品或圣徒们的人生。她慢慢地,舒舒服服地融入自己的人生底色,在碧草连天的山坡上享受温暖,在开出花朵的灌木丛中拨弄和寻觅,同这些植物一样蓬头垢面、自在快活。在人生的最后几年,她安详而不修边幅,从冲突、怀疑和焦虑中解脱出来,悠然地回归到一种朴素简单的状态中,宛如一枝洋蔷薇,洗尽铅华,变回最初野蔷薇的模样。

后来,常年不在家的父亲突然去世了——他在某个现代化的城市郊区撞车身亡。由于他的死亡——同样也是一种希望的死亡,妈妈放弃了自己的生命。他们长久的分离状态至此结束,这个残酷的事实杀死了她。她忠贞不渝,孑然一身,为他养育了两个家庭的子女——她等了他三十五年,期待得到他的赞许。在那段漫长的岁月中,她紧紧守着一个幻想,一个古旧的、破碎的幻想,幻想着他有一天能重新回到她的身旁。他的去世击碎了那个承诺,同样剥夺了她活下去的理由。她晚年时的祥和与宁静就此永远离开了她。她变得脆弱、头脑简单,似乎回到了少女时代,在那里,她从未与他相遇。她再也没有提起过他,只是对着阴影自言自语,还出现了幻觉,不久便去世了。

我们将她埋在村子里,在一片山毛榉树林边,与她死去的四岁女儿相隔不远。

第八章　冬天与夏天

　　在我童年时，四季的景象看上去是那么暴力，那么浓烈，那么贴近自然的本色，以至于从此往后，每当人们提及"四季"这个字眼，对我来说都像在谈论某件十足完美的事。季节对我们的影响太过深刻，仿佛足以使我们的国籍属性也发生改变；当我再次回望这个村庄，我所看到的也并不是一个地方，而是其中季节的更替——"村里的冬天"与"村里的夏天"，两者彼此独立，泾渭分明。在城市的生活中，人们越来越容易忽略这两个季节迥然不同的风趣，但在那个时代，冬天与夏天几乎支配着我们的每一个行为，它们闯入我们的房间，指挥我们的思想，执掌我们的游戏规则，安排我们的生活秩序。

　　冬天并不比夏天更具这片山谷的典型性，它其实算不上是夏天的对立面，倒更像另一个别的地方。不知为什么，我永远记不住步入冬天的旅途是怎样的。似乎我到这里的时候，冬天就已到来；这一天来得如此突然，所有细节都发生了翻天覆地的变化，使我不得不去重新发现这个村庄。那时，我的鼻子如同失灵，呼吸的时候很疼；窗户上凝结着霜花，绘成了拼图的形状。日光洒满房间，好像绿色的极光闪烁；而在窗外，在那个看不见的世界里，则弥漫着一种古怪、阴沉的寂静，不时发出金属的嘎吱碰撞声、细枝与金属丝轻微的颤动声。

那一天清晨，热腾腾的水蒸气从水壶和锅里翻滚而出，飘在厨房半空。屋外的汲水泵又冻住了，发出陶器破碎的声响。于是女孩们敲断屋檐上的冰柱取水，我们在茶里喝到了煮沸的冰。

"真遭罪啊，"妈妈说，"那些可怜的，可怜的小鸟。"她一边说，一边活力十足地甩动臂膀。

妈妈和女孩们包裹在所有能穿上的衣服里，外套、围巾、手套；她们有的在打哆嗦，有的在流鼻涕，而可怜的小范妮丝则发着抖坐在椅子上，她捂住自己的冻疮，仿佛手里握着一把蜜蜂。

马蹄铁的哒哒声沿着花园小径而来，随后送牛奶的男人推门而入。牛奶在他的桶里结成了冰块，他不得不用锤子敲开，奶块也纷纷掉落。

"外头冻死人了，"送牛奶的男人说，"羊群听见鸡叫声吓得不轻，湖里的天鹅被冻住了，山雀从半空掉下来死了……"他喝着茶，眉毛上的冰慢慢融化，然后拍了拍桃乐茜的臀部，离开了。

"那些可怜的，可怜的小鸟。"妈妈又说了一遍。

它们围着窗台蹦蹦跳跳，恳求着面包和肥肉——知更鸟、黑鹂、啄木鸟、松鸦,除了遇到这种天气,它们从来不会一起出现。我们喂了一小会儿,惊讶于它们的温顺,然后戴好长长的羊毛围巾。

"我们可以出门吗,妈妈?"

"去吧,别着凉了。记得带些木柴回来。"

起初,我们发现了几个破旧的可可粉罐子,于是在上面打了几个洞,塞入一团用火焖过的破布。要是把它们握在手里,再不时吹上几口气,它们可以保持几个小时的热度。它们不但比手套暖和,还更加好闻。于是在这般全副武装下,肚子里装满热乎乎的早餐,我们走入了冬日的世界。

这是一个玻璃的世界,闪亮而寂静。雾凇将所有树木冰冻,把它们变成了缀满糖晶的甜糕。一切都那么僵硬,被紧锁和封印,而当我们呼吸的时候,空气嗅起来就像万千根银针,它们刺痛我们的鼻孔,让我们忍不住打喷嚏。

我们吮吸了几口冰柱的味道,又踢踢水桶——想要听听那硬邦邦的声音,对着窗玻璃上的白霜哈气,之后又跑上马路。我们四处游荡,等待一些事情的发生。一只狗活像云雾里的幽灵,摇摇晃晃跑过我们身旁,被自己呼出的白气环绕着。在低垂、昏暗的太阳下方,远处的原野看上去破碎而扭曲,宛如皱皱巴巴的牡蛎外壳。

这个时候,又有男孩过来加入了我们,他们裹得像俄国人一样厚实,鼻子冻得五光十色。我们站成一个圆圈,大眼望小眼,等待着谁来出个好主意。比较瘦的几个人脸色青紫,他们拱起肩膀，双手深深插进口袋，正在瑟瑟发抖；比较胖的几个人脸颊粉红，肿胀得活像喷气的鲸鱼；我们每个人的眼睛里全都水汪汪的。我们该做些什么？谁都不知道。于是胖的人挥拳打向瘦的，瘦的弯下腰去，说了句："你找死。"然后瘦的人又猛地打了胖的，把胖的打得半死不活、咳嗽不止。之后有那么片刻，所有人都在跳上跳下，不停拍打手臂，朝着可可罐子吹气。

"下面还要做些什么呢？嗯？"

我们安静下来思考着。一个颤栗的瘦男孩咧着嘴唇，在用牙齿吸食冷风。突然，他冷不丁地说："驾！"然后迎着冷风，拔腿就跑。他开始抽打自己，还发出马儿嘶鸣的声音。看见他这副模样，我们也一溜烟儿跑到路上，模仿大马的样子奔跑跳跃，鼻子里哼哧哼哧喘着气，使劲拽着看不见的缰绳，挥舞着马鞭甩向我们的臀部。

现在，冬日的一天运转了起来，我们骑着马，穿越它晶莹剔透的王国。我们细细地端详村庄，寻找各种奇形怪状的白霜，也为了找到任何可能用上的东西。我们看见路边结冰的泉水，如同一朵巨大的鼓胀的花，几只点水雀在上方踌躇徘徊，似乎对它沉静而坚硬的样子不知所措，它们一次又一次飞下来饮水，却只是徒劳地撞倒，散落一地羽毛；我们看见山谷里的小溪，它漆黑而凝滞，宛如一条穿过柳树林的柏油马路；我们看见树木因为不堪冰霜的重负而断折，牛蹄在岩石上踩出深深的坑洞，沉默的羔羊用它们溃烂发黑的舌头舔食又尖又硬的枯草。

教堂的钟停了,风标冻住了,于是时间与凛风都停止了;我们觉得没有什么比这种事更激动人心了,由于一股未知力量的干预,冬天否认了一切例行的日程与规则——如此阴险、令人惊惧,却也受到我们的欢迎。

"咱们去给威尔斯农场主帮忙吧。"一个胖男孩说。

"你可以去,但我不想。"一个瘦男孩说。

"你不去,我就打得你落花流水。"

"古尔特是大恶棍。"

"你才是。"

于是我们就出发前往村边的农场。这座农场是由多年前的一座修道院改建而成的。农场主威尔斯有个年幼多病的儿子,长得比女孩还漂亮,当我们大步流星地走进农场时,他就站在窗前向我们挥手;但他没能活过那个冬天。农场的院子里布满了棕色的污物,十分坚硬,上面覆盖着一层寒霜,就像焙烤的面包布丁。牛棚里传来清晨挤奶的咔嗒声、金属链和奶桶的碰撞声、一头牛深沉的叹息声、摇摇晃晃的脚步声和胃的胀气声,还有一阵平稳的用力咀嚼声。

"需要帮忙吗,威尔斯先生?"我们问。

他穿过院子,肩上挑着挂了两个木桶的牛轭,同往常一样沾了满身的牛粪。他个头矮小,头顶也秃了,但拥有一对强壮有力的长臂膀,看上去应该得益于他那繁重的体力劳动。

"好,来吧,"他说,"但不许和山羊玩……"

牛棚里温暖而舒适,乳香的呼气、气味浓烈的兽皮、绿色的牛粪,以及牛乳、蒸汽和发酵的味道闻起来十分亲切甜美。我们从草垛中央搬来割好的干草,将它们像烟草片一样压紧、包好,夹杂在其中的多汁青草和野花便逐渐脱水成为化石——一整个夏天就这样在我们怀中风干,只把芳香留下。

我提起一桶牛奶去喂小牛。我打开它的嘴,就像在拨开一朵温热而湿润的兰花。它开始吮吸我的手指,一面从喉咙里发出咯咯声,一面抬起扑闪着长睫毛的眼睛。牛奶的油脂已经脱去,用来制成黄油,而小牛每天都能喝掉一桶奶。有时我们在家也喝同样的东西;威尔斯先生会兜售这些牛奶,一罐只要一便士。

喂完小牛,我们每个人都得到了几个苹果和一个烤马铃薯。苹果太凉,冰得我们牙齿酸痛,但马铃薯却是热腾腾的,还涂好了黄油。我们就把它们当作晚餐吃下,然后一路打闹着回到村庄,在那里我们撞上了大恶棍沃尔特·凯瑞。

"想知道发生了啥事吗?"他问。

"什么事?"

"就不告诉你们。"

他吹了几声口哨,然后掏掏耳朵。不过,他还是从只言片语中透露了些许消息。

"好吧,如果你们想知道的话,我最好……"

我们屏气凝息,紧张地等着。

"琼斯的池塘可以滑冰了。"他终于说,"我在那里溜了一个早上的冰,来了上百万个人,带着大马啊、马车啊、溜冰鞋啊之类的各式各样的东西。"

我们飞快地跑下铺满冰霜的小径,兴奋得热血沸腾、眉飞色舞。

"记住,是我告诉你们的。我可是第一个去那儿的人,而且我一喝完茶就会回来!"

我们将他抛下,任由他站在那里,站在低垂的粉红色太阳下。他看上是那么渺小,就像一朵溃烂的玫瑰,浑身带着刺,尖锐而棘手,令人闻风丧胆,只有剪刀才能对付他。

我们一路跑下山坡,听到了来自池塘的声音:那种唯独水才有的喊叫声、溜冰鞋的尖叫声、冰雪的叮当声和池塘自身空洞而沉郁的隆隆声。然后池塘便出现在我们眼前了,它那么漆黑、扁平,好似一个托盘,溜冰的人环绕着它滑行,就像一个个玻璃弹珠。我们大喊一声,朝它猛冲过去,接着后脑勺朝天扑倒在地。这种神奇的物质有着欺骗人心的天赋,令我永远也没法掌控。它让我的脚跟长出翅膀,赋予我水星一般流畅敏捷的速度,接着又让我鼻子着地摔个大马趴。但它也挑选自己的意中人,不过绝对出乎你的想象,入选者都是学校教室里一些形似单峰骆驼、举止粗鲁的人,他们一条腿悬在空中,从你身旁轻松滑过,旋转又傻笑,如雨燕般猛冲过去,并且一次也没有跌倒过——跌倒的可从来不是他们。

而我只是个技艺平庸的普通人。我们滑得小心翼翼,穿越黝黑发亮的冰面。冰面如此光滑柔顺,刚一踏足就能轻松滑到很远,而这时的山谷也如油般润泽,从我们身旁溜过。你也可以匍匐趴在地上,尝试在冰面上游泳,踢伸一下你的手臂和腿脚。如果你以这个姿势朝下方的深幽处望去,还可以看到许多冰冷的绿星般的小水泡、样貌不祥且参差不齐的冰面裂纹、丝带状的枯萎百合花、浸泡得如芝麻菜一样的芦苇秆。

在这样一个冬季的傍晚,结冰的池塘委实是一台催发欢乐的脚踏车。在那里,时间不可计量,感觉如欢爱般酣畅,我们纵情玩乐,直到筋疲力尽。我们奔跑滑行,挥汗如雨,围巾在呼吸间结满珍珠。池塘边的芦苇和马尾草散发着刺鼻的味道,闻上去好像老人的手指。柳树悬垂的枝条打上结冰的镣铐,宛如绽放在夕阳下的紫丁香。而后,一轮寒霜般的明月从炭灰色的树林间升起,于是我们知道,我们已经玩得太久了。

我们答应母亲要捡一些木柴回家的;在冬天,我们必须每天都弄来一些木柴才行。杰克和我把手插进口袋,闲步走上小径。现在已经是夜晚了,我们的心中有些害怕。山毛榉树林仿佛一个硕大的洞窟,里头布满了月光和黑影,我们紧紧挤作一团。

地上的枯枝清晰可辨,伴着新降的夜霜闪闪发光,当我们将它们从土壤里剥离时,粘着树叶和泥土的双手因寒冷感到一阵火烧似的疼痛。沉寂的木柴被冻得坚硬,洁白而有狼的气息。在这样的夜晚,迷路的猎人流浪至北方,当他们不小心踏入冰河的时代,一定会抬头向天空凝望。我们联想到了那些山洞、温热的兽皮和火光,于是赶忙抓起木柴,一路狂奔回家。

等到家以后便是"你们去哪里了""没关系,别担心""噢亲爱的孩子们"以及"快来炉火边,你看上去真是累坏了"之类一连串的问候。起初,我们的手渐渐暖和起来,但漫长而迟缓的折磨却又开始了——血液的重新循环带给我们一种安静的痛苦,比牙疼还要糟糕。我坐在那里,忍不住啜泣起来。不过没一会儿的工夫,波涌般的阵阵疼痛便消失了。于是我们开始喝茶,享用烤面包和滴油的喷香烤肉。不久后,姐姐们也都回来了。

"斯特劳德真要冻死人了。我摔倒了两次——都是在大街上,我的长筒袜都撕裂了。我敢肯定我一定走光了,太可怕了,妈妈。还有一匹马撞上了五月柱①的花窗。而且老福勒先生没法从山坡上下来,只能坐着滑下来。今年比往常都要酷寒得多。我们明天估计都出不了门了。"

她们坐着喝茶,用声调起伏、仿若大难临头般的声音继续谈论天气。而我们男孩则感到心满意足,我们知道冬天已经来临;这是彻彻底底的凛冬,一个全新的季节占领者……

后来在临近圣诞节的时候,天上降了一场大雪,道路被积雪高高垫起,直抵树篱的顶端。这种可爱的东西大概有上百万吨重,它们好似塑料一般,纯净而有千万种用途,虽然没人能将它占为己有,却可以随意雕刻它、在里头挖掘隧道、吃下去或到处乱抛一气。它可以将山坡覆盖,使村庄与世隔绝,但是

---

①即五朔节花柱。每年5月1日是英国传统节日五朔节,这一天被认为是夏季的第一天,英国人借此庆祝太阳重新普照大地,祈求风调雨顺、五谷丰登。乡村的草地上会竖起"五月柱",上面饰以绿叶,用以象征生命与丰收。

没人想到要寻求外界的救援,因为谷仓里有干草,厨房里有面粉,女人们会烘焙面包,牛群有的吃也有地方住——毕竟,我们以前也曾有过大雪封村的经验。

圣诞节前的一周,积雪似乎达到了最厚的高度,这就迎来了唱圣诞颂歌的时刻;每当我回想起那些夜晚,我都想到雪地里脚步的咯吱声,还有纷飞大雪中的灯笼光亮。在我居住的那个村庄里,唱圣诞颂歌属于男孩们特别要交的"什一税",女孩们则不必做。就同割晒甘草、采摘黑莓、清理石头和祝福别人复活节快乐一样,这项活动是我们圣诞节挣外快的福利之一。

我们凭借着本能知道要在何时开始唱歌:唱得早了一天,大家不会欢迎我们;唱得晚了一天,我们只能收下人们贫穷的眼神,因为他们的赏金早就发光了。当恰当的时刻到来,我们会率先意识到时机的成熟,然后做好一切准备。

于是,每到木柴被堆在炉子里烘干、等待清晨拿来烧火取暖的时候,我们便围上围巾,出门走上街道,拱起手大声呼喊,一直喊到形形色色的男孩们听懂我们的讯号,跑出来加入我们的行列为止。

他们一个接一个,跌跌撞撞地穿过雪地而来,将高举到头顶的灯笼左摇右晃,发出令人震惊的叫喊和咳嗽声。

"要来喊圣歌吗?"

我们本就是唱诗班的成员,所以答案自然无须多言。一年以来,我们始终对上帝赞颂有加,而作为这项服务的奖赏——除了出门玩耍以外——我们现在有权参观所有的大庄园,唱我们的圣诞颂歌，并收获大家对我们的敬意。

完成所有这些事情，就意味着要在人烟稀少、飞雪漫天的乡间，跨越一段长达五英里的徒步旅程。所以，首先要做的就是规划我们的行动路线；但这充其量只是一种形式而已，因为我们的路线从未变更过。同样的，我们还会一边朝着手指哈气，一边争论不休，直到选出我们中间的领唱者。然而这个决定并没有什么约束力，因为我们全都幻想着自己成为领唱者，而在今晚首先站上这个位置的人，往往会带着流血的鼻子一路跟跄回家。

那天晚上，我们有八个人出发上路了。这些人中有西克斯彭斯·"六便士"，在他的生命里，他从来没有唱过一首歌（他只是在教堂里动动嘴巴而已）；有霍瑞斯和博尼兄弟俩，他们永远在同所有人打架，而且永远输得一败涂地；有克劳治·格林①，狂热的教士；另外还有大恶棍沃尔特和我的两个哥哥。当我们走下小径的时候，其他村庄的男孩们已经在山坡上四处走动了，他们大声叫嚷，并对着别人家的钥匙锁孔喊："敲敲门！按按铃！给我一个便士因为我唱得这么好听！"虽然他们不像我们唱诗班一样是获得村民认可的慈善组织，但空气中还是弥漫着竞争的氛围。

与往常一样，我们拜访的第一站是乡绅老爷的大庄园，我们沿着他的车道紧张地进行巡回演出。为了有光照亮，我们将

---

① Clergy Green，Clergy 字面意即"教士"。

蜡烛放进装橘子酱的玻璃罐里，拿绳圈提在手上，它们透出黯淡的微光，照射在车道两旁被风吹来、高高耸立的雪堆上。忽然，一阵暴风雪向我们袭来，不过我们毫不在乎，因为我们早就包裹得严严实实了——我们的腿上扎着军用绑腿，头上戴着羊毛帽子，耳朵上还缠了好几层围巾。

当我们穿越洁白而静谧的草坪、向大庄园走近时，我们自己也变得恭敬而肃穆。附近的湖泊又漆黑又坚硬，落下的瀑布冰冷而寂静。我们来回变换了一阵位置，在大门前安排好队形，然后敲了敲门，宣告我们唱诗班的到来。

一位女仆走入回声荡漾的主屋深处，前去通报我们到来的好消息，我们便一面等待，一面吵吵闹闹地清嗓子。之后她回来了，将大门朝我们微微旋开。她向我们示意，可以开始唱了。我们没带任何音乐伴奏，因为早就将圣歌记在了脑中。"让我们唱一首《郊外的牧羊人》。"杰克说。于是，我们稀里糊涂地唱起来，忘我地投入到一首支离破碎的乐曲中，唱出的歌词和节奏也全然不同；然而我们却唱得那么卖力，唱得最大声的人引领着其他人的节奏与旋律；而至于这首圣歌，即使它听上去没有那么甜美，倒也是像模像样。

这座巨大的石头房子，还有它那爬满藤蔓的墙壁，在我们眼中始终是个谜。我们一直感到好奇，那些三角墙、那些房间和阁楼、那些被雪松掩映的狭小窗户究竟是什么样子的。于是我们一面唱着《郊外的牧羊人》，一面伸长脖子，朝着我们从未进去过的那座灯火通明的大厅使劲望去。我们凝视那些火枪和空置的椅子,凝视那落满灰尘的绣帷——直到突然间,我们看到了年迈的乡绅老爷,他正歪着头,站在那里听我们唱歌。

他一动不动,一直听我们唱完。随后,他迈着蹒跚的步伐朝我们缓缓走来,用颤抖的手往我们的盒子里丢入两枚硬币,并在花名册上潦草地签上他的名字,用湿润而失神的眼睛在我们每个人身上长久地打量一番,便沉默地转身离去。

仿佛从魔咒中得到了解放,我们先假装镇静地走了几步,然后朝着大门撒开腿大步跑去,一直跑出乡绅老爷的庭院才停下。直到最后我们才发现,他的领地竟是如此巨大。我们急不可待地蹲坐在牛棚边,把灯笼移到花名册上头,看到他写下的是"两先令"几个字。这真是一个相当不错的开始;在这片地区,没有谁胆敢给的比乡绅老爷还要少。

我们带着盒子里的钱,一面继续沿着山谷向上进发,一面埋怨着彼此的表演太差。现在的我们自信满满,开始考虑起我们歌曲的质量、是不是哪一首圣歌比另一首更加适合我们之类的问题。沃尔特说,霍瑞斯根本就不应该唱歌,他已经快要破音了。霍瑞斯争辩起来,于是一场象征性的战争出现了——他们边走边打,踢起一块块连着草皮的雪块,可不一会儿又把此事忘到了脑后,霍瑞斯依然照唱不停。

我们在漫长的山谷中不停地走啊走,从一座房子到另一座房子,拜访大大小小的绅士阶层人士——农场主、医生、商人、陆军少校和其他显赫人物。天寒地冻,狂风呼啸,但我们一刻也没有感到寒冷。风雪吹在我们脸上,吹进我们的眼睛和嘴巴,浸湿我们的绑腿，灌入我们的靴子，从我们的羊毛帽上滴滴答答地坠落，但我们却满不在乎。收集赏金的盒子越来越重，花名册上的名单列表越来越长，数额也越发夸张大方，每个给钱的人都想超过其他人。

我们一英里又一英里地走着，与狂风奋战，摔跌在雪堆中，被一座座房屋的灯光指引着方向。但我们始终没能见到我们的听众一面。我们挨家挨户地敲门拜访，在庭院和门廊里、在窗外或潮湿阴暗的走廊上歌唱；我们听到声音从隐蔽的房屋里传来；我们闻到华美服饰和热乎乎的珍馐佳肴的气味；我们看到女仆将菜碟端进屋去，或是将咖啡杯带出屋来；我们也收到了坚果、蛋糕、无花果、姜干、海枣、止咳液和零钱；但是我们从始至终没有见到打赏的人露面。我们仿佛不是在别人家中，而是在城堡的厚墙里唱歌，不过除了乡绅老爷以外（他现身是为了证明他还活着），我们本来也没期待见到其他人。

随着暮色降临，博尼遇到了一些麻烦。举个例子说，《圣诞节》这首歌其实是一段激昂向上的和音，但博尼不仅坚持要唱，还给唱成了平淡的降调。其他人不同意他唱这首歌，博尼就说他要和我们打一架。当他打输了站起身之后，便承认了我们说的是对的，然后索性彻底消失了。他自顾自转身离开，走进了茫茫雪地，我们喊他回来，他却置若罔闻。过了好久，当我们走上山谷的高处时，有人说了句："听！"我们停步细听。穿越广阔的田野，一个微弱的歌声从遥远的村庄传来，不停地唱着《圣诞节》，而且是用降调唱的——那是博尼的声音，他单枪匹马,一个人开疆拓土去了。

我们向此行的最后一户房屋走去,它高高伫立在山坡之上,是农夫约瑟夫住的地方。我们为他选取了一首特别的圣歌,是关于另一位约瑟夫①的,我们之所以选择这首歌,是想为这个夜晚增添一些刺激的氛围。通往他的农场那最后一段路,或许是这片乡间最难走的路途。在这些崎岖且光秃秃的小径上,时常有狂风肆虐,羔羊丧命,马车迷途。我们紧紧抱成一团,深一脚浅一脚地跟着彼此的脚印走,粉末似的雪花吹进我们眯紧的眼睛,烛光被风吹得黯淡下去,有的干脆熄灭了,为了压过呼啸的大风,我们只好大声说话。

终于,在穿过结冰的引水渠之后——在夏天,水车的车轮仍会浇灌贫瘠的土地——我们爬上了约瑟夫的农场。这里被树木遮蔽,被白雪覆盖,看上去暖意融融;约瑟夫的农场仿佛一直没有变过,永远是这副模样,永远是暮色阴沉,永远是我们到访的最后一站。积雪结上了一层精致的外壳,古老的树木好似圣诞节的金丝装饰,闪烁着莹莹光芒。

我们在农庄的门廊上围成一圈站好。苍穹澄澈,宽阔的星河顺着山谷奔流而下,朝着遥远的威尔士流去。在斯莱德银白色的山坡上,透过树林间漆黑的枝桠望去,仍可以看到窗子上有些许红色的灯火闪烁。

万籁俱寂,在这个静谧的冬季夜晚,只听得到冰雪碎裂的

---

① 《圣经》中的约瑟夫。

细微轻响。我们开始唱歌了，突然间，每个人都被歌词与歌声中的淳真所感动。我们唱着，歌声纯净、清澈，令人屏气凝息：

> 当约瑟夫走在路上
> 他听到天使在歌唱；
> "今晚将会降生
> 基督天上的王。
>
> 他既不会诞生在
> 房子和厅堂，
> 也不会诞生在天堂般的地方
> 而将在马槽中到访……"

在那一刻，对我们而言，历经两千年的圣诞节变得真实起来。那些房子、那些厅堂、那天堂般的地方，我们都已前去拜访；群星璀璨，指引着圣徒们穿越雪地；而在农场的那一边，我们听到了畜栏里传出的牲畜叫声。我们收获了烤苹果和热腾腾的百果馅饼[①]，鼻孔里充盈的是没药树的味道，而当我们返回村子的时候，我们的木盒子里则装满了属于大家全体人的金色礼物。

---

① 英国圣诞节的传统食物。

夏天，六月的夏天，绿意重回大地，整个世界卸去了枷锁，变得翻腾雀跃起来——就同冬季一样，夏季突如其来地到来，我躺在床上，几乎还没醒来便已觉察到这点；天一亮，布谷鸟和鸽子就在林中啼叫不休，山雀也在梨花间喊喳喳。

在卧室的天花板上，我在梦醒时分看到的第一眼，是一池广阔的阳光——渐渐攀升的太阳照射湖面，湖光穿透树林，投射在天花板上。仍有些昏昏欲睡的我观察着天花板上闪闪发光、不断变换的景象，看着那梦游般的叠叠水波和各种生命的投影；上面时而有箭影掠过，继而是黑水鸡遥远的呼喊。我看到芦苇的根部泛起水光的涟漪，湖泊的每一寸细节似乎都体现在这里。然后突然间，这幅画面被击成碎片，像一面熔化的镜子般，杀气腾腾地化作许多细小的金色水珠，狂躁着，颤抖着。我听见水面上巨大的翅膀拍击声，它以稳定的节奏越变越响亮，而与此同时，天鹅成群的身影掠过天花板，起飞冲进这个沉郁的清晨。我听见它们经过房子时的鸣叫声，观看着头上的光影乱作一团的混沌场面，直到它缓缓安定下来，重新拾起满天繁星，恢复成原先宁静祥和的图景。

观看成群的天鹅从卧室的天花板上起飞，是我在夏天醒来时的常规项目。于是我醒来了，向着敞开的窗户外面望去，看到了清晨的牛群和公鸡。山毛榉树环绕着湖畔和山谷生长，似乎在召唤王室成员前来狩猎，不过爬上树梢也有同样不错的体验；即使在六月，你仍然可以食用它们的树叶，这些叶片紧紧卷起，天生就是鲜嫩多汁的沙拉。

在户外，我总是忘记之前发生过什么，也很少记起其他时节。夏天从不下雨，也没有霜或是乌云，而且一向如此。大地的暑气顺着我的小腿向上攀爬，重重地锤击我的下巴。花园被各种香气和蜜蜂搞得头晕目眩，用它热辣的白色花卉烧灼一切；每一朵花都发出刺眼的白光，刺痛着人们的双眼。

村里人将夏季看作一种上天的惩罚，女人们永远没法适应它的存在。一桶桶水被泼洒到小径上，灰尘在人们的抱怨声中落得到处都是，毛毯和床垫好似舌头一般悬挂在窗边，一只气喘吁吁的狗蜷伏在雨水桶旁。一个男人从旁边走过，问道："对你来说太热了吧？"狗便发出一声筋疲力尽的尖叫作为应答。

在建筑工人的马厩里，我们逃过了太阳的炙烤，正在帮布朗先生给马梳毛。我们的鼻子里都是它发热的皮毛、马蹄上的角质、滚烫的皮革马具和粪便的味道。我们喂它吃麦麸，麦麸干得好像沙漠里的热浪，一直喂到我们和马都被呛个半死。布朗先生和他的家人正要驾车出门，于是我们转动车轮，将他的双轮轻便马车推上小路，让蒙住眼睛的大马背靠着站定在车轴间，并解开它叮当作响的皮带。道路如同废弃般躺在层层灰尘下头，山谷里死气沉沉，似乎万物全都纹丝不动。布朗先生、他盛装打扮的妻子和女儿，还有他头戴圆顶礼帽的女婿，他们一个接一个地爬上装有高高弹簧的马车，以一种例行公事般的僵硬姿态坐在那里。

"我们要去哪里，父亲？"

"山坡上,呼吸一些新鲜空气。"

"山坡上?它走不到那里就会死掉的。"

"保持安静,"布朗先生说,他已经开始滴下汗来,"再说一个字,你就给我回家去。"

他猛地一拉缰绳,轻轻甩了一鞭,马慢悠悠地踱起步子来。这个动作突如其来,不由得让女士们抓紧了帽子,我们则目送着他们远去,直至他们消失在视线中。

他们走了以后,我们再没有什么事可做,村庄又重新回归了原先的寂静。尚未铺陈沥青的道路蜿蜒曲折,通往山谷的上方,如今还没有汽车从那里经过;空荡荡的山谷也蜿蜒伸向其他的村落,那些地方也同样是空荡荡的。炎热的白日漫长,正等待着某个陌生人的闯入。

我们坐在路边,双手掬起一捧尘土,在排水沟里筑起小土堆。而后我们滑下草坡,仰躺在地,只是睁着双眼仰望天空。没有任何事可做,没有任何东西移动,也没有任何事发生,除了这个夏天,没有任何事发生。带着热气的小风吹拂我们的脸颊,蒲公英的种子飘过,滚烫的树木汁液和炙烤的荨麻,混合着干燥大地的沉闷铁锈味,一起刺痛着我们的鼻孔。青草有着六月应有的高度,它疯狂地生长,成为各色物种夹缠不清的混合物,草尖长出花朵和麦芒,草叶盘绕着野豌豆的藤蔓,草地里满是误打误撞闯入的蜜蜂的嗡鸣声,还有猩红色的蝴蝶倩影忽闪忽现。我们仰躺着,嘴里咀嚼着青草,这青草将天空高高架起,而夏天就是我们耳畔听到的一切:布谷鸟一连串的叫声从远处传来，苍蝇的嘤嘤声令耳朵感到堵塞一般，割草机的轰鸣声似乎是锯齿状的，乘着气浪从田野那端一波波袭来。

最后我们动起来了。我们去商店买来冰冻的果子露，拿甘草棍吮吸。我们轻柔地吸着，果子露在我们的舌尖化作颗粒；它们太硬了，甜甜的粉末会让你噎到；而如果你朝吸管里吹气，装果子露的袋子又会突然爆炸，你也将在一阵糖粉暴风雪中消失不见。吮吸又吹气，咳嗽又流泪，我们拖着步子一路走下小径。我们来到泉水边喝水、洗脸，然后将水泼洒到彼此身上、创造彩虹。琼斯先生的池塘泛起泡沫，那里满载着生命，覆盖着大片洁白的百合花——这些花儿像蜡烛油一样，从它们的叶片上垂下，热得熔化，复又在水下寻到清凉。黑水鸡"扑通"扎进水里，小䴘䴘急速游走，昆虫排成一列溜冰。刚孵出的小青蛙像苍蝇般左蹦右跳，蜥蜴在草丛里大口大口地吸气。而小径落上了一层牛粪，被烘烤得硬邦邦，闻起来还不错。

我们在芦苇边遇到了西克斯彭斯·鲁滨孙。他说："来吧，找点乐子。"他住在小径上的一座农舍里，就在施普沃石旁边靠近沼泽的地方。他家有五口人，两个女孩，三个男孩，名字都以"S"作为开头。他们分别叫作西丝（Sis）和西萝枇（Sloppy），西多施尔（Stosher）和萨米（Sammy），以及我们的好朋友西克斯彭斯（Sixpence）·"六便士"。西丝和西萝枇都是美丽的女孩，一看到我们男孩就躲到醋栗树丛后头去；兄弟几个才是我们的玩伴；而且萨米，尽管他是个跛子，却是村里动作最灵活的小伙子之一。

他们的家是我们随时可以去玩的好地方,他们几个也都十分容易相处(和我们一样,他们也没有父亲;但和我们不同的是,他们的父亲是去世了)。于是今天,在他们家沼泽刺鼻的热气中,我们围成一圈坐在木头上,吹口哨,削树枝,吹口琴,在溪涧上筑堤,在清凉的泥岸边挖掘港湾。之后我们将他们鸽笼里的鸽子全部放出来,把它们按在水桶里,一直等到它们的嘴中吐起气泡,才将它们抛向空中。翅膀上的水珠四处散落,它们在房子四周盘旋,随后又像傻瓜一样飞回来(西克斯彭斯有一只号称"长钉"的独眼鸽,他吹嘘说它可以待在水下最久,但有一天,这只可怜的小鸟在打破所有纪录之后,却永远地摔死在卷心菜丛间了)。

结束了这一切,我们回到围场,在树下打起板球来。萨米戴着他的脚镣上蹿下跳,母鸡和珍珠鸡惊慌地逃向树丛。萨米单足跳跃,用力掷球,凶猛的样子就跟要谋杀我们一样,而我们则拼命防守我们的树桩。闪电般的球棒噼啪重击,芦苇丛中传出了高声呼喊,家禽和池水散发着味道,在这个漫长的午后,我们被陡峭的山坡环绕,被依旧躲在醋栗树丛后的西萝杮注视着——在这个地方,仿佛任何灾难都不会发生,任谁都没有胆量碰我们一个指头;这里就是萨米和西克斯彭斯的家,一个位于施普沃石旁边的地方,一处未被染指的隐秘所在。这里有溺水的鸽子在飞翔,有跛子在自由地奔跑;这里就是夏天,在某种程度上,永远的夏天。

夏天还是关于这些东西的季节：突然而至的丰衣足食，缓慢的时光和动作，钻石般璀璨的薄雾和眼里的灰尘，春天过后微眠的山谷；被埋葬的腐烂小鸟；妈妈沉酣的昼眠；活泼的黄蜂和蜻蜓，干草垛和蓟花种子，雪花般翩飞的白色蝴蝶，云雀的蛋，兰花蜜蜂，匆忙来去的蚂蚁；幼童军的游行，童子军的号角；小腿上流淌的汗水，荆棘柴火烤熟的土豆，阳光下玻璃蓝色的火焰；赤身裸体地躺在山中清凉的小溪里；恳求几个便士去买汽水；女孩袒露的手臂和尚未成熟的樱桃，青绿的苹果和胡桃；打架、摔倒和新结痂的膝盖，啜泣时的追逐和逃跑；在高高的采石场中野餐，像油一样流动的黄油，中暑、高烧，还有为了给发热的眉毛降温的黄瓜皮。这所有的一切，还有那份永远不会结束的感觉——这样的时光已然到来、并将永久持续下去的感觉，伴随着日渐干涸的汲水泵、坑洼不平的水桶和像月球一样坚硬的白垩地面，成了夏天的全部。在这时，所有的景象都拥有了往日两倍的美好，闻上去有两倍的浓郁，所有的游戏时间都变得如平常两倍那么悠长。我们被充了两倍的电量，如同草地上的蚂蚁，因为阳光兴奋不已，我们尽情地享受日光，直到它最后一丝紫罗兰色的光晕隐去；但就算到了这个时候，我们还是不甘心上床睡觉。

当夜色降临、巨大的月亮升起时，我们便兴冲冲地开启了第二段人生。这时，男孩们沿着小路叫喊，小眼睛的野生动物也在呼唤，沃尔特·凯瑞清晰的鼻音运起约德尔唱法，进行着真假嗓音的互换，博尼发出了像豺狼一样的尖叫。只要一听到他们的声音,我们就蹑手蹑脚地跑出门,逃离沉闷的卧室,踏入像阳光一样温暖的月色中,成为那白垩般洁白、戴着月亮面具的帮派一员。

月光下的游戏。追逐和捕获的游戏。夜晚所召唤的游戏。在这些游戏中,最棒的要数"狐狸和猎狗"了——你只需随便去个喜欢的地方,其他人就会翻遍整个山谷追捕你。两个被选中的男孩轻轻跑进树林,瞬间被树影吞没。我们给他们五分钟的时间,然后分头去寻找他们。他们可以跑到教堂墓地、农场、谷仓、采石场、山顶和树林。他们有着整晚的时间,拥有一轮明月前来照路,还有绵延五英里的乡间可以躲藏……

我们步伐轻快地走着,奔跑在柔情似水的星辰下,穿过尖利的大蒜丛林,穿过闪烁着强烈蓝光的原野,我们依照游戏的唯一规则,大声地一问一答,以此追寻猎物的踪迹。隔不了多久,我们便气喘吁吁地停下脚步,检查一下我们的猎物在哪里。只见两个脑袋像子弹一样灵敏地抬起,牙齿在月色下银光一闪。"吹口哨或喊一声!不然我们就不追了!"从山坡的另一侧,从薄雾笼罩的白色田野上,冒出一声拖得很长的叫喊,其中夹杂着两个声调——那是他们模仿狐狸的微弱叫声。于是我们再次出发,穿过未眠的夜色,走入醒着的猫头鹰和獾之间;此时,我们的猎物又溜到了另一个教区,只怕几个小时都找不到他们。

大约在午夜前后,我们终于将他们捉住,彼时他们正筋疲力尽地躺在干草垛下。在那以前,我们已经满世界地追捕了他们整夜，我们穿过树丛、沼泽、苔原，越过潘帕斯草原、长满小麦的平原和流星划过的高原。而在那个时候，野兔在银色的草丛下享受欢爱，热情的大月亮也悄然爬升到我们头顶上方，在我的脑中涨起了夜晚与夏日的潮汐；甚至直到今日，它仍然在那里涌动着。

第九章　多病的男孩

小时候，我常向别人吹嘘自己的独特，很少有人同我一样受过两次洗礼。第二次洗礼发生在教堂，多少有些闹剧的意味；我那时三岁，对教区牧师说了几句无礼的话，还放肆地擅用了一些圣水。但我的涂油礼①却比洗礼要庄重得多，并且几乎在出生后就立刻举行。我像一个虚弱而毫无生气的小肉团，在怀疑和沉默中来到这个世界，接生婆只向我精疲力竭的面容看了一眼，便说我活不过今天。所有人都这么想，连医生也不例外，他们只是等着我死去。

然而我的母亲呢，她一面认命地接受了我的"夭折"，一面坚定地认为我应该进入天堂。她还记得那些被存放在教堂的月桂树下的小小的无名坟墓，在那里，人们瞒着教区牧师，将短命的婴儿偷偷藏在果酱罐子之间。她说，她儿子的尸骨应该在上帝的土地上安息，而不是同那些可怜的异教徒一起腐烂。于

---

①基督教的一种宗教仪式，为临终的人举行。

是她请助理牧师前来。他为我请求祖先亚当的护佑，从一个茶杯中取水为我施洗，准许我加入教会，并给我取了三个名字，以备我断气时使用。

然而在事后看来，这个慌乱的受洗仪式完全是多此一举。某种东西——谁知道到底是什么呢？或许是某种祖先流传下来的刚毅特性，使我平安度过了降生的第一天。往后几个月，我依然病得很重，了无生气，奄奄一息，成为大家生活里的负担，差不多所有的人都放弃了我。"你从来不动，也不哭，"我的母亲说，"你就在我放下你的地方躺着，像一座小小的雕像，整天只是瞪着天花板。"在那种一动不动的昏厥状态下，我不过是一块泥土、一团呼吸微弱的血肉。我就这样趴了足有一年，接连向我袭来的疾病多得足以扫荡一个孤儿院——我患上了白喉、百日咳、胸膜炎、双侧肺炎，还有肺充血。母亲在旁边看着，但无能为力；等待着，却见不到希望。在那个时代，人们对孩童的病症缺乏全面的了解，幼儿就像小鸡一样掉落下来，轻易就死掉了；家中往往人口众多，仿佛是为了从中得到补偿，至少四分之一的孩子不被指望活下来。我的父亲已经亲手埋葬了他的三个孩子，也已准备好为我做同样的事。

但在某种不知名力量的帮助下，我悄悄地、安静地熬过来了——尽管一度徘徊在生死边缘。十八个月大时，我被交到摩尔太太的手中，于是我迎来了最危险的时刻。当时我的母亲正在床上为弟弟的降生做准备——在那个年代我们都出生在家里。摩尔太太是个黑人，母亲请她来帮忙，给孩子们洗澡、煮汤。

她为人活泼开朗,有一双向外鼓胀的双眼,好似伏都教的教徒,以原始人一般漫不经心的态度照看我们。在她照顾我的时候,我第二次患上了急性肺炎。事后我才得知当时发生了什么……

那时,似乎托尼弟弟才刚出生两天,妈妈正开始恢复元气。十一岁的桃乐茜上楼看望她,同婴儿玩耍了一会儿,啃了几小口饼干,然后坐在窗前吹起了口哨。

"你们都过得怎么样?"妈妈问。

"噢,还好。"桃乐茜说。

"你们都乖吗?"

"是的,妈。"

"那你们都在做什么?"

"没做什么。"

"玛乔丽在哪儿?"

"去院子里了。"

"范妮丝呢?"

"她在削马铃薯皮。"

"其他人都怎么样?"

"哈罗德在清理他的手推车,杰克和弗朗西斯在台阶上坐着。"

"那洛瑞呢?……洛瑞怎么样?"

"噢,洛瑞死了。"

"什么!"

"他起了黄疸,他们正要把他下葬。"

妈妈发出一声尖叫，从床上一跃而起。

"没有人能下葬我的洛瑞。"

她气喘吁吁，摸索着走下楼梯，颤颤巍巍地走进厨房；而洛瑞，就是我，正赤身裸体、四仰八叉地躺在桌子上，就像桃乐茜说的一样，全身泛着黄色。摩尔太太一边哼着小曲，一边用海绵擦拭我的身体，仿佛在准备一只晚餐用的鸡。

"你到底在干什么？"我的母亲怒吼道。

"可怜的孩子，他走了，"黑人太太伤感地低声说，"他去天使那里了——我想把他洗干净，好装进棺材里——我只是不愿打扰你，太太。"

"你这个残忍邪恶的女人！我们的洛瑞还没死呢——看看他的肤色多么健康。"

妈妈将我从餐桌上一把抱起，一面为我裹上毯子，放回我的小床，一面咒骂摩尔太太，说她是偷人尸体的盗贼，然后又问圣徒，他们究竟想要做什么。但无论如何，我还是活下来了——尽管死亡一度离我非常近，真的非常近。我那么轻易就对摩尔太太冰冷的海绵屈服了。多亏了桃乐茜，是她的无聊救了我一命。

但这件事发生后没多久，我的姐姐弗朗西斯却去世了。她是一个美丽、柔弱、有着黑色卷发的孩子，也是我母亲唯一的女儿。尽管她只有四岁，却像护士般照看我。她整天守在我的小床前，用一种特殊的语言柔声讲话。没有人注意到她就要死了，大家都把注意力放在我身上。她突然地死去了，沉默地、没有怨言地，死在房间角落的椅子上。她的死是因为大家的无知，这件事本来完全可以避免——于是我相信，是她将自己的生命给了我。

不过至少，她得到了大家深深的哀思。在她死后，母亲没有一天不为她落泪。与此同时，母亲也对我们余下的人呵护有加，为了我们能顺利活下去，她变得越发小心谨慎。我虽然并不是一个苍白瘦弱的男孩，却也体弱多病。我时常在两种状态之间转换：不是一副胖乎乎、摇摇欲坠的样子（这是别的男孩正常的体态，对我来说却得来不易），就是重回病怏怏的模样，仿佛身上附着了灰色的幽灵——它们时而炽热，时而冰冷，丑陋而野蛮。健康的时候，我必须坚强起来，因为我看上去并不娇弱，没有人让着我；不过一旦生病，我就从人们的视线中消失，一连失踪好几个星期。如果碰巧在夏天发烧，我会躺在平日睡觉的床上，汗流不止，并且永远也搞不清楚，究竟生病的是我还是闷热的天气。但到了冬天，若是卧室中生起炉火，我便知道自己是真的病了。在冬天，洗脸盆可能会结冰，屋内的装饰物上悬挂着冰柱，我们的卧室像以往一样没有暖气；但如果点起了炉火，特别是在母亲的房间里，那就意味着有人病得很重了。

每当疾病又一次卷土重来时——我的双手就像羽毛一样轻盈，头脑昏昏沉沉，肺部如同扎满无数跳动的尖刺——我做的第一件事就是召唤幻觉，将消息传给另一个为我而焦虑的世界。

那时我会从发烧中醒来,然后想到我的那些臣民们,他们的关切总让我感到安慰。我在床栏上轻敲摩尔斯密码,传达简洁而严峻的情报。"他病了。"(我想象这是第一声警报。)"他已经告诉他的母亲了。"(略微松了一口气。)"他正在与病魔抗争。"(大批民众在教堂里祈祷。)"他的病情恶化了。"(街上传来悲伤的哭泣。)那些看不见的民众遍布高低起伏的土地,为他们国王遭受的威胁悲痛万分。有时想到这些,我感动得几欲落泪。他们的样子是那么可怜,等待着一张张沉痛的布告贴出;而此时的我又是那么勇敢。当然,虽然我的病痛让他们焦虑,但我也命令他们必须坚强。"他不希望有任何特殊的安排,只要乐队和坦克、一两个游行的队伍就好,或许再有一个三分钟的默哀。"

病后的第一个早晨,我总在瞎想这些事,那会儿我才刚刚发烧;但一到晚上,我就变得神志不清起来。首先是我的四肢,它们像劈开的木材一样散裂,让我仿佛长了几十只手臂。随后我的床失去了边界,变成一片荒凉的沙漠,遍布着湿热的沙石。我开始同枕头上的另一个脑袋讲话,那是我刚刚摘下的头颅;它从不回话,只是躺在那里,对着我的眼睛冷笑。接下来就轮到卧室的墙壁,它们向外凸起,时而泛起涟漪,时而大声咆哮,一会儿像面糊般舞动,一会儿又像方糖般融化,流出颜色恐怖的血液。然后一排排面目模糊的笑容从墙上、天花板上涌来;它们自在而轻松,最开始完全不具威胁性,但它们笑得实在太久了。就算疯子的笑容也会慢慢减弱,可它们却一直无声地持续着,越来越亮,越来越冷,越来越无味,直到病态的血液在我的血管里开始嚎叫。它们就像柴郡猫①的笑容,没有具体的脸孔和轮廓,透过它们我依然能清楚地看见整个房间。但它们始终高悬在我的头上,像一团空气中的污渍,一部太空里的微笑名册。这些笑容里没有同情,没有爱,皮笑肉不笑;它们甚至不是陌生人的笑,而是谁的笑都算不上,但在明亮的沉默气氛中,它们不断扩大、不屈不挠、令人始料不及、继续又继续……直到我再次尖叫起来,拼命敲打床栏。

仿佛一声晴天霹雳,四面的墙壁在我的尖叫声中剧烈地摇晃,之后又恢复了正常。厨房门开了,女孩们涌进房间。"他刚才又看到那些脸了。"她们窃窃私语。"没事了!"她们大喊着,"好了,好了!你不会再看到它们了。喝一罐棒棒的柠檬汁吧。"她们为我擦汗,捡起我掉落的睡衣。看到她们忙得团团转,我又静静躺回原处。可我能和她们说什么呢?说我看见的不是很多脸——只是很多笑容?我试着做过,但她们谁也没懂。

后来,当红色的夜晚将我笼罩,我几乎失去了意识。我听见自己在唱歌、呻吟、讲话,这些声音像是我身上的许多只手发出的。我的血液沸腾,身体扭动,牙齿打着颤,膝盖近乎蜷到嘴巴下面;我躺在汗水邪恶的沼泽中,它一会儿让我涔涔冒汗,一会儿又把我冻成冰坨。我的衬衫是一片紧绷的天空,湿淋淋地裹住粗糙的皮肤;而飞越这片天空,就在不远处,非洲的热风和北极的暴风雪正在呼号。屋子里的东西再次融化,图

---

①著名童话《爱丽丝漫游仙境》中的角色,脸上始终挂着平静的微笑,总是突然出现或消失,消失后微笑还会留在空中。

画在重新勾画它们的样子，物品四处跑动，变换形状，更加丑陋，然后拖着步子走远，消失在无边的远方。烛火抛出斗篷般的暗影，所有东西不是一个接一个骤然消失，就是拉长得像圣人一般高大，也有的倏地坍塌成一个球。我听到很多说话的声音，它们好像失控了，一会儿低声耳语，一会儿"嘭"地爆出巨响，喊着诸如"铲子！"或"老男人的耳朵！"之类的字眼。我被唤醒了，这些叫喊回荡着恐怖的回声，听上去就像一匹马猛地踢到钢琴。

无疑，讲出这些话的人就是我自己，我就这么自言自语着，往往能持续上几个小时。有时我会刻意答话，但大多数时候只是躺着听，注视着石灰白色的梦魇从屋子幽暗的缝隙渗出……在这些发烧的夜晚，一切都放缓了脚步，仿佛钟表中被塞入了滚烫的毛毯。我在浅层的睡眠中滑向远方，宛如一只热带海洋里的鼠海豚。我听到干涸的房子里传出回声，透过水底的洞穴飘来，又循着那些巨大的洞窟，穿越了辽阔无垠的梦境。我游过了漫长的距离和岁月，历经了复杂的生存与死亡，终于在最后浮出水面，却发现窗上的明月分毫未动，世界也一分钟没老。

睡睡醒醒之间，我活了有十代人那么长，漫长的生涯让我越发虚弱。但当我从无止境的谵妄中挣脱、终于浮出水面时，眼前的真实世界却似乎一下变得亲切起来。在我睡觉的时候，这个世界经历了热病的洗刷，变得更加香甜。而现在，它就像一个清脆的玻璃铃铛，把我包裹在中间。有那么片刻时间，我感到神清气爽，倾听着它最轻微的响动：溪水潺潺，树木轻摇，小鸟收起翅膀，一只山坡羊在咳嗽，远处一扇门来回摆动，田野里的马正吐纳呼吸。在我的下方，厨房发出惬意的低语，脚步行走在小路上，一个声音道出"晚安"，有扇门吱呀一声合上；或是一个男孩突然大叫，像黑暗中动物的低鸣，接着又被远处另一只呼应。我躺在床上，聆听着这些珍贵的声音，还愚蠢地被它们感动，仿佛我才刚从鬼门关回来，死里逃生一样。但没过一会儿，发烧又同往常那样再度袭来，房间开始了它的低语和舞蹈，燃尽的蜡烛噼啪作响、摇摇欲坠，我看到烛芯折叠起来、自己走了出去……后来我就被黑暗吞没了，那是一种腐蚀性的黑暗，像盒子一样密不透风的黑暗，还有一排排悬垂在天花板上的黑色灯笼，它们摇摇晃晃，微笑着向我飘来。于是我又被吓坏了，拼命用力拍打床栏，大声尖叫着呼唤姐姐们和烛光的到来。

这种神志不清的状况经常发生，家里人早就见怪不怪了。杰克会问，为何我总在呻吟，而托尼则在暗中偷偷观察和研究我；但家人大多把我当作一只患了瘟热的狗，将我留在一个人的好时光里自行康复。我的热病来势汹汹并十分突然，温度迅速飙升，但过不了多久，它们就自行燃尽了。接着就是一段轻松的康复期，在这段时间里，我只吃蛋奶沙司和脆饼干。然后，我就开始感觉无聊，于是下床出门，找人打上一架，这样一来病就好了。除了神志不清的状态让我困惑不解外，我从没觉得自己真的病得很重；而且，尽管他们小声说起了结痂的肺、肺结核之类的事,我也从没想过自己有可能会死。

但有天晚上,当我被另一场病魔袭击时(它看上去同往日没什么两样),汗流浃背的我受到了强烈的震撼,感到一种让人近乎愉悦的惊惧感。我同往日一样迅速发起高烧,被扔进了熟悉的火焰中。大概在午夜时分,我神志清楚地醒来,意外发现全家人都围在我的床前。七双眼睛瞪着我看,目光中带着惊恐的推测,他们不是在注视我,而是在注视我身体里的某个东西。妈妈绞着双手,无助地站在那儿。女孩们默默啜泣。甚至连一向不受情感羁绊的哈罗德,也在烛光下显得苍白而紧张。

他们的沉默和神情使我大吃一惊,那是一种恐惧和悲痛的混合体。为什么他们在深夜突然来到我的床前,围成一圈哭哭啼啼?我感到又温暖又舒适,完全放松下来,而且觉得很好笑,仿佛不知怎的,我把他们所有人都戏耍了一样。之后他们开始窃窃私语,围着我,谈论我,说到我,但却始终不和我直接对话。

"他以前从没有过现在这个样子,"一个人说,"听听他那些可怕的胡话。"

"他以前的肤色也没有这么苍白过。"

"太残忍了——这个可怜的小家伙。"

"他是个多么快乐的小伙子啊,呜呜。"

"好了,好了,范妮丝,别烦恼了。"

"你觉得这个时间,教区牧师还会来吗?"

"最好有个人跑去把他请来。"

"我们最好也敲敲杰克·哈利戴的门,他可以骑车去请医生。"

"我们必须守夜照看他,妈,他的呼吸糟透了。"

"或许我们应该给他爸爸打个电话……"

我的神志十分清醒,听到了他们全部的谈话,并且还试着想加入其中。但他们奇怪的声调却迫使我保持沉默,他们的举止中蕴含着一种不寻常的威胁,他们的眼睛和声音里流露出担忧的敬畏,仿佛他们从我的身体里看到了坟墓的阴影。那个时候我才真的意识到,我确实病得很重了;但并不是因为疼痛,我的身体还和平常一样。女孩们开始默默准备她们守夜用的东西,裹上自己的大披肩。"你去休息一下,妈,过一会儿我们叫你。"她们庄严地围着我坐下,把交叠的双手放在膝上,用空洞的眼睛注视我,力图捕捉到致命变化的第一个信号。在那些身影沉默的等待中,在那午夜冰冷的时刻里,我在人生中第一次意识到自己可能就要死了。

关于那个严肃的场景,我只记得这么多,我想我很快就睡着了——我合上眼睛,姐姐们的身影如寿衣般将我包裹,那或许是我看到的最后一眼人间景象。但次日,当我从她们惊讶的目光中醒来时,这场危机显然已经结束了。要不是那天深夜全家人的看望,要不是村里人后续一系列的举动,我可能永远不知道自己经历了怎样的危险。

我在母亲的卧室又待了几个星期,一盆木柴整日燃烧着。同学们像朝圣一样,身着他们最好的衣服、手捧着鲜花前来看我。女孩们送我鸡蛋，用铅笔画上唇吻；男孩们送给我他们破烂的玩具；甚至我的老师（他心如铁石）也为我带来一袋糖果和坚果。最后，杰克再也没法保守秘密；他告诉我，就在这些礼物到来之前，人们去教堂为我祷告，他们在接连两个星期日为我祷告了两次。我的福杯满溢，我感到自己永生不死；很少有人获得了那样的荣耀还能活下去。

这次，我在康复期甚至比以往更加纵情肆意。我只吃保卫尔牌牛肉汁和脱水松糕。家人每天用樟脑油为我擦拭身体，为我敷上发热的膏药。于是我躺在床上，身边缭绕着辛辣的、胡椒味的热蒸汽，整天无时无刻不在坑安；我的床上高高堆满了珠串和漫画书、干花、旧子弹壳、折叠刀、火花塞、蝗虫，还有几个红雀的毛绒玩具。

我尽情享用受宠身份的每一项特权，一遇到难题就任性胡闹，特别是到了吃药的时候，那样恶劣的行为委实坏透了，简直该下地狱。

督促我喝药是姐姐们的任务，她们伸过长长的药匙，央求我把药喝下去。

"现在来吧，老弟——一！二！三！……"

"等会儿你可以吃光罐子里的果酱。"

"我们会捏住你的鼻子，你尝不到任何味道。"

我转过目光，空洞地望向一边。

"当个好孩子，就喝这一次，来吧！"

"阿奇说不要。"我说。

"什么?"

"阿奇,"我说,"不想要苦药。阿奇不喜欢苦药。阿奇也不会喝苦药的。阿奇这么说。"

"谁是阿奇?"她们小声议论,互相摇了摇头。每到这时,她们便会放我一马。

发过烧后,我的身体和脑袋都变得轻盈,好像一片被露水打湿的青菜。疾病把我彻底掏空,现在的我形如虚幻。待在缺少阳光、高温弥漫的房间里那么久,我的身体似乎发生了不同寻常的转变。我感到苍白无力、血液流光、器官散尽,在颜色和声音面前变得透明。窗前的阳光、浮动着灰尘的空气、炉火明亮的挂钩、蜡烛"哔哔"轻响的火舌,它们全都穿透了我的肉体。热量、倒影、低语、阴影,它们在我的身旁嬉戏玩耍,仿佛我是一块无形的玻璃。我恍若没有躯壳,只是扁平地印在床单上,又如水里的渔网一样不真实,我没法说出,我的身体里究竟能清理出多少人类的垃圾、沉闷的胶状物和松散的盐堆;但现在,我的感官变得如此灵敏,世上的每一点响动,屋里屋外物体的每一次移动和沉降,都会让它一阵颤栗,仿佛体内的地形正在经历重建。

汗水浸湿了衣衫,虚弱的我在清晨醒来。每到这时,阳光就好似天堂流出的牛奶,它带着光芒闪烁的潮汐,带着碧绿和湛蓝的水流,夹带着小鸟的歌声、花瓣、各种嗓音的碎片以及天空中流动的颜料油彩,从窗外涌入屋内。它的光芒将屋内的黑夜与梦魇一洗而光，为我展示了平常日子的模样。于是，苏醒的时刻变得令人感激，就算凶猛的野蛮人也一定会这么想。卧室里的物品卸下了它们邪恶的面具，甚至显得羞怯而平凡。布满纹路和节疤的木板墙闪闪发亮，镜子记录着真实的景象，图画镶嵌在清晨金色的光芒里，我也记起了它们熟悉的面容。叹口气，伸个懒腰，我就像一个被海浪冲上岸的水手，感受着躺在脚下安稳的土地；狂野的海洋已被冲刷远走，碧绿的树叶围绕在身旁，而水手已奇迹般地获得了拯救。

于是每个清晨的黎明，我都躺在床上，沉浸在深深的感激中。我嗅嗅屋里的味道，闻到了空中的羽毛、罐子里的清水、角落里的灰尘、玻璃和纸张的可爱气息、正对窗台的干枯石头、打伤天竺葵叶片的蜜蜂、搁在我床头的松木铅笔、燃尽的蜡烛，还有火柴杆上的火焰的味道。有时我不用睁开双眼也能感受到清早的存在：风朝着哪个方向吹、树木如何在风中摇晃、田野上是否有牛群、花园大门是打开还是关上、母鸡有没有被喂过、云朵在看不见的天空里有多重，还有空气的准确温度是多少。当我躺在床上，凭借皮肤的表层、时间的流转、年月的前行、天气的状况，还有即将到来的生活，我便能感受到整个山谷的景象。一种泛神论者的壮阔使我与村庄连为一体，于是我也成了它命运的一部分；而我的高烧退了，全身冰冷并生机勃勃，我仿佛永远也不会再失去它了……

没过多久，妈妈便唱着赞美诗爬上楼来，她手里端着我的早餐，欢快地像一只随风飞舞的云雀。

"我给你煮了个鸡蛋,做了杯好喝的热可可,还给你切了几片可爱的薄面包和黄油。"

新煮的鸡蛋尝起来好似被阳光温暖的吗哪①,热可可泛着泡沫,热气腾腾,还有面包和黄油——切得可算不上好看——它们是如此纤薄,你可以透过它们看到盘子。我狼吞虎咽地吃下去,看上去又虚弱又惭愧。妈妈收拾好床铺,递给我铅笔、绘画本、珠串和玩具,然后喋喋不休地讲着要给我买来的好东西。

"我要去斯特劳德给你买一个颜料盒。可能还要买些甘草糖。所有人都问起你,连科恩小姐也是!想想多么感人啊。"

妈妈坐在床边,骄傲地看着我。满满的全是爱;无论我做什么事都不会错。等我起床后,我不必劈一根木柴,整整一个月都不会有人对我发脾气。噢,那种让我沉沦的致命的虚弱啊,要是能一直病下去就好了……

肺炎是使我大名远扬的东西,我也借着它上演了众多好戏。但肺炎绝不是我唯一的武器;在我出生的短短几年时间里,我还得过各种各样的小病,包括几次带状疱疹、水痘、腮腺炎、麻疹、钱癣、扁桃腺肥大、流鼻血、虱子、耳朵痛、肚子痛、全身颤抖、直不起腰、猩红热和卡他性耳聋。

到最后,仿佛是为了给这些好戏收场,我又患上了脑震荡。在一个黑魆魆的夜晚,我被一辆自行车撞倒,不省人事地躺了

---

① 《圣经》中古以色列人穿越荒野时获得的神赐食物。

两天。而在我遭到重击、精神严重受创之后,我的一个姐姐却爱上了那个骑行者——一个年轻英俊的陌生人,他从施普柯姆路骑来,同样也撞倒了我的妈妈。

但我童年时期这段不停休克和发烧的生涯至少证明了一件事:如果我是个娇弱的人,我肯定早就死了,所以我的顽强是毫无疑问的事实。就像我之前说的,在那个时代,小孩子得病后很快就会死掉。一旦肺部感染,人们能做的事少之又少,不过就是烧起煤油,替他们做些祈祷。在那些寒冷的山间小屋里,在湿答答滴水的墙壁、潮湿的床铺、向外渗液的地板间,小孩子很可能在一年内患病并死掉,往往只有最强壮的孩子才能活下来。我并不强壮,我只是顽强,在得过全部疾病后自己产生了抗体。不过有时,当我停下来思索这件事的时候,我便觉得那次生病委实是一次死里逃生。

但奇怪的是,我相信,为我留下最深刻印记的却并不是疾病,而是那场人为的事故。我想,那天晚上让我得了脑震荡并精神受创的撞击,不仅在我的眉间留下一个永恒的黑斑,还在我的脑海中开启了一扇不吉利的大门——通过这扇大门,我时常被各路来客拜访;那些信使的话语从我身边溜过,那些我一刹那间瞥见、却永远不能理解的世界,还有悲痛、欢喜、慌张……

第十章 舅舅们

即使按照那个时代子女众多的标准来看,我们家也算得上是人丁兴旺,这一点要特别归功于家里的叔伯舅舅们。不过,相比起他们人数的众多,他们奇特的行为却要更胜一筹,这也使他们成了我们男孩心中的传奇,让女孩们既发愁又兴奋。乔治伯伯——我们父亲的哥哥——是一个瘦削、留着小胡子的无赖,他在街上卖报纸,大部分时候都穿得破破烂烂,但据说他其实有一大笔金币。而在妈妈这边,我们还另有五个舅舅:五个矮胖、坚实、嗜酒如命的英雄,他们深受我们的喜爱,是我们少年时代的君王。我们是如此爱戴他们,为他们感到骄傲,因此,我希望下面的话不会使他们感到不快。

在格洛斯特郡的众多马夫中,外祖父莱特的一双腿最为英俊,他在一个骏马的世界里养大了五个儿子,他们也继承了他的很多技艺。他们中有两个人曾与布尔人①作战;五个人都曾在

---

① 布尔人(Boer),移民南非的荷兰人后裔。为争夺领土和资源,1899—1902年,英国人同布尔人建立的德兰士瓦共和国和奥兰治自由邦之间爆发了"南非战争"。

第一次世界大战中担任骑兵,他们在"蒙斯战役"和"伊普尔战役"中幸免于难,又机智地从其他几次战役中死里逃生;最后,他们带着各自身体里残留的几粒弹片,回到了和平与救赎的氛围中。在我最初的印象里,他们就像几个穿着卡其布军服的幽灵。那时,他们刚从战场上休假回家,全都扎着绑腿,身形宽阔而高大,散发着皮革和麦片粥的味道,闻上去亲切可人。他们以战士的形象突然出现在我们眼前,浑身沾满硝烟。他们回来后整天睡觉,好像死人一样;然后他们给靴子打油,擦亮黄铜纽扣,并重新返回战场。他们是拥有强大力量和血腥战绩的男人,一只拳头挥向敌人;他们是地狱和末世中的骑士,每一个都是半人马①的模样。

直到战争结束,舅舅们那兄弟复仇者的形象才淡出了我的脑海,我方能把他们每个人当作个体来看待,用凡人的眼光打量他们,最后了解他们真实的样子。约翰·莱特的儿子们、五个莱特兄弟,他们被看作当地的神话,人们称赞他们的野性,他们臂膀的强壮,他们那悠闲自得、吹嘘夸口的风趣机智。"我们来自世上最古老的家族。连《创世记》②都提到了我们。上帝说,'要有莱特③'——那会儿距亚当出生都还早得很哩……"

本来,这些舅舅们命中注定会成为马车夫、追随他们父亲的脚步,但军队让他们得到释放,去往了一个迥然不同的世界。

---

① 希腊神话中半人半马状的怪物形象,手持长矛,英勇善战。
②《创世记》是《圣经》中的开篇。
③ 原意是"要有光(light)","光"与"莱特"在英语中同音。

等我长大对他们有了印象的时候,他们当中只剩一个人还在"与马为伍",其他几个则分别从事着不同的职业:一个植树,一个开车,一个以船为伴,还有一个在加拿大修建铁路。

排行老大的查理舅舅与外祖父最为相像。他有着与外祖父一样的长脸、扎着绑腿的英俊大长腿和烟草熏味,还有讲故事时同样不紧不慢的腔调以及格洛斯特典型的低沉嗓音。他给我们讲各种故事,有关战争和耐力,有关怎样在佛兰德斯的泥地里驯服一匹烈马,有关那些如何在战壕里险境求生的小伎俩,它们甚至可以让传统英雄主义都沦为笑料。每当他重述起这些经历,口吻中都带着几分不动声色的幽默,外加一副揶揄挖苦的态度,以至于让每次死里逃生的困境,听起来都不过是一次玩牌时狡猾的取胜而已。

现在他终于从神秘的战场回到家乡,干起了林务员的工作,与妻子和四个漂亮的孩子一起生活在当地各片森林的深处。每当他四处搬家的时候,他就给每个住过的小屋盖上一枚相同的木章,象征着他所从事的职业,这不禁让我联想起《格林童话》里的烧炭翁和失踪的森林小屋。我们男孩们喜欢拜访查理舅舅的家,在森林里一路追寻他们的足迹。他们的房子常常被一团芬芳的烟雾环绕,院子里堆满冬天用的木柴,屋檐和门柱上垂挂着白鼬尾巴、狐狸皮、乌鸦骨头、捕兽夹还有老鼠。在厨房里,墙壁上挂着斧子和猎枪,墙角有一个装着生姜的石头罐子,在如群山一样起伏的烈火中,一口炖锅正冒着气泡,里面是一只鸽子,也可能是一只刚被剥皮的野兔。

查理舅舅早年的生活中有一些令人十分好奇的部分,即使连我们的母亲也说不清楚。"南非战争"结束后,他在南非兰德一个产钻石的小镇干过一阵酒保的活计。在那个动荡的年代,酒保的职责还包括把醉汉打昏在地。显然,查理舅舅很适合这个职位,他自打年轻时起就是个勇猛如狮的男人。矿工们从他们闷热的帐篷中走下来,口袋里装着沉甸甸的钻石粉尘,买下一桶桶的威士忌,喝得烂醉如泥,然后开始点火焚烧酒馆……这就到了查理舅舅出场的时刻,他可是那些狂饮烂醉者的首领;他挥动肌肉贲张的结实臂膀,把他们一个接一个地甩出门去。但即便如此神勇,他终归不是超人,最终还是吃到了苦头。一个晚上,那些男人把他当作冲撞车,抬起他撞开了一家酒馆的大门。他头骨破裂,在床上躺了两天,至今脑袋上还有一个大肿包可以为证。

之后的两三年间,他消失得无影无踪,在约翰内斯堡做了一些秘密的事。在那段时间,家人没有收到他的一封信或一个消息,到底发生了什么,谁也不得而知。然后突然间,在没有任何征兆的情况下,他出人意料地现身在斯特劳德:瘦削、苍白、身无分文。他不愿说出自己过去几年去了哪儿,也不想谈论他做了什么,他只说自己不会再四处漂泊了。于是本地的一个女孩——俊俏的范妮·科森,接受他并与他结了婚。

他就这样在当地的森林里安居下来,成了科茨沃尔德地区最棒的樵夫之一。他的雇主讨好他、珍惜他,却付给他很少的薪水；然而他在自己的林子里怡然自乐。他用干苦力得来的薪水养活一家人，用树林中打来的猎物喂养他们；他没给女儿们任何约束，只将自己的幽默感交出；他对儿子们倾囊相授，把毕生绝学传授给他们。

看他工作就像解开一个个谜题。在林间一片清理干净的土地上，他捧着宛如雏鸟的种子，将它们纤维状的脚爪小心翼翼地撒落，牢牢地固定在土坡和地洞中、他用手指亲自挖出的窝巢里。他的动作轻柔，却蕴含着力量，植物迫不及待地渴求在他的触碰下安家。在他安放它们的地方，这些植物舒展小巧的枝叶，好像瞬间获得了生命，在那里永久地扎下根。

如今在霍斯利、施普柯姆、兰德柯姆和科恩新长成的树林，都是拿着一周五先令工钱的查理舅舅亲手栽下的。他的森林在夏日搭建起绿荫的华宇，托举起由树叶和鸟雀织就的天际线，那些新生的绿树如今爬上了我们的山坡，恢复了它们多年前的样子。查理舅舅在去年过世了，他的妻子也是——在一周的时间里，他们两个相继离开了人世。不过，查理舅舅却在我们的土地上留下了一个印记，它是那样地永恒，就同他所希望的一样。

莱特家排行老二的是汤姆舅舅——他是一个肤色黝黑、轻声细语的人，充满了神秘的力量，在对待女性方面很有一手。从我对他有印象开始，他就一直在伍德切斯特的一幢老房子里担任马车夫和园丁。那时的他已经娶了我的舅妈米妮为妻——

一个瘦小、可爱、梳着中分头的女人,很像是克鲁克尚克画中的人物。他们那小而整洁的马厩总是环绕着盆栽蕨类植物、高脚马、色彩鲜艳的捕兽器和马车,在我看来永远更像一个玩具的世界,而不是人类的居所,拜访他们就如同在大开眼界,可以把沉闷的世界抛在身后。

汤姆舅舅彬彬有礼,有几分花花公子的派头,还会用眉毛做出古怪的动作。他能让它们在额头上各自上下挑动,这个动作有着不可思议的挑逗意味。大家沉默的时候,他会不断重复这个动作,仿佛要让我们相信,他希望我们好好的;而他成功吸引女人们的注意力也要归功于这个把戏——归功于这个把戏,还有他自身的高贵。单身汉的时候,接连不断的女性追求让汤姆舅舅苦不堪言;不过,虽然他的动作徐缓,脚下却健步如飞,往往能把女孩们甩到八丈远外。我们的母亲对他的成功事迹颇感自豪,"他比普通人略胜一筹。"她这么说,"是个有礼有节的绅士。就像爱德华国王一样,他不会乱花一英镑。"

年轻那会儿,每天都有不少女孩为了他寻死觅活,还贿赂母亲替她们说好话。她们总是用喝茶之类的借口邀请母亲出门,请她代为捎去口信和热情的情书,用鲜艳的披巾把东西包裹好。"我是这片地方最受欢迎的女孩,"她说,"我们的汤姆太优雅了……"

多年来,汤姆舅舅一直在玩着狡猾的游戏,躲避女性的纠缠。后来,他遇到了他的对头埃菲·曼舍尔,一个冷酷无情、长相平庸的女孩。据妈妈的说法,埃菲·曼舍尔是一个怪物,有六英尺高,像农场里的马一样健壮。她刚下定决心要得到汤姆舅舅,就立即撞倒他的自行车,并把这件事告诉了他。于是第二天早上,他逃到了伍斯特,在那里找了一份电车售票员的工作。其实如果他下到矿井里可能会好过得多,因为这个女孩仍继续对他穷追不舍。她开始整天上上下下地搭乘他的电车,在那里她能将他随意玩弄于鼓掌之上;而更糟糕的是,他还不得不替她付车票钱,他从来都没有受过这么大的屈辱。最后,汤姆舅舅被搞得神经衰弱,因为找错顾客零钱而被炒了鱿鱼,跑到一家砖石场躲了起来。但无论如何,这场危机总算过去了,埃菲嫁给了一个查票员,汤姆舅舅也回到了他的马群身边。

如今的汤姆舅舅已经浪子回头,马厩的生活也令他十分安心——毕竟你可以随时骑上马溜之大吉,可在电车上就不行了。但他最想得到的还是一位好女人的保护——他已经厌倦了过去荒谬的生活步调。于是不久以后,他决定娶米妮为妻,抛弃他单身汉时的"丰功伟绩",永远地安定下来;他还如释重负地叹了一口气,令人惊讶地动了几下眉毛。

从此以后,汤姆舅舅平静地、心存感激地生活下去,他像一位被人刻意流放的王子,只在那象征威严和魅力的披风下,在庄重地眨眼和会意地抖动眉毛的时候偶尔装扮一下自己的脸庞,他那些往日的辉煌战绩,如今也只剩下这些……

我与雷舅舅的初次相识——他是勘探家、爆破手、对抗水牛的斗士,还是横贯大陆的铁路修建者——是一个值得纪念的突发事件。上一刻他还是一个传奇人物,身处在世界的另一端,下一刻他就突然出现在我的床上。本来只习惯于年轻兄弟姐妹们绸缎般光滑肌肤的我,一天早上醒来却意外地发现身旁有个身材高大、皮肤粗糙的男人在鼾声大作。我碰碰那粗厚的腿和肌肉贲张的臂膀,对着他长满刺的下巴陷入了思索;我还摸了摸这个庞然大物鳄鱼般的皮肤,暗暗纳罕这究竟是种什么生物。"是你雷舅舅回家来了,"妈妈低声道,"起床吧,让他睡会儿。"

我看着那铁锈棕红色的脸庞、瘦削的印第安人形状的鼻子,还闻到一股雪茄和火车焦油的刺鼻味道。这就是我们在学校里夸口吹嘘的英雄,我在一旁看着他,一点也没觉得失望。他像铁器一样耀眼夺目,像岩石一样疲惫不堪,如同一个酋长,躺在那里呼呼大睡。本来在修建铁路的他休假回家来探亲,同样带回来的还有满满的金钱和饥渴,使他在我们家住的那段日子充满了惊奇和战争。

一方面来说,他与我们见过或听过的任何其他男人都不一样。那饱经风霜的脸庞、塞满牙齿的嘴巴,还有目光渺远、冰一般湛蓝的眼睛,都使他看上去颇像一个住在印第安棚屋的勇士,身上留下了太阳暴晒和英雄式屠杀的痕迹。他讲话带着一股铁路营中的加拿大口音,从他共振的鼻孔里慢吞吞地、响亮地传出。他身体的每个部分都刺了文身——有扬帆起航的大船、各个国家的国旗、爬行动物,还有圆眼睛的少女。只要他巧妙地活动肌肉,就能让那些大船航行,让国旗在风中飘扬,还能把卷曲的蛇缠绕在瑟瑟发抖的少女身上。

对我们来说，雷舅舅就像魔鬼送来的一份礼物，他是一个巨大的玩具，一个好脾气的怪物，比马戏团的猿猴还要少见稀奇。他会一面安静地坐着，一面让我们仔细研究他，并且接受我们施加的一切惩罚。如果我们打他，他就哀嚎；如果我们掐他，他就哭泣。他忍受我们带来的疼痛，还像卡列班①一样痉挛。只要我们开口，他就抓住我们的脚，把我们在空中甩起来转圈，还会容忍我们站到他的肚皮上，有时候又把我们成双地举起，一手一个，让我们的头碰撞天花板。

但是早晚有一天他会说：

"哇，孩子们，我得走了。"

他站起来，把我们像跳蚤一样抖落，然后缓缓舔着他的嘴唇。

"你要去哪里，舅舅？"

"去见一个人，谈谈有关骡子的事。"

"你说的不对！你要去哪儿？去做什么？"

"去压扁我的手指。去给我的舌头上浆。去把我的后背涂上油。"

"这不是真的！你在撒谎！舅舅！……"

"我必须得走了，孩子们。烤箱里见。好好洗洗你们的手肘。乖一点，再见。"

他小跑着出门了——虽然上帝一定知道他要去哪儿，但我

---

①莎士比亚戏剧《暴风雨》中半人半怪的角色。

们可想不出他有什么地方可去。后来，他很晚才回来，有可能是第二天晚上才回家，他全身湿透了，脸上带着狗一样的笑容。他的目光游离，没法挂他的外套，也找不到门上的弹簧锁。他在炉火边坐下，身上蒸腾着水汽，唱歌，然后与大声抱怨的女孩们打情骂俏。"你最好上床睡觉。"妈妈严厉地说。就在这时，他突然戏剧性地抽泣起来："安妮，我做不到！我一寸都动不了。我的腿里好像有块骨头……也许是两块。"

某天晚上，在接连失踪了好几天以后，他骑着一辆自行车回家了。在暴风雨的夜晚，他从山坡上一路直直冲下来，撞上了厕所的门。女孩们跑出去，把他拖进家门；他大声哀嚎着，满身都是血。她们让他平躺在厨房餐桌上，脱掉他的靴子，然后为他擦洗干净。"他这是什么样子，"她们一面咯咯笑着，一面又惊讶不已，"是瓶威士忌或别的什么，妈妈。"而他突然唱起歌来，"噢，亲爱的多莉……"然后开始大吃肥皂。他一边唱歌，一边吹泡泡，而我们则拥挤地围在他的身旁——我们的房子里从来没有出现过这样的人。

雷·莱特满载着加拿大金币回家的消息迅速传开了。他被恶棍攻击，被女孩追求，被警察几次警告。对待这其中的大部分事，他都能泰然处之，但唯独女孩这件事却不时让他感到焦虑。一次，一位有教养的年轻女裁缝与他在电影院里拥抱，然后摸黑偷走了他装满了美元的钱包。后来又有一天早晨，比提·伯勒斯来到我家的门阶前宣布说，他许诺过要娶她为妻。事情就发生在斯特劳德酿酒厂的拱门下，而她也答应了："就这么定了。"雷舅舅不得不在我家阁楼里躲了三天……

但不论是喝醉还是清醒，雷舅舅都是一个样子：一只毛发蓬松的庞然大物，摇摇摆摆地去寻找他的快乐；一个无助的巨人，和蔼可亲、天真、多愁善感，还对自己的肉欲毫不掩饰。他让我的姐姐们大吃一惊，但即使如此，她们还是很喜欢他；至于我们男孩，我们还会有什么更想要的吗？他甚至教我们怎样把他绑起来，吹嘘说没有任何绳结能束缚得了他。于是一天晚上，我们把他绑到了厨房的一张椅子上，看着他不断挣扎，然后上床睡觉去了。第二天早晨，妈妈发现他跪在地上，仍然被绑在椅子上，睡得很沉。

雷舅舅的那次到访，加上他带来的游戏和千姿百态的表现，让我们的家中像是过了一个长长的圣诞节。在那段时间，例行日程、规矩要求以及正常的行为举止全都被中断。我们熬夜到很晚，享受充分的自由，分享他的陶醉与兴奋——他那蹦蹦跳跳、突然消失去跑差事、顶着乱蓬蓬的头发恍惚地回家来、对女孩们动手动脚、唱歌、跌倒、爬起来、四处分发美元的样子。妈妈有时一本正经，有时又十分纵容他，不是啧啧咋舌，就是咯咯傻笑。对雷舅舅的这副样子，女孩们和我们男孩一样既兴奋又困惑，但她们会用与我们不同的方式低声说："老实说，你会相信吗？我绝不相信！太可怕了！你听到他刚才和我都说了些什么吗？"

挥霍完他的金钱，雷舅舅便回到了加拿大，回到了铁炉营，在身后抛下了几个头破血流的家伙、几个肥胖的旅店老板，还有那些设好圈套等他来钻的女孩们。可是没过多久,他在覆满白雪的落基山脉工作时,不小心用炸药炸伤了自己。他从九十英尺高的金霍斯山口跌落,摔进了结冰的湖水中。一位来自塔姆沃思的教师——现在已经是我的埃尔西舅妈了——跋涉了四千英里的路程,前去将他救了起来。她把他从湖水的浮冰中拽上岸,融化了他身上的冰,让他暖和起来,然后同他结婚,并把他带回了家。就这样,那只蹦蹦跳跳的北美草原土拨鼠迎来了他那先锋岁月的结局;没有他,加拿大太平洋铁路或许永远无法抵达大西洋,至少我们都对这一点坚信不疑。

情绪多变、面目严肃的席德舅舅虽然排行第四,但却并非不起眼。年轻时,这个矮小强壮的男人曾是板球冠军,但近年来却饱受风湿病的折磨。他同时还是一个巴士司机,从军队退役后便负责驾驶我们本地的第一辆双层巴士。那时,这些轮胎结实的敞篷客运大车简直堪称路面上的利维坦①——它们是摇摇晃晃的攻城塔,常常撒野般狂奔,然后一不小心,车子的上一层便卡在了桥下。我们的席德舅舅,一位巴士司机中的精英,逐渐成为这个地区一道著名的风景线。看着他风驰电掣地驾车驶过,我们既感到骄傲,又有些担忧。他高高端坐在味道刺鼻的驾驶室中,脸上流的汗里尽是啤酒和他的努力;同时,他猛转着方向盘同它较量着,让巨大的巴士始终行驶在轨道内。每

---

① 《圣经》中的怪兽。

一次穿越镇子的旅途都会毁坏不少屋顶的瓦片、路边的排水沟，会撞落路灯和汽灯罩，但他总是千方百计地避开妇女和儿童，并且从来不会撞上人行道。巴士车就像一匹脱缰的野马，喘着粗气，载满着人类的灵魂，因为受到了警察和真马的惊吓，四处飞奔逃窜——而只有席德舅舅那双强有力的大手才能掌控它疯狂的疾驰。

席德舅舅的故事就和查理舅舅一样，开始于"南非战争"。作为一名列兵，他因沉默、机敏和强壮的优点树立了美名。他那打板球的天赋是从施普柯姆的鼹鼠丘上习来的，也为他赢来了不少特权。不久他便被选入陆军代表队，获得了最上等的口粮。他那当年在乡村游戏里学会的拼命三郎式打法在军官中造成了不小的骚动。最后，随着一个平飞的低螺旋球，三柱门被急速击飞，他飞越了家乡的山丘和牛粪，直接冲往伟大的地域，并打破纪录，大展神威。他那杀人般的打法使他从英雄变成了令人惊慌失措的对象；他们挥挥手，同他道声"再见"，然后纷纷落荒而逃。每当他上场击球，人们都赶忙戴好头盔，一个接一个地退到球场的边线处。我甚至能想到那副景象：这个小个子男人半蹲着，将板球"嗖嗖"地击出场外；他的脸涨满了砖红色的愤怒；他抖动的肩膀几乎要将吊带裤撑断。我看见他屈膝半蹲，等待着下一次击球。只见他转动弯弓般的短腿，再次用力猛挥，球便飞过了半个约翰内斯堡的距离；与此同时，他仿佛也听见了从施普柯姆遥遥传来的欢呼声。我的母亲收藏了一份来自南非德兰士瓦的旧报纸，我在上面发现了一张分数记录卡，它是这么写的：

陆军队 对 德兰士瓦队，比勒陀利亚，1899年
陆军队

"老虎"福克斯·怀特 上校	1
弗莱彻 准将	0
T.W.G.斯德哥尔顿－黑克 少校	12
V.O.斯比灵赫姆 上尉	0
莱尔 少校（无）	31
莱特 二等兵（无）	126
额外	7
总分	177

德兰士瓦队21名球员全部出局（莱特二等兵7—5）

这或许就是席德舅舅辉煌的顶峰，是他最想要记住的一段时光。从那时起，他的故事就有了走下坡路的迹象——尽管偶尔仍会突然爆出些许光亮。

比如有一次，在村里人集体远足郊游那天，我们的村子包下了三辆大型旅游车，送我们前往克利夫登。席德舅舅负责驾驶最前面的一辆，一木箱的啤酒摆在他的脚边。"把车开到最快，席德舅舅！"我们叫喊着。于是我们的车子咆哮着，一路穿越夏季的乡野。他一手拿着酒畅快地狂饮，另一手转动方向盘，驾车穿过狂舞的疾风，而我们则上下颠簸、翱翔着掠过树

篱顶端，随这个手握方向盘的男人飞向前方……

后来，在回家的路上，在一天快结束的时候，一个女人的尖叫迫使我们停了下来。她站在路边，怀里抱着一个孩子，被一个凶神恶煞的男人吓得畏畏缩缩。时间静止了，我们全体人都看着这个戏剧性的场景：披头散发的女人，嘶声哭叫的孩子，扬起胳膊的男人。我们的大游览车左摇右晃地停下来，大伙开始齐声叫喊。我们打开车窗，把头伸到窗外，痛斥那个男人是无赖；车里的男人在座位上厉声怒骂他，让他别碰那个可怜的女人。但我们的席德舅舅只是叠好他的外套，从驾驶室爬下去，一言不发地走向恃强凌弱的暴徒。他一把挥出手臂，将男人直直打飞到树篱中。对他而言，生活本就是黑白分明的事，他也只用简单的方式予以回应。他自豪地皱着眉头回到方向盘旁边，以一种英雄的姿态开车把我们送回家。

在骑士精神、脾气和饮酒方面，席德舅舅与他所有的兄弟们一样。他可以干脆地打倒一个男人，也可以同样利落地干掉一杯啤酒。但是他那份巴士司机的工作（还有他的风湿病）却制造了矛盾，一方面助长了他的酒瘾，一方面又抑制了他这个嗜好。嗜酒的后果就是上级的责难，从这时开始，他的人生每况愈下。

在他与爱丽丝舅妈结婚并成了两个孩子的父亲以后，工作让他收起了往日的野性。但法律却反对他的作风，他不久便陷入了困境。无疑，他是斯特劳德最棒的双层巴士司机；当他喝了酒后，他甚至还能把车开得更安全、更精彩。所有人都知道这一点——除了巴士公司。他开始不断被谈话，受到警告、严厉警告，最后是无薪停职。

当最后这一件事发生时，为了表达对爱丽丝舅妈的尊重和自责，他不停地试图自杀。老实说，他自杀的次数比我知道的任何人都多，但他却永远选择最明智的方式：如果他要自溺，那河道一定是干涸的；如果他要跳井，井里一定没水；当他想喝消毒剂时，手边一定准备好一瓶解毒剂，连使用说明都标识得清清楚楚，替大家省去不少麻烦。他的推测相当正确，听到他停职的消息，爱丽丝舅妈怒气勃生，但当她发现他差点死掉时，更大的焦急便消解了之前的怒气。在这一点上爱丽丝舅妈从没辜负过他，每次他康复以后，她都会原谅他。

巴士公司也近乎同样宽宏大量，他们一次次地请他回去上班。但后来一天晚上，在他把巴士安全地开回家后，他们发现他在方向盘上昏沉地睡着了，身上还散发着麦芽酒和石罐装苹果酒的臭味，于是他们永远地炒了他的鱿鱼。

那天晚上，我们在厨房里坐到很晚，门上传来响亮的敲击声。一个空洞的声音喊道："安妮！安妮！"我们便知道肯定出事了。厨房门被缓缓推开了，露出三个穿着黑衣的身影——是爱丽丝舅妈，还有她两个年幼的女儿，她们都穿着星期日才穿的最好的衣服。她们站在厨房的台阶上，像幽灵般沉默，爱丽丝舅妈瞪着憔悴的大眼睛，脸上蒙着一种大难临头的悲痛神情。

"这次他真的做了，"最后她肃穆地说，"就是这么回事。我知道他做了。"

她的声音仿佛教堂里的吟诵,像结晶的冰雪一样掉落在我的后背上,让我背脊发凉。她将两个年幼可爱的女儿庄重地紧抱在怀里,她们则一直左右扭动、吸着鼻子、发出咯咯笑声。

"他一直没回家。他们肯定解雇了他。现在他跑得远远的,打算一了百了。"

"不会的,不会的,"我们的母亲叫道,"过来坐下,亲爱的。"她把爱丽丝舅妈拉到炉火边。

爱丽丝舅妈僵硬地坐着,好似一幅哥特式的画像,仍然紧抓着两个不安扭动的孩子。

"我还能去哪里呢,安妮?他已经去戴得柯姆了。他总和我说他会……"

她突然转身,牢牢攫住妈妈的双手,漆黑的眼珠疯狂转动。

"安妮!安妮!他会了结他自己的!你们家的男孩们——他们必须找到他!……"

于是杰克和我戴上帽子,穿好外套,出门走入悬着半轮明月的夜晚。经历这么多的情绪之后,我感到头晕目眩;我想要大笑或是躲藏起来。但杰克还是他那副冷静、勇敢的样子,紧闭嘴唇,好似一个炮舰指挥官。我们是陷入危机的男人,身负着秘密的使命,生与死似乎悬于我们之手。于是我们紧靠彼此,拖着沉重的步伐走入山谷,前往戴得柯姆的森林。

树林是一片荒地,充斥着腐朽的静谧,在午夜的面具下悄然发生着转变。一场大雨从天而降,潮湿的蕨类植物沾湿了我们的腿脚,树叶随着猫头鹰和雨水簌簌颤动。我们要做什么?

我们琢磨着。我们到底为什么来这里？我们在雨落滴答的树林里来回奔走，用冰冷、扁平的声音大喊："舅舅！"我们应该找到什么？或许什么也找不到。或者更糟的是，找到我们本该寻找的东西……但我们想到了那些女人，她们正恐惧地等在家中。我们的职责尽管令人惊恐，但却清楚明白。

我们跌跌撞撞，深一脚浅一脚地溅起泥水，穿过看不见的溪流，避开凶险的黑影，沿着小径前行。我们拿断裂的树枝戳戳成堆的落叶、捅捅狐狸的洞穴、探测大树的高度。但那里什么都没有，只是一片菌菇般的漆黑；除了我们的恐惧，根本什么都没有。

就在我们准备回家并欣然感天谢地之际，我们突然看见了他。他踮着脚尖，正站在一棵巨型枯橡树下面，脖子上套着吊带裤的裤带。那个弹力十足的套锁，打了一个活扣，套在他头顶的枝杈上，使他像木偶一样上下来回弹跳。我们在恐惧中慢慢接近这个歪歪扭扭的人影；我们看到他凶恶的眼睛死死地盯住我们。

在这个时候，我们的席德舅舅脾气可不大好。

"你们来得也太他妈晚了！"他说。

席德舅舅再也不开巴士了，他在施普柯姆找了一份园丁的工作。如今，所有的舅舅们都已远离了当年放荡不羁的生活，在家乡附近落叶归根，重新安顿下来——所有的，也就是说，除了卖保险的弗莱德舅舅之外，因为他的成功和遥远，我们永远失去了他。这些男人的身上也折射出很多如妈妈一样的品质，他们愚蠢，爱幻想，喜怒无常；不过，尽管笨头笨脑，他们依然是我童年生活中的真英雄。当我记起他们时，他们仍是那副老样子：他们是吟游诗人和先知，宛如一圈巨石，蹲伏在当地的山坡上，风吹日晒使他们伤痕累累，古老的荣耀在他们身上留下瘢痕。他们是另一个时代的马夫和斗士，他们的人生仿佛在讲述一场漫长的告别，也讲述着一场沙漠行军的竞赛，讲述着克鲁格的大炮、弗兰德的泥泞，讲述着一个仍以恺撒大帝的步调前进的世界，一个比他的帝国更加伟大的世界——他们在这个世界里战斗，目光炯炯，默默无闻，目睹着第一个前哨基地的崩塌……

第十一章　郊游与节庆

岁月绕着村庄旋转，节庆绕着岁月旋转；教堂绕着节庆，乡绅老爷绕着教堂，而村庄则绕着乡绅老爷。乡绅老爷是我们村子的核心，是一棵正在倒塌、没有实际意义的大树。实际上，在我们本地，没有几次节庆不是在乡绅老爷的荫庇下举行的。在比较隆重的场合，他任由我们在他的花园里随意活动；而较为平常的日子，他就分发给我们小圆面包，并发表一些演讲。每逢举国欢庆的历史时刻——类似国王诞生、敌人战败或是保守党赢得大选的时候——他便翻箱倒柜，从收藏室中找出许多化装舞会的漂亮衣裳，让我们穿戴体面地欢庆节日。

1919年的"和平日"（Peace Day），是我记忆里第一个重大的节日。这是满载着神奇转变的一天，满载着眼泪和尘埃飘浮的阳光、乐队、列队游行，还有一车车的小圆面包；那时的我是那么年轻，以为这不过是平常的一天……

我们大家都拿到了化装舞会的华服，这一点似乎也很平常。除了乡绅老爷的贡献，玛乔丽也连续忙活了好几个星期，为我们和邻居缝制美丽的衣裳；它们既不是临时将就的冒牌货，也不是拼拼补补的破衣服，玛乔丽一针一线地缝制，就像在准备一场婚礼。

盛典当天早晨，帕比·格林来到我家试穿她的天使礼裙，她那时五岁，和我的个头差不多高。她有着一头黄褐色的卷发，好似削下来的苹果皮，一张脸颊如南瓜一般光滑，浑身上下散发着水果的芬芳（就像噗呲冒泡的热布丁），永远带着一副没有礼貌、睥睨别人的神情。我很喜欢她，她像是一座手提式的糖果商店。这天早上，我看着姐姐们为她梳妆打扮，想把她扮成天使。她们为她做了一件百褶连衣裙、一个锡纸头盔、两只硬纸板剪成的翅膀，还有一根镶着星星的魔杖。姐姐们让她站在壁炉架上，替她穿戴整齐，又好好打量了一番之后，便离开去忙别的事情，把我们两个留在了一起。

"飞啊！"我命令道，"你有翅膀了，不是吗？"

帕比难为情地动了动，晃晃肩膀。

我失去了耐心，把她推下壁炉架。她尖叫一声，摔进了壁炉。我低头看着她。她的衣服脏了，沾满了煤灰和泪水，魔杖和翅膀也断了，但我却只感到愤怒和惊讶。她应该在屋里飞来飞去的。

她们用海绵为帕比擦干净、安慰她，帕比小跑着回家了，手里还紧紧攥着断了的魔杖。没过多久，各种身形和鬼影就开始在村子里跑来跑去，我们也准备好出发。玛乔丽扮演伊丽莎白女王，侍女范妮丝陪同在她身边。玛乔丽那时十六岁，正是她最美的年纪。她身穿一件白色鼬皮长袍,搭配织锦的紧身胸衣,头戴一顶镶满珍珠的黑色帽子。她那优雅的光芒令整个厨房熠熠生辉,我们只能呆呆站着,目不转睛地望着她。这是我头一次见到伊丽莎白女王,但她可不是那个尖脸的都铎王朝领袖。她看起来既温柔又自豪,披着一身高贵的长袍;她是天堂的女皇,从尘世中升起,要是不说话,我们简直认不出她来。她俯视着我们,一双眼睛从白貂长袍的面纱下露出来,犹如白雪中的绿宝石。十三岁的范妮丝穿着她华美的衣装,像喜鹊一样蹦蹦跳跳,围着玛乔丽转来转去;她穿了一件格子图案的黑白色天鹅绒长裙,头上戴了缀有羽毛和飞蛾的礼帽。

我们也都由玛乔丽来打扮,不过看上去则比较平常。桃乐茜扮成"黑夜",或许是最引人注目的;她是一个有着超自然美貌的幽灵,一团黑暗里的闪光,一条夜空的剪影。她披着神秘的斗篷,罩上缠有银纸的黑色网纱,胸前一道弯弯的新月,眉间一颗彗星,长而黑的卷发垂下来,落在一圈圈的午夜中,秀发上洒了闪闪发光的金粉。一见到她,我便嗅到了冰霜的气息,听到了星星的碎裂声;熟悉的桃乐茜变得遥远了,令人感到不安。

哥哥杰克拒绝打扮成任何样子,除非是知名的勇士。于是她们给他穿上绿色的衣服,给了他一柄弓、一支箭,他就说自己是罗宾汉[①]。小托尼被打扮成集市上的小姑娘,他头发卷卷,

---

[①] 英国民间传说中的英雄人物。

像爱神一样可爱,露着胳膊,头戴宽檐女帽,提着一篮鲜花;不过我们太为他骄傲了,也就原谅了他的"男扮女装"。

至于我,那短粗的脖子和宽大的体态让我的角色一目了然。我是"约翰牛"①——管他是个什么人呢,然而我很快就推断出,他一定是个重要人物。我记得姐姐们一边把我塞进衣服,一边古怪地尖叫和咯咯大笑。我严肃地抬起胳膊或腿,让她们给我穿衣,但却一直保持着庄重和冷漠的神态。玛乔丽用她一贯的天赋和谋略帮我找来了盛典需要的所有服饰。我头戴一顶高帽,脖子上系着宽领带,身穿英国国旗图案的马甲,外套一件长礼服大衣,腿上是一条枕套改成的马裤。但就在我快要穿戴好的时候,她们却往我的腿上松松地别了两个硬纸板的绑腿,潦草地结束了整个化装——这分明是个临时拼凑的邋遢冒牌货,严重地触犯了我的品味,我永远都不会原谅它。

在我的记忆中,这个"和平日"像一团模糊的颜色,从狂怒到胜利,各种情绪应有尽有。乐队伴奏的游行队列走来了。我一个人庄严地行进。精彩乔装的人群把我团团包围——每个人仿佛都挂上珠串,戴了假鼻子,擦了鞋油,戴了假发套。还没走出几步,我的靴子就掉了,接着纸绑腿也掉了。我停下来找它们,游行队伍就从我的身边匆匆掠过。我坐在路边放声大

---

①即 John Bull,英国人用以自嘲的形象,源于 1727 年苏格兰作家约翰·阿布斯诺特(John Arbuthnot)的政治讽刺小说《约翰牛的生平》(*The History of John Bull*)。"约翰牛"粗暴冷酷、盛气凌人,原是为了抨击辉格党内阁的好战政策而作。

哭起来。我哭泣是因为乐队消失了,因为我是"约翰牛",这种事不该发生在我身上。我被一辆马车接起,重新加入了游行队伍,然后被放上手推车拉走。我盘腿坐在手推车上,光着脚,绑腿也没了,像个王子一样坐车穿过整个村子。

经过漫长的行进,每个人都风尘仆仆、汗流浃背,游行的人群如蛇一般缠绕在房子之间。年老和体弱的人站在排水沟旁欢呼,于是我就端坐在手推车上向他们点头回礼。最后我们走进了凉爽的山毛榉树林,乡绅老爷家的车道就在林间蜿蜒。铜鼓乐队奏出隆隆乐声,又被树枝反弹回来。猫头鹰鸣叫了几声,拍拍翅膀飞走了。

我们走出树林,走进大庄园的花园,炎炎烈日再次照耀。野鸽与和平鸽飞出了雪松林;天鹅在湖面上振翅起飞。眼眶湿润的乡绅老爷站在庄园大宅的台阶上,一看到我们便老泪纵横。他的母亲坐在藤椅上发表了一番演讲,演讲中提到了上帝的荣光、大英帝国以及我们;她还说,不准我们碰那些花。

游行队伍散开了,我被人抱下手推车,在庭院中四处闲逛。国旗和玫瑰花向着天空摇摆,鲜艳的身影遍布树丛。在开满丁香花的山坡上,日本女孩和满脸煤灰的野人不可思议地露出头来。我看到了查理·卓别林、"卖馅饼的波特"、一群直立行走的老虎、一个和我差不多大的受伤士兵,还有一个躺在猴子怀抱里的新娘。

后来,乡绅老爷给了我一个奖品。大家在假山园林前集体合影留念。我至今还保留着这张照片,它的影像斑驳,像是从那个夏天摘下的一片树叶。照片中，裹着牛油色薄纱的少女、德鲁伊教的教徒还有来自东方的皇帝环绕在我身旁，我看起来自信满满，脸是椭圆形的，身材结实，神情骄傲。我大约两英尺高、两英尺宽，腿上的马裤就像松弛的气球。我站在那里，头戴一顶高顶礼帽，脸歪向一边，就像罗马硬币上的肖像一样严肃。其他人围在我的身旁，身上笼罩着那天标志性的白雾。托尼弄丢了他的花篮，杰克的弓箭也不见了。帕比·格林的翅膀撕破了，手里抓着一朵破碎的百合花。她站在我的旁边，怒气冲冲地斜着眼睛，夏日的热浪令她烦躁不安，她的头盔上写着几个银色的字母（当时我还不认识），读起来是"平静（Peace）"[①]。

我们村子的集体郊游活动既具神圣性，又有世俗性，时而又处在中间，和两者都不沾边。在那个年代，人们的活动很少超出教区的范围；除了一年一度的唱诗班郊游是个例外。此外，我们还有自己的部落式郊游活动，虽然未经神的授意，但赶上某个晴朗的早晨，我们也会全家出游，出门一天去采摘坚果和黑莓。我们浩浩荡荡地出发，带着几个篮子、水桶和几瓶冷茶，去往山谷更荒凉的尽头，走进满是荆棘的灌木树林，就像一群寻找食物的印第安人。一丛丛黑莓在天空下生长，好像隆隆雷声般沉重、漆黑，我们揪下它们，狼吞虎咽地吃掉，一小时又

[①] 也即"和平日"的"和平"。

一小时，我们的嘴唇变紫了，沾满双手的浆汁一直流到手腕。没过多久，蘑菇就像吗哪一样神奇涌现，如同点缀在毛茸茸草地上的纽扣，被我们从九月的晨雾中找到，小伞上还挂着蛛丝。它们在夜间不知打哪儿冒出，也没有生根，就像是四处散落的橡胶球。它们的根出条紧抓草根，利索地破土而出，被擦破的表皮好似桦树树皮，尝起来则是一种陌生的味道……我们有时也能找到野生的西洋李、小李子、黑刺李、粉色的山楂子——它们都是大自然免费的废弃物，是无人看管的赏金，任凭我们一桶接一桶地提回家去。不论我们拿来做果酱、果冻还是馅饼，抑或是随它们烂掉，都没有关系。

有时我们会外出整整一天，或许是去施普柯姆探亲——那段路要徒步走上四英里，对于我们短小的腿来说就显得更加遥远，所以我们得用上全天的时间才能到达。我们很早就出门，那时太阳刚刚升起，山谷还笼罩在一片薄雾之中……

"今天会很热。"我们的妈妈轻快地说，通常她说的是对的。我们慢慢向公牛十字路口攀爬，顺路捡起灌木中的鸟巢。妈妈转身看风景的时候，我们就停下来挖洞，或靠在别人家的大门上摇晃。"多美的一幅画啊，"她喃喃自语，"绿是那么绿……还有那罂粟花，红是那么红。"清晨的薄雾缓缓拂过树冠，向苍穹飞去，蓝天便突然出现在我们眼前。

白色的佩恩斯威克在另一处山谷里蔓延，好似一副跌倒的长毛象骨架。不过清晨时它的工作声却朝气蓬勃：运货的马车、嗡嗡的电锯、喊叫和砸锤一阵阵向我们飘来。通往施普柯姆的小径狭窄而陡峭,在我们右侧蜿蜒延伸向远方。"快跟上,年轻人!"我们的母亲欢快地说。她开始教我们唱一首赞美诗,是那种为了失落的天堂而哭泣的曲子,配上铃鼓的伴奏很好听。我以前从没听过这首歌(以后也没有),但它却使我们的远足彻底变得神圣起来——那促使我们发现自我的遥远而蓬乱的山谷、空气中炽热的稻草香、犬蔷薇与远方、尘土与清泉,还有这一天漫长的旅途——我们悠闲漫步,向亲戚家野外的羊圈走去。

他们一直在等我们,并为我们准备了温热的姜汁啤酒和蚕豆配培根肉的晚餐。范妮舅妈说:"安妮,快进来,别站在太阳底下。你们一定累坏了。"我们走进屋,发现查理舅舅正拿镰刀劈培根肉。年幼的表妹伊迪,还有她谨慎的哥哥们似乎在思索要不要对着我们的脑袋来一拳。外祖父就住在隔壁的小屋,他也走了进来,身穿铜绿色的灯芯绒套装。我们随后坐下吃饭,表兄妹们拿脚丫在餐桌下踢我们,他们倒没有什么恶意,只是兴奋而已。饭后,我们同他们的雪貂玩耍、朝井里吐口水、打架,还撞倒了一面墙。再后来,我们被大人们叫回去打了一顿,没过两分钟又爬上了厕所旁的大树。伊迪本来爬得最高,直到我们咬了她的腿,她才倒挂在树上尖叫不止。这一天充实而辽阔,真令人心满意足;日暮降临,我们便道别离去。

在沉闷而炎热的暮色下,我们踏上了回家的小路。我们昏昏沉沉地走着,靴子重重地落下脚步。夜气从树林和花园中飘来,那是香甜的麝香和浓烈的青草酸味。我们蹒跚跋涉,肥硕的群星也随之在夜空中上下弹跳,韵律感十足。萤火虫比油灯和蜡烛更亮，柠檬色的光芒刺穿了原野；长着巨大触角的甲虫在黑暗中跌跌撞撞，绕着我们的脑袋嗡嗡乱飞。

然后佩恩斯威克出现了——它像一个发光的海星，在远方的水池中一点点变大。我们匆忙穿过鬼魂时常出没的公用地，终于回到我们这座山谷的顶峰。村中的瀑布距此地还有一英里的路程，清凉而熟悉的汩汩水声遥遥传来。我们离家越来越近；我们马上就要到了；妈妈开始背起诗来。"我记得，我记得，我出生的那座房子……"她不停地背诵着，我跟在她的身旁，望着树林在天空中退去……

我们唱诗班的第一次郊游是乘坐农场的四轮运货马车前往格洛斯特。按理说，只有男高音、男低音和男童高音才能享受那样的特殊待遇，不过后来，制动马力和大游览车的出现让全村人都加入了这个活动。有了强大的新型大游览车助力，我们甚至走出这片山谷，隆隆地驶向地球的尽头，驶向布里斯托，甚至更远的地方。

有一年，郊游的目的地是滨海韦斯顿，为了让这次旅途玩得尽兴，我们努力攒了好几个月的钱。出发的前一天晚上，我们早早就准备好野餐用的亚麻巾；第二天天刚亮，女孩们便起床制作三明治。那天早晨，我起床做的第一件事就是跑出门去，看看天气如何。天空一片漆黑，托尼正躲在厕所后面合手用力祷告。他发现了我在看他，就开始抓抓挠挠，吹起口哨；这整件事就是一个坏兆头。

早餐让我们难以下咽,粥喝起来硬得像石子一样。于是杰克和我跑上山坡,看看是否有什么事发生。好多人家已经在那里集合,等待大游览车的到来。于是我们又跑下山回家。女孩们准备好了,托尼也准备好了。而妈妈拿着一把扫帚,正往钢琴下头耙东西。

"快点,妈妈!他们不会等我们的!"

"但我一定得找到我的紧身胸衣。"

她找到它们了,然后又开始慢悠悠地洗起来,仿佛一只夏天里的鸭子,有的是时间做这件事。我们站在她的身边,埋怨她,紧张得全身僵硬。

"走开——我踩到你了。"

于是我们甩下她,朝"羊毛包"小酒馆外的人群跑去。现在整个村子的人都在等着;妈妈们带着装满野餐食物的桶,小孩子拿着可可罐子做成的铁锹,爸爸们穿着臃肿的大衣,大衣里藏了一排叮当作响的酒瓶。矮小的塔莉太太正在收车费,一张紧张不安的脸拉得很长;商店的老板维克先生,拎着他装有钥匙的篮子;两个女装裁缝穿着没有顾客认领的长袍;还有莉莉·纳尔森——她从哥哥那里逃了出来,正和别人窃窃私语:"你可千万别告诉阿诺德——他会杀了我的";乡绅老爷的老园丁带来一篮筐鸽子,打算到码头上放生;还有邮递员,他今天找不到人可以投信,索性把它们丢到一边,同大家一起出游。

晨光下,大家的面色看上去有些苍白。男人们嗅了嗅空气的味道,仰头凝望天空。"看上去不太妙啊,是不是?""是不太妙。""斯特劳德的天真黑。""也没准会放晴……"人们噘着牙,质疑地摇摇头;我感到暴风雨将使我大病一场。

教区牧师也赶到现场,前来送我们出发——他的睡衣从雨衣底下露出来了。"滨海大道附近有一座非常不错的教堂……我相信你们都会挤出时间看一看……"他发给每个唱诗班男孩一个先令用来买晚餐,然后找借口离开,回家睡觉去了。最后一个出现的是掘墓人赫伯特,他拎着麻袋,里面装了一些可疑的东西。最后一个,其实是说,除了妈妈以外的最后一个,至于妈妈,到现在还没有出现的迹象。

没过多久,大游览车来了,大家争先恐后地上车争抢座位。我们也抛弃妈妈上了车,心中有些愧疚和难受。大游览车很高,拥有宽阔的开放座位,尾部还放了折叠式防水布。作为唱诗班的成员,我们很荣幸能够坐在高处,或是栽下去,或是摔断我们的脖子。

我们在车上各自落座,人们裹上了毯子,喇叭也响了,我们准备好了。"所有人都到齐了吗?"唱诗班的指挥高声问道。杰克和我一言不发,感到无地自容。

和往常一样,我们的母亲在这个时候出现了;她的身影从远处匆匆跑来,一边呼喊,一边开心地挥舞她的手提袋,好平息大家不耐烦的情绪。"快来,李妈妈!我们差点就丢下你走了。"她笑容满面地爬上了车。"我必须洗干净围巾才行。"她一边说,一边把围巾挂在挡风玻璃上晾干。我们终于发动车子,一路驶出了村庄。围巾迎风飘舞,如同船上一面滴答滴水的信号旗。

我们的五辆游览车排成一列行驶,犹如一支战车军队,发出隆隆雷鸣声,风驰电掣地冲下山坡。车子急速飞奔,我们的座位高高在上,整个村庄在眼前展现出全新的风貌:森林在下方飞速退去,田野和苍蝇被一阵阵疾风吞噬消失。我们前进着,骄傲着,被风托举着奔驰,为看见的所有野兽和家禽欢呼雀跃,用嘲讽的喊叫奚落那些还在田地里干活的人。我们一路兴奋地叫嚷,直到车子驶入斯特劳德,进入了一个陌生人的国度。这会儿想要引起路人的注意、让他们为斯莱德唱诗班的年度郊游啧啧惊叹就没有那么容易了。于是我们安静下来,打开三明治,开始批判起沿途看到的农作活动。

在车子翻越我们村子地处的陡峭山谷后,平坦的塞文河谷看上去沉闷无奇;克里夫顿峡谷中的鲑鱼红砂石,比起我们山谷中的白垩石灰也显得太过花哨浮夸。一切景象都变得奇怪而可笑。我们嘲讽那些干草垛的形状,对着牛群可怜的处境放声大笑——"它支撑不了太久——看看它的膝盖就知道了"。我们深情环视身边的人,打量周围那些熟悉的面孔,仿佛这片陌生的乡野将我们彼此间的距离拉得更近。爱慕与忠诚的海浪拥抱了我们,我们隔着座位大喊,互相打招呼。"哈利!嘿,哈利!你还好吧,对不?嘿,伯特!怎么样,伯特?你好吗,老朋友?沃尔特在哪儿?嘿这里,沃尔特!看这儿!"

一英里又一英里,我们轰隆隆地前进,在飞驰的天空下,领带和纸风筝从后座飞起,人们在疾风中把眼睛眯成一条缝。

老人们坐在前面,被挡风玻璃保护着,有的在咀嚼培根肉条,有的在睡觉。妈妈手指着各种地标对睡熟的人发表演说,为他们介绍各处名胜古迹。后来,一个四处乱爬的男孩发现了装着鸽子的篮筐,顿时整辆巴士都沸腾起来,到处是尖叫声和飞舞的翅膀……

车子开到韦斯顿时,天空已经放晴。我们在滨海大道上停车。"到海边了。"他们都说。我们仔细端详四周,但没看到任何大海的踪迹;我们只看到了辽阔的蓝天和无际的泥泞,它们向前延伸,一直抵达阴影下的威尔士。不过,那片看不见的海洋却飘来一股激动人心的气味,惊艳了我们被内陆封锁的鼻孔:盐、潮湿的海草、鱼腥味的泥浆,我们的每一次呼吸都感觉到强烈的差异。我们从来没有见识过如此开阔的视野,我们深凹的山谷还没有为此做好准备,这个湛蓝有风的世界仿佛被吹得平坦,天空也低垂到眉毛的高度。在海滨的漫步道上,许多帆布棚屋被风吹得哗哗响,小摊上摆满了贝类海鲜和醋。路上还有一排排整齐雅致的寄宿公寓(每一座都像我们教区牧师的家那么大)、带遮篷的轮椅、马车还有驴子。远远地有一座洁白的码头踩着高跷屹立在波纹起伏的泥地上,宛如一头沉睡的巨龙。

这湛蓝的一天完全属于我们。我们把手中的钱摆弄得格格作响,然后分成几个小组行动。"嘿,杰克,斯蒂夫,我们去喝酒吧。"——而男人们则大多沿着滨海大道一侧,慢吞吞地踱着步子。"我要累死了,琼斯太太,你不累吗?——露天乐台旁边有一片干净的空地。"老太太们点点头,走过去寻找让她们舒服的地方;年轻的女孩则目不转睛地盯着警察们看。

与此同时,我们男孩们只是撒欢乱跑,一次次摔倒又爬起来;那里有一整个泥泞的世界等待我们去探索。商店和街道突然都消失了,眼前是一片等候人类开拓的荒地;再往前——就是泥淖、咸咸的海风、海鸟,是有着平时两倍亮度的光线,是一片令人喘不上气的空间,既没有栅栏,也没有领属;而更远的地方,唯有一条无边海水连成的地平线。我们模仿马的嘶鸣,上蹿下跳,在身后写下一连串的蹄印。一旦你把脚踩进这些淤泥,它们便被赋予了生命,这个足印便开始讲话了,它吮吸着、叹息着,继而被海水灌满,最终成为从天空中剪下的一只脚。我把手指插入淤泥,想看看它到底有多深,结果摸到一块坚硬而扁平的鹅卵石。我把它从泥里掏出,放在手掌上仔细观察。它突然间裂开,伸出了两只爪子,我惊恐地一把扔掉它,赶忙逃跑了。

现在,已经有一半的村民租了椅子坐下,勇敢地直面海风的吹拂。琼斯太太对韦斯顿的茶抱怨不已:"我想这玩意儿是用下水道的脏东西做的。"乡绅老爷的园丁没了他的鸽子,正试图用篮筐捉海鸥。掘墓人(他似乎带来了自己的铲子)正远远地在泥地里挖洞。后来潮水像厚厚的红色泥浆一样涨上来,于是我们所有人都走到了码头上。

这座神奇的建筑横跨于海浪之上,里面载满了各种稀奇古怪的东西与花色织品、水滑道和皱巴巴的镜子,还售卖一整串的"梦魇",只需一个便士便可以买到。我悄悄溜到我最喜爱的机器旁,手里捂着热乎乎的硬币,命令它送上一例谋杀、一个醉鬼的胡话、一处闹鬼的坟墓,还有一场纽盖特①的绞刑。当然,我最喜欢最后这一项:一个便士就能买到的威力是多么可怕啊——颜色鲜艳的绞刑架、点头示意的牧师、面色苍白的重罪犯。一碰按钮,他们就都猝然一动,跳起叫人毛骨悚然的舞蹈。牧师、刽子手和罪犯,他们被几根小棍连在一起,仿佛每一个都有罪,受到无穷无尽的折磨。经过仪式性的行刑动作,尸体被倏地高高提起;此时,这些身影突然静止下来,灯光也熄灭了。再投一个便士,灯光便会再次亮起,全身僵硬的三人组也重新有了生命,再度把可怜的犯人拉到绞刑架前,将行刑的一套动作重头来过。

白色的码头在海浪上、阳光下闪闪发光,有如一座喜庆的藏骸所。我们张嘴吮吸血红的岩石,如饥似渴地探寻一个又一个恐怖的东西。那里还不时穿插着助兴表演,另有一些稀奇古怪的机器,在它们的玻璃下方藏有披头散发的怪人——包括两个脑袋的印第安人、七条腿的绵羊,还有一个眼睛里蜷缩着小孩子的女孩。

我们在这座五光十色的码头上停留的时间比在韦斯顿任何其他地方都要长。后来潮水退去,夜幕降临,我们便回到大游览车上,它一直在那里等待我们。人们从四面八方涌来,手里拎着装满海螺和海藻的袋子;掘墓人被别人从他挖的洞穴里拽

---

①伦敦臭名昭著的监狱。

出来；有人在核对人员、清点人数。随后，大伙各自就位，抖开防水帆布。号角声长鸣，我们踏上了归途。

归程漫漫，车子一路穿越红色的夕阳，穿越渐渐模糊的乡间风景，引擎轰轰作响，小孩子们沉沉睡去，年轻的女孩们正狼吞虎咽地大食鲜虾。日落时分，我们在一家点着煤气灯的小酒馆前停下，好让男人们进去喝杯酒。他们一直喝到红光满面、开始拥抱妻子才停下。然后我们又爬上大游览车，大家都有些昏昏沉沉，车子也已穿过布里斯托，驶入了远方的黑暗中。离家还剩下最后一段路，有人在吹奏口琴。我们这些小男孩摸索着可以倚靠的妇女，靠在她们身上睡着了，在大巴车的颠簸和悲鸣声中，在男人们酒后的歌声中睡着了。

最后，我们的车终于开过斯特劳德，爬上了山谷的小路。虽然还在半睡半醒之间，我们的身体却依稀感受到了山谷的每一条蜿蜒的曲线、每一个倾倒的斜面，直到闻到家的味道后醒来。我们在灯笼的光亮中到家，郊游活动也圆满结束。大家互道"晚安"，然后各回各家，爬上了自己的床。我的身体一沾到床，脑袋里的睡意便叮铃作响，耳朵里满满都是汽车和风琴的声音，紧闭的眼睛里印出了这一天的景象——泥浆、红色的岩石、刽子手……

教区教会的茶话会和年度文艺演出，是村子在冬日里的盛事。活动在学校的教室举行，时间大约在主显节前夕，入场费每人一先令。茶话会像是一场纵情狂欢的盛宴，把全村人聚集在一起大吃大喝,为了不亏本钱,大家都铆足了劲拼命吃喝,工作人员甚至比客人吃得还多。文艺汇演紧随茶话会之后开场,节目由各家提供,在室内的灯光下为我们奉上了够用一整年的经典流行语。

早在晚会前的几个星期,我通常都会在厨房中看到同样的景象:姐姐们分别坐在房间的不同角落,口中念念有词,微笑,点头,以一种专注而孤独的疯癫神情,做出各种装腔作势的姿态。她们反复排练汇演用的幽默短剧,以至于我甚至不可能学不会,于是三段梦魇式的独白在我的脑中接连几天挥之不去,独白里全都是一厢情愿且没法回答的问题。

我们在盛宴的当天一早来到学校布置会场,用条凳和木板搭建舞台。鲁滨孙先生正在衣帽间给煮熟的火腿切片,他已经花了三天的时间做这件事。另外还有三个助手,他们一面咯咯笑,一面把火腿肉叉起来,"啪"地一声塞入三明治。外面的操场上,约翰·巴勒克拉夫已经赶到并支好了他的老式行军炊具,他拿膝盖折断了六根木棒,还给锅炉装满了水。墙边摆着三十五个刚刚洗好的茶壶,正放在风里晾干。盛宴紧锣密鼓地筹备着,而杰克和我借着搬椅子、帮忙搭舞台、从泉水中汲水的事大出风头,挣到了免费的入场券。

六点整,打算大吃一顿的我们准时回到灯火通明的学校。村民们提着灯笼,从四面八方赶来会合。我们听到沸腾的水在巴勒克拉夫的锅炉里咕噜咕噜地冒泡,闻到好闻的木柴熏烟从他的炉火里飘出,看到他蹲下去添柴、脸庞被火光映得通红,看上去就像一盏"萝卜灯"。

我们不顾天气的寒冷,在寒日里排起长队,等候着教室开门。然而门一开,下巴、靴子、手肘一齐涌动,队伍瞬间没了影子,我们只是争先恐后地想要挤进去。灯光和装饰使学校教室摇身一变,从监狱变成了宴会大厅。条凳搭成的长桌摆满了食物:飞饼、棕色的小圆面包、火腿三明治;两座火炉咆哮着发出刺鼻的焦炭臭味;助手们灌满一壶壶茶水。我们僵硬地坐下来,死死盯住食物,如坐针毡、咳嗽着、等候着……

舞台的大幕向两侧拉开,中间露出了乡绅老爷的身影,他身披一件斗篷,头戴着猎鹿帽。他向舞台投下自己的影子,湿润的双眼环视了一圈拥挤的房间,然后叹口气,转身准备离开。有人在幕后低声说了句话。"祝福我!"乡绅老爷说道,又重返舞台之上。

"教区教会的茶话会!"他开始讲话,然后又停顿了一下,"又一次来到了我们身边……我想。还有文艺汇演。新的一年!新的一年到来了!……当我看到你们所有人在这里齐聚一堂——再一次——当我看到——当我想到……你们都来了!当我看到你们在这里……因为我确定你们都在——又一次的……这就让我想到了,朋友们!——时间是怎么——你们是怎么——我们所有人是怎么在这里——就像从前一样……"他的小胡子颤抖着,眼泪顺着脸颊滑落,他摸索着寻找幕布向两侧分开的位置,然后离开了舞台。

白发苍苍的教区牧师取代了他的位置,虚弱地朝我们笑笑。

"世界最小的房间（room）是什么？"他问。

"蘑菇（mushroom）！"我们毫不迟疑地大喊。

"那最大的呢，我想问问？"

"进步的空间（room for improvement）！"

"你们都知道了。"他生气地咕哝着。不过他很快就调整好状态，合手说道："那么现在，噢，慷慨的上帝……"

我们大吼一通结束了祷告，抓起食物不管不顾地吃起来。蛋糕、小圆面包、火腿，管它是什么呢，我们只是狼吞虎咽、一盘又一盘地猛吃着。坐在炉火边的人拿着三明治给自己扇风，一个蠢货把火腿放在炉子上炙烤，热气腾腾的棕色茶壶在我们之间传来递去；我们实在太忙，忙得根本顾不上讲话。透过灯火通明的窗户，我们看到外头下雪了，羽毛般硕大的雪花从夜空中飘落。"是霍金斯老妈妈在拔鹅毛呢！"有人喊道。这真是个极好的预兆。在主显节的前夜，霍金斯老妈妈还在工作，一定是同她的鸟儿们飞到了高空。于是我们松了松皮带，互相点头庆贺：明年定将是个丰收之年。

餐桌被我们搞得乱七八糟，堆满了蛋糕屑和碎肉之类凌乱的残渣。有的双手仍在进行"吃"的动作，但显然我们已经吃饱了。教区牧师再一次站起来，我们也再一次感谢上帝："那么现在，朋友们，呃——为灵魂准备的盛宴——到来了。如果你愿意——嗯——到户外散一会儿步，工作人员正等待收拾大厅，为——嗯——文艺汇演做准备……"

我们挤到门外，在雪地中抱团取暖；同一时间，宴会厅的桌子也被撤走。在室内，演员们正在幕后化装——而属于我的时刻同样也将到来。雪花绕着我打转，可我却开始流汗，想要逃跑回家。随后房门再次打开，我蹲在火炉旁边，浑身颤抖，因为紧张开始滔滔不绝地讲话。大幕拉开，一个喜剧节目开启了整场汇演，可我却从来没有看过或听说过这出剧……

"女士们、先生们，下一个节目是乐器二重奏，由布朗小姐和——呃——年轻的洛瑞·李为我们演奏。"

我露出假笑，痛苦地走上舞台。艾琳·布朗的脸色也像二分音符一样苍白。她坐在钢琴前，把乐谱放歪了，我伸手想把它摆正，但乐谱却掉在地上。我摸索着找乐谱——我们憎恶地瞪着对方——观众席上死一般地沉寂。艾琳试着给我一个 A 音，却敲出一个 B，而我调音的样子活像猿猴在穿针引线。最后我们终于准备好了，我举起小提琴，艾琳却将琴弹得像一匹惊慌逃窜的马。我在乐曲演奏到一半时终于赶上了她——但我确信这本来是一首摇篮曲的——在一段重复的调子后（速度仅比平时快两倍而已），我们硬生生地停下来，筋疲力尽，呆若木鸡，一动不动。

有人在发自内心地跺脚、吹口哨，还有人大喊着："再来一个！"艾琳和我没有交换眼神，但我们现在却喜欢上彼此。我们找出《丹尼男孩》①的乐谱，感情充沛地演奏起来，悠扬地弹拉出甜美梦幻的和弦，用跳跃的音符冲上一溜高音。观众也

---

① *Danny Boy*，著名爱尔兰民谣。

忍不住随着我们唱和,用唱诗般的嗓音展现对我们至高的敬意。演奏完毕,我回到了自己火炉旁的座位上,感到全身舒畅而美好。艾琳的妈妈流泪了,她将脸埋在帽子里啜泣;我想,我的妈妈也是……

现在,我也自由自在地成了观众中的一员,汇演在我的面前蓬勃上演。起初那些在我看来如同魔鬼舞蹈的节目也变成了人类天才的精彩演出。节目一个接一个轮番上阵,全都多姿多彩、华丽壮观。风琴师克罗斯比讲了一些笑话和故事,仿佛他的生活离不开它们,他颤抖、流汗,从不因台下的笑声暂停,并朝舞台两侧转动眼珠,期待谁来拯救他。不过我们都喜爱他,不愿让他下台;于是他变得越来越歇斯底里,匆匆念完独白,叽里咕噜地唱出一首首有关小虾的歌曲,蹦蹦跳跳,眉头紧锁,上蹿下跳,仿佛在取悦一个野蛮人的部落。

下一个出场的是多夫顿少校,他带来了自己的印第安班卓琴,这玩意比我的小提琴更难调试。他跨坐在椅子上同琴键较起劲来,并用英语和乌尔都语咒骂我们。后来所有的琴弦都断了,他咆哮着走下舞台,跑到衣帽间朝他的班卓琴一阵猛踢。在他后头上演的是一出戏剧,玛乔丽在剧中扮演灰姑娘,她身穿鹅毛衣裙并住在城堡里。她一边等待着南瓜变成马车,一边唱起了《独自坐在电话旁》的歌曲。

接下来是两首民谣,皮姆伯利太太(一个寡妇)用惊人的情绪演唱了它们。第一首歌邀请我们同她一起去加拿大;第二首歌则是唱给一朵蘑菇的:

> 长啊！长啊！长啊小蘑菇快长！
> 有人不久后想得到你。
> 我会明早再来拜访——
> 看一看什么情况！
> 如果你长得更大那你就是我的！
> 所以长啊！长啊！长啊小蘑菇——快长！

虽然这首歌我们闻所未闻，但它还是迅速成了我们文化传统的一部分，就像后面一位女士的歌一样。最后这一首歌——由冯·荷登伯格男爵夫人演唱，她那几乎专业的水准为我们的文艺汇演画上了圆满的句点。她是来自施普柯姆的贵宾明星，容貌也十分妩媚动人，将艺术的神秘深深烙入我们心中。她穿着宽松的绿色长袍，有着一头红色的长发。"她写东西，"妈妈悄悄说，"诗歌和小册子之类的东西。"

"我要为你们呛（唱），"这位女士宣布，"一首我自己创作的小曲，个次（歌词）喝（和）约区（乐曲），我可以这么说，都是我作的——塔（它）们描绘了这篇（片）美丽的山谷。"

说完她便坐下，拱起美丽的后背，将戴着镯子的手腕举起放上琴键，猛地敲出惊人的急速旋律与颤音，用响亮的笑声唱道：

> 小巧的人儿经过山坡！

过来跳舞吧,就在介(这)里!
崔(吹)起你的风琴,崔(吹)起你的长笛,
崔(吹)起你天(甜)蜜轰(洪)亮的音律!
来吧——嘿!生命多欢乐——嘿!
生命——多——欢乐!

我们都觉得这首歌太多愁善感了,却一直忘不掉它。从那以后,每当男爵夫人走过小径,我们就在篱笆这一边朝她大声唱出这首歌。但她只是停下脚步,歪着头,一个人出神地微笑……

歌曲一唱完,这个夜晚便在接下来的一出出闹剧中收场了:耍弄婴儿,男扮女装,大肆交流格洛斯特的乡巴佬和有钱人之间不为人知的秘事,最后乡巴佬占了上风。我们笑得直不起腰,用脚猛踢椅子;但我们知道这一切就快结束了。牧师站起身,建议大家鼓掌表示感谢,并说在门口有橘子发给大家。嬉闹声中响起了国歌,我们咳嗽起来,然后挤到门口,涌入了雪地。

回到家后,姐姐们情难自抑,滔滔不绝地谈论她们的演出,直到眼泪从鼻尖滑落。但对于我们男孩来说,这一切不到明天就不会结束,这颗柠檬还可再榨一次汁。明天一大早,我们就会溜回教室,寻找装着残羹剩食的一个个篮筐——那些咬了一半的圆面包、沾满蛋糕屑的火腿——我们要把它们通通吃光。

第十二章　初尝爱果

乔永远那么安静，那么胆怯，又那么急于取悦别人，她是我选择的第一个女孩。当然还有别的女孩，她们的声音更响亮、更活泼、也更乐于助人。不过乔那平静的面容、整齐向后梳的头发、纤瘦的身躯和无言的优雅，才提供了我所需的神秘美感。于是在她不知情的情况下，她成为探路的人，成为我手中的细烛，我捧着它走进山洞，在洞穴的阴影中发现了漂泊的自己。

我经常在她放学回家的路上找她，从人群中机智地认出她来，望着她的黄铜手镯摇来摇去。那时的我是十一岁还是十二岁？我已经记不清了——不过她比我还要小。她站在排水沟旁边，朝我莞尔而笑。

"你要去哪里，乔？"

"不去哪里。"

"哦。"

只要她不走就好。

"那我们到山坡下头吧，可以吗？乔？"

没有回答,但也没有要逃跑的意思。

"到山坡下头,就像以前那样。你觉得怎么样,乔?"

依然没有回答,没有手势,也不看我。她甚至没有停下动作,还在转动手镯;不过尽管如此,她最后还是走下了山坡。她用脚尖踢蚂蚁堆,一直朝前走,和我离得很近,并且沉默不语。她看起来并不知道自己要做什么,只是同我一起走着。

快到红豆杉树林下方时,在沉重的黛青暮色中,我们严肃地各自坐下。古老的红色树林在我们头顶投下几座拱门似的枝杈,在铁锈色的夜色中形成条条隧道。乔像一根细细的红豆杉枝条,一动不动,既不看我,也不看别处。我用手肘撑地侧躺下来,把一块石头掷进树林,听着它从一个树枝弹跳到另一个树枝。

"那我们该做什么呢,乔?"

她没回答,就像往常一样。

"你说呢,乔?"

"我无所谓。"

"别这样——你说说看。"

"不,你说。"

宣告总得由我说出口才行。她等待着听我说。她等待着,脑袋没有动,眼睛直直盯着前方,轻柔地揪扯着野草的根。

"早上好,詹金斯太太!"我轻松地说。"你有什么烦心事?"

没有眨眼,也不发一言,乔就这样躺倒在草地上。她仰头凝望结了红色浆果的红豆杉树,在身下被压倒的绿色床铺上略微伸展四肢，挠挠小腿，然后继续等待着。从本质上说，这个游戏正式而严肃，它的仪式恪守着一套严格的程式。她安静地躺着，就如我的手安静地动作，甚至连鸟儿也不再歌唱。

她的身体在草地上显得苍白，泛着奶绿色的光泽，就如一片桦树叶静静地躺在水中，身体像树叶般微微卷起，布满叶脉，闪闪发光，仿佛那微光是从皮肤里透出来的。此刻的她不是乔，而是一个被解开的未知谜题、一枝裸露花梗构成的迷宫，比肉体更为陌生，比蜡烛的皮肤更加光滑，好似某种从月亮上抛落的东西。时间流逝，冰凉的肢体一动不动，既没有向我靠近，也没有向远处挪移；她只是转动着手指上的一枚草环，避开我的目光，空洞地望向远处。夕阳西斜，照在青草的尖尖锯齿上，往她四周的洼地里投下虎纹状的光斑，用深红色的条纹缠住她的身体，五彩的光色从她身上缓缓地流过。

夜与家仿佛离我们很远。我们被困在深深扎根的树林间。我的膝盖被露水沾湿，在静默中思索着顺从的乔所教给我的一切。她微微颤抖，双手动了动。一只乌鸦尖叫着飞入树丛……

"好了，就这样吧，詹金斯太太，"我说，"我明天还会来的。"

我站起身来，骑上一匹无形的马，踏着哒哒的马蹄跑回家吃晚餐。而乔则默默穿好衣服，悠闲地朝家走去，独自一人穿过稀疏的树林。

当然，那些人最后还是发现了我们；我们一定以为自己是隐形人来着。"感觉怎么样啊,小伙子?你和乔——昨天晚上?哈,真棒!我们看见你们了,嗬!嗬!"几个放牛的人在路上拦住我。我对此予以否认,但并不感到惊讶。这种事迟早会被人撞见的,不过人们也很快就会忘得一干二净。在这个村子里,很少有什么秘密的事,也很少有什么事让人感到震惊,我们不过是重演历史而已。这种早期的性游戏就像正式的演习,只是一种小打小闹罢了;不过,我们很幸运能住在村子里,乡间的风景蕴藏了来自大自然的丰富指导,使我们可以尽情模仿。如果有谁看到了我们,他们一定会笑掉大牙的——但却不会有什么地方法官给我们扣上"淫秽"的罪名。

年轻人和老人都可以分享这个好处,这是所有城镇都不会了解的。我们知道自己就同任何一个同等规模的社区一样堕落——比如,任何一条伦敦的街道。可是村里人却不会告密或拨打"999"报警;违规的人将得到来自当地舆论、沉默、讥讽或起绰号的对付。我们会逃过一劫,不至于看到(因为村子会保护自己人)自己的名字被冷冰冰地写进起诉名录、秘密拘捕状、警察法庭的尸检报告或是地方法官说教的新闻头条中。

至于我们男孩,可以确定的一件事是,在成长的某个阶段,大都有过违法被捕的经历,相当多的人还因此被送进了教养院。但我们逃掉了——这点确实应该受到责备——没有在犯罪记录里留下痕迹。我们并不比巴特西[①]的男孩更加狂野或温和,我

[①] Battersea,伦敦的地区。

们只是更容易避开法律条文设下的陷阱。如果作案被捉住,我们会被当场痛揍一顿;要是我们抢了苹果或鸡蛋,比起那些警察冷言冷语、装腔作势地往宗卷中多加入一条统计数据的行为,农夫的拳头显得要更加自然、公平得多。事实上,真正增长的往往不是犯罪案件,而是人们对它所下的定义。对于年轻人来说,现代都市不过是警察设下的陷阱。

我们的村子显然不是异教徒的天堂,我们也并非有意宽恕一切,只不过事情本就是如此。我们当然犯下了不少触犯法条的罪行:过失杀人、抢劫、强奸等案件在一年之中不时突然在村里冒出;安静的乱伦行为在道路破败的地段繁荣滋生;有些人在野兽身上找到安慰;男人和少年间的友谊不足为奇,时常如爱侣般漫步在乡间。酗酒、兽性还有乡下的无聊要对这种事负起绝大多数责任。对于这些事,我们的村子既不支持,也不反对,但绝对不会向当局告状。有的时候,犯罪的人会吃尽苦头、被嘲笑和羞辱,但他们的罪行只会在当地的场景下消化,对他们的惩罚也仅仅局限在教区的范围内。

于是在恰当的时候,我呼吸到了第一缕微弱的、来自性爱的麝香,我的问题不在于罪恶感和遮遮掩掩,而是单纯害怕事情被抖落出来。早先对乔舒展的身体的探寻,更像是在独自研究地图;她身上发出的信号,指引着我应该前往的道路,但后来她被折叠起来收到了一旁。没过多久,我又追上了其他的旅客,大家全都向着同一个方向前进。这些与我同龄的男孩女孩们,他们自然地接受了我,我们一同走入了狡猾、棘手的丛林。白日的光芒与耻感的缺乏照亮了我们的行动。山坡和敞篷马车是我们的化妆间,好奇心是我们的首要关注点。我们时常尴尬、抖抖索索,但从来没有鬼鬼祟祟的感觉,我们被彼此间长久的了解所保护。我们都处在那个青涩的年纪,不会做错任何事,也尚未成熟;我们那么冷漠、那么天真,所做的一切不过是对现实的模仿。

女孩们扮演邀请和展示的角色,而且比我们自信、大胆得多。她们仿佛觉醒过来,终于找到了自我。突然间,她们不再是百依百顺的木偶,不再是一直以来男孩们的替代品;她们知道,自己拥有很多解开秘密的线索,远比我们能想到的更为重要。她们变得狡猾,而且不易相处——但还不至于没法忍受。如今,在萝西与贝特的挑战下,害羞、安静的乔落了下风。贝特无所顾忌,萝西很爱挑逗,她们两个人一起,迫使我们加快了步伐。贝特身材高大,与十一岁的年龄颇不相符,是个衣衫褴褛的金发女孩,眼中带着一种昏昏欲睡、傲慢无礼的神情。"这是酒胶糖。"她会说,"如果你想要,我可以教你怎么吃。"(为了一块酒胶糖,她可以在教室里把衣服脱个精光。)而另一方面,萝西则更加狡猾、淘气,有着狡诈而风趣的邪恶。她带着我跳舞,绕过谷仓和鸡窝,过后又抛下我,常常令我感到口干舌燥、浑身发抖。该如何对待她们中的任何一个——贝特或萝西——都让我费了好长时间思索。

与此同时,我仿佛被浸在热油中,被烘烤、油煎,然后挂在电线上抽搐不止。神秘的感觉在夜间骤然来临,逐一依照华丽的次序将我占有,而在它们力量平衡的转变下,我的身体似乎失去了所有知觉。在那些时候,我的大腿如干草般灼热,仿佛呼求着凉水和黄瓜。当这种情绪迷迷糊糊、左右摇摆在肚脐和双手之间时,它便让人刺痛、饥渴,塑造了云朵的曲线;而当我脸孔朝下趴在夏日的原野上时,不过是想感受大地冲进身体的力量。哥哥杰克和我突然变得精力充沛,整日不停地奔跑或爬树,让自己大汗淋漓、筋疲力尽,而在那样以后,我们又很容易变得慵懒起来。我们并不是不懂自己怎么了,只是不知道该怎么办才好。然而,若不是萝西·伯达克的到来,我可能直到今天还在不停地爬树……

萝西·伯达克决定牵起我的手,是在一个寂静的夏日;那一天像奶油一样,薄雾蒙蒙,有着琥珀的色泽,立在炎炎烈日下的山毛榉树林仿佛被灌满了湿润的野花蜂蜜。那时是晒干草的季节,于是放学后,杰克和我便去农场帮忙。

割草机的嗡嗡声越过草堆向我们飘来,兔子像鞭炮一样绕着田野蹦跳,干草闻起来清爽又甜美。农场里的人全都在辛勤工作着,耙草、翻个、装车。高大的蓄着小胡子的男人又起野草,他们的胸脯看上去就像一片片荆棘树丛。空气伴着他们叉子的动作流动,一捆捆野草长出翅膀,像老鹰一样飞向马车的最高处。农夫给我们每人一把叉子,我们便把剩下的草捆扔上马车……

我在一座干草垛后头撞见了萝西。她对着我咧嘴一笑,用那种狡猾、闪烁的眼神看着我,就像她妈妈一样。她穿着格子连衣裙,戴着廉价的黄铜手镯,裸露的双腿是棕色的,上面沾了草屑。

"出去,"我说,"走开。"

萝西长大了,如今她身材高大,我都有些怕她。从她那猫一样的眼睛、微翘的嘴唇中,我看出一种反常的智慧,比我所能联想到的任何东西都更加危险。上次见面时,我用卷心菜根打了她。但她丝毫没有怀恨在心,只是咧嘴笑着。

"我带来一样东西给你看。"

"你走开。"我说。

我感到口干、流汗,冰火两重天。她的眼睛闪烁,而我却如同脚下生了根,一动不动。她的脸颊笼罩着一层颤动的薄雾,她的身体仿佛随着闪电忽隐忽现。

"你渴吗?"她说。

"我不渴,就这样。"

"你渴了,"她说,"来吧。"

于是我把叉子朝嗡嗡作响的地面一插,跟她走了,好似在劫难逃一般。

我们走了很长的路,一直走到田野的尽头,那里停着一辆马车,车上装了一半野草。没修剪过的杂草垂下一条条灯彩,又如环绕着马车帘幕。我们爬到车底,爬到车轮之间,钻进一个散发着草木清香的黑暗洞穴。萝西挠挠痒,翻出一个麻袋,里面露出一个装满苹果酒的石罐。

"这是苹果酒。"她说,"虽然你不该喝,至少不能喝得太多。"

大而敦实的罐子躺在草地上,好像一个尚未引爆的炸弹。我们提起它,拧开瓶塞,一股发酵的苹果香便扑面而来。我把罐子举到嘴边,转动眼睛朝两边看看,浑似一只野兽来到水潭边。"快喝啊。"萝西说。我深吸一口气……

永远难以忘怀,那第一次悠长而神秘的啜饮,饮下了金色的火焰,饮下了那片山谷、那个时代的琼浆,饮下了有着野生的果园、红褐色的夏天、丰满的红苹果,还有萝西发热脸颊的佳酿。永远难以忘怀,而且再也未曾尝到……

我又喝了一大口,气喘吁吁地放下石罐。然后我转过身来,望着萝西。她身上黄灿灿的,沾满了金凤花的残瓣,在幽暗的微光下,发出小猫一样的呼呼声;她的头发像野蜂窝一样茂密,眼睛里也蓄满毒刺。我不知道该对她做什么,也不知道不该做什么。她看上去柔滑而珍贵,好似一个不可思议的谜题,又如流沙般危险。

"萝西……"我说。我跪在地上,颤抖着。

她向我爬来,在草地上摩擦出沙沙轻响,动作迅速且极其自信。她的手被我握着,好像一朵小小的、湿润的火焰,令我既无法拥有,又不愿抛弃。然后萝西用一股无情的、芦苇般柔韧的力量,将栖息于高处、摇摇欲坠的我拉倒在地,倒在她开朗的绿色笑容中,落入水下深深的青草中。

后来的事，我只记得一点，但即便那一点也已模糊不清。锣鼓在我脑中咚咚敲响；萝西靠近了，是一种撩拨的、看不到的触感，她离得太近了，什么都看不见，什么都无法度量。我们栖身的马车仿佛漂向远方，如一叶小舟荡出了山谷，在无人看见的地方左右摇摆，在静止的潮水上晃来晃去。

然后她脱下靴子，往里面塞满鲜花，又对我的靴子也做了这些。她焦枯的声音好似火焰，在我的耳朵里噼啪作响。更多的火焰燃起了，我又喝了更多的苹果酒。萝西告诉我她那骇人听闻的幻想。她说，她喜欢我，超越了沃尔特、肯、博尼·哈里斯甚至是助理牧师。我也用洪亮而粗重的声音向她承认，她比贝蒂·葛丽德还要美。在那漫长的时间里，我们两个坐在草地上，嘴唇离得很近，呼吸着同一股炽热的空气。然后我们接吻了，只有一次，那么干涩和羞怯，就像两片叶子在空中碰撞。

最后，布谷鸟停止了歌唱，纷纷飞入林间。割草机也回家了，只剩下我们两个。我听到杰克一边走下小径，一边大声呼喊我的名字，直到最后我听不到他的声音。我们依然躺在塞满草叶的马车下，握住彼此的手，她喑哑而危险的低语使我感到迷醉，苹果酒在我的脑中咚咚敲起锣鼓……

夜晚终于来临，我们爬出马车，一起跌跌撞撞地朝家里走去。明亮的露水和萤火虫在草丛间闪烁，白天的热气变得柔和了许多。我感觉自己像一个巨人；我在树上荡秋千，把手臂用力插进荨麻丛，只是为了炫耀给她看。我不管做什么都显得英勇无畏、轻而易举。萝西抱着她的靴子，嫣然笑着。

那个夜晚，这段记忆像是被一些东西放大了，即使现在也是如此。绵延的山坡像巨龙一样淌着口水，在落日的余晖中渐成深红色。不断换位的小径牢牢套住我的脚，试图把我绊倒。还有那面湖水，当我们经过湖面的时候，它"呲呲"叫嚣着掀起巨浪，想把我们溺死在食人鱼之间。

或许，我失足跌进了湖中——虽然我不记得了。但就是在这里，我永远地失去了萝西。我发觉自己一个人悠悠走在回家的路上，还拥有了不可思议的本领。我发现了视觉的奇特把戏：我能让树林移动、让它们互相玩跳马游戏，还能把灌木丛变成尖声鸣叫的火车；我能用舌头舔干净天上的繁星，就像舔光酸味糖果那样，然后扑倒在地，还不会觉得疼痛。我感到气壮山河，感到命运决定性的时刻到来，并且人生中第一次，我不再畏惧黑夜的险恶。

我终于到家了，虽然仍在湿答答滴着水，但我的身体却充满了力量与欢乐。我坐在剁肉用的砧板上，高唱着《暴风雪肆虐》和另外几首歌颂大自然的赞美诗。我不停地唱，一直到吃过晚饭后很久，仍独自在黑暗里大喊。之后，哈罗德和杰克一起把我抬上床。我与以前再也不一样了……

过了大约一年，布利斯森林强暴案发生了——如果过程称得上是"发生"的话。如今，我成了"绿角"帮派的一员，我们整日围着小径咆哮、混战、扭打，无所事事且充满威胁，同时又对自己的旺盛精力和百无聊赖感到困惑。这种情况下，类似的事情势必会发生；于是它果然发生了，时间是在一个周日。

早在一周前，我们就开始计划这次行动，地点在建筑工人的马厩。马厩里窒闷的空气弥漫着发霉谷糠、干枯皮革、腐烂稻草的味道，为我们提供了需要的氛围。我们时常在这里碰面，玩牌，抓痒，吹口哨，并谈论有关女孩的事。

那天早上，我们大概有六个人，包括沃尔特·凯瑞、比尔·谢波德、西克斯彭斯·"六便士"、博尼和克劳治·格林。从敞开的门看去，外面的山谷中洒满了四月的雨。我们在木桶旁坐下来，嘴里哑着套马用的挽具皮带。后来，比尔·谢波德灵光一闪，想到了这个主意。

"各位，"他说，"听着。我有一个主意……"

他把声音压低，小声地说，我们都被吸引过来，围成了一个圈子。

"你们都认识莉兹·伯克利，对不对？"他说。比尔是个脸很胖的家伙，身体强壮有力，看起来却贼眉鼠眼，永远带着一种干坏事被抓现形的眼神。"她是个合适人选，"他说，"她脑子很蠢，保准没问题，你们知道。"

我们想起莉兹的样子，这点倒是真的；在宗教方面，她真是愚蠢极了。她大约十六岁，是个身材矮小、丰满的女孩，有着一双青蝇般的大眼睛。她时常在布利斯森林里漫步，手里提着一袋蜡笔，在山毛榉树干上写下《圣经》中的经文。在光滑的绿色树皮上，那巨大的、彩虹般的字母写着："耶稣现在爱我。"

"我星期天见过她,"沃尔特说,"她正忙着做那件事。"

"她永远在做那件事。"博尼说。

"耶路撒冷!"克劳治"教士"用他那传教的声音说。

"那好,这件事怎么样?"比尔说。

我们又靠近了一些,好让马厩里的马听不见我们的话。比尔看着我们,滚圆的红眼睛滴溜溜地转。

"就像这样,你们看,'嘣噔'一下——非常简单。"我们听着,大气不敢喘一口。"等星期天早上做完礼拜之后,我们赶紧跑进树林,在那里埋伏。等她从教堂出来——我们就截住她。"

我们大伙都长呼一口气。我们可以清楚看见整件事的经过:我们看见她独自一人穿过星期日的树林,石灰色面容的莉兹,圣洁而毫无戒备,衣服和身体裹成一团;我们看见她穿过写满《圣经》经文的树林,向这边走来,不假思索地径直走入我们的手掌心。

"她会大喊大叫的。"博尼说。

"她脑子不正常。"比尔说。

"她一定以为我是叛教徒。"

克劳治发出马儿嘶鸣似的咯咯笑声,而博尼笑得在地上直打滚。

"那么,你们都参加了?"比尔低声说,"怎么说?你们看怎么样?这将是一场特技表演,你们就瞧好吧。"

我们没有人回答,但大伙都感觉信心满满、势在必行;行动一旦规划好，就仿佛已然大功告成了。它那么生动地浮现在我们眼前，就像已经做成了，甚至无须多言。那个星期剩下的几天中，我们尽量避免碰见彼此，但这个肮脏的计划却始终藏在我们心里。我们没想别的，只想着那场即将发生的邂逅，疯狂而矮胖的莉兹，还有她近在咫尺的身体，或许我们每个人都将得以了解……

星期天一大早，我们从教堂里鱼贯而出，挑动眉毛互相传递信号。清晨的空气很湿润，一轮春日的艳阳高悬于天空。我们点头、眨眼，然后猛地甩头，分头走进了树林。当我们终于在伏击地点埋伏好，不知为什么，那股充沛的活力却从我们体内突然消失了。我们紧张而沉默，没有人说话。我们按计划匍匐在地，静静等待着。

我们等了很长时间。鸟儿歌唱，松鼠叽叽吱吱，阳光明媚，但没有人来。我们高兴起来，忍不住咯咯地笑出来。

"她不会来了，"有人说，"她先看到比尔了。"

"她看到他，然后尖叫着跑回家了。"

"那她真走运。我本来要让她大喊大叫的。"

"我会追得她逃到树上。"

我们又野蛮，又开心，就好像打赢了一场仗。不过我们还是多等了一小会儿。

"该死的！"比尔说，"我们走吧。快走。"我们都很高兴他能讲出这句话。

但就在这时，我们看见她了。她那矮胖的身躯朝着小径走来，看上去很严肃，头戴着那顶愚蠢的草帽。比尔和博尼的脸一下变得惨白，他们注视着她，眼中露出极为痛苦的神色。她向我们慢慢走近，好像一个又小又胖的玩具娃娃，衣裙被一束束阳光温柔轻抚。当她快走到我们眼前时，我们全都一动不动，只是看着比尔和博尼。他们回望了我们一眼，眼神既可怜又绝望，然后缓缓迈步走去。

之后发生的事笨拙、迅速，而且毫无意义。这个过程没有声响，就像一部老旧的无声电影。两个男孩大步跑下山坡，截住了胖女孩的路。她停下了脚步，他们瞪着对方，面面相觑……这是我们幻想的关键时刻，然而事实上却平淡无奇。在片刻笨拙的停顿后，比尔拖着脚步朝她走去，把一只手放到她的肩上。她浑身僵硬，像猝然抖动的木偶一样，拿装有蜡笔的书包给了他两下子。然后她转身，摔倒，爬起来，向四周看看，一路小跑着穿过了树林。

比尔和博尼没有阻挡她，他们一屁股坐到地上，只是望着她离开。最后，我们眼看着纯洁的莉兹变成一个小小的、圆圆的人形，如同一个橡皮球，弹跳着跑下山坡，消失在视线中。

我们在树林里散去，各自朝着相反的方向离开。我缓缓踱着步子回家，一边吹着不成调的口哨，一边朝树桩和门柱扔石头。那天早上发生的事是无法说出口的。我们再也没有提起它。

至于我们的首领们，那些长着红色獠牙、罪名未能成立的"强奸犯"——他们最后的下场如何呢？那件事后不久，博尼自己就被强暴了，他还娶了攻击他的人——一个富有的农场寡妇，她让他干活干到半死,不论在床上还是谷仓里。比尔·谢波德遇见一个女孩,她偷走了他的邮局存折,并借此设下陷阱,轻而易举地将他捕获。沃尔特出海当了水手,还赢得了烹饪比赛的大奖,之后又借着结婚进入了炸鱼生意的行当。其他人也纷纷结婚了,他们养活着庞大的家庭,还成了教区教堂委员会的成员。

至于那些小女孩们,她们曾是我们的牺牲品,又是我们的教育家,最终指引我们走过那段青春岁月:美丽的乔变胖了,她嫁给了一个佩恩斯威克的面包师傅;强壮有力的贝蒂远赴澳大利亚,到那里生养儿女;还有萝西,她曾用苹果酒味的亲吻为我施受洗礼,最终嫁与一个士兵为妻,于是我永远地失去了她。

第十三章 最后的时光

我童年的最后一段时光,同样也是这个村庄最后的时光。我所属的那个时代,碰巧见证了一段维持千年的生活方式走向终结。对于我们的科茨沃尔德山谷来说,这场变动来得很晚,直到 20 世纪 20 年代晚期方始露出端倪;那时我只有十二岁,但就在那屈指可数的几年间,我目睹了这场变迁的全部经过。

我,我的家庭,我们那一代人,全都出生于一个沉默的世界——一个辛勤工作、有着必要耐心的世界。在那个世界里,人们的背脊朝大地弯下,双手揉搓着庄稼,苦苦等待着风调雨顺和作物生长;那里的村落如船只一样散落在空阔的乡间,每一个之间都要走上漫长的距离;那里遍布着白色的狭窄小路,路上印满马蹄和马车车轮的足迹,没有石油或汽油的侵染,人们很少途经这里,也几乎不为游乐而来,马匹就是这里跑得最快的东西。在杠杆和轮滑的作用下,人和马就是我们拥有的全部动力。不过马才是真正的帝王,几乎一切事物都围着它而运转:草料、打铁铺、马厩、牧场、远方,以及我们那个时代的节奏。它那一小时八英里的速度就是我们行动的极限,从罗马时代起便一直如此。那八英里的时速就是生命与死亡,是我们那个世界的规模,是囚禁我们的牢笼。

这就是我们诞生的世界,是我们最初所知的一切。后来,在马的嘶鸣声中,这场变迁开始了。黄铜闪亮的汽车"噗噗"地开上小路,紧跟而来的是喧闹的大游览车;轮胎结实的巴士爬上尘土飞扬的山坡,更多的人来来往往。鸡和狗是最早的牺牲品,它们在车轮下发狂不安。面对着超出理解范围的高速度,老人们也出现了中风和痉挛等症状。然后,猩红色的摩托车开始在村中涌现,它们有装了五道栅栏的门那么大,年轻人骑上它们,就像骑着喧声震天的火箭,只花两分钟便冲上山坡,但过后又得花上几个星期的时间修理和改造它们。

这些事物的涌现没有并立刻改变我们的生活:虽然这些汽车是怪物,但它们却很少现身;摩托车露面时,大多数都成了碎片;我们一年只用得上一次大游览车;而在最初,巴士车也只是一种实验。与此同时,卢·艾尔斯会戴着圆顶礼帽,驾着他的游览马车,每两周去斯特劳德一趟,马车能坐六个人,车票只要两便士,不过大多数人更愿意走着前去;韦斯特先生每天都驾着运货马车从施普柯姆而来,花上一便士就可以帮你运送包裹。但我们中的大部分人仍然用步行的方式完成旅途,我们顶着威尔士潮湿的猛风,对马车视而不见——我们觉得价格高得离谱,宁可花上漫长而辛苦的一天时间,徒步去买来所需的东西。

然而那些被汽车惊退、眼球骨碌碌转动的马匹，却暗示了歇斯底里症候的到来。过不了多久，村庄就会破碎、溶解并分崩离析，只剩下领退休金的老人居住在这里。它还剩下几年的时间——那一千年生活里的最后时光，但那段时光就这样匆匆地流逝了，几乎不为我们所发觉：在摩托车的远足旅行中，在新建电影院的光影中，在去往格洛斯特（那里曾远得像个国外城市）的快捷旅行中——我们在那里见到了五光十色的商店，简直看得目瞪口呆——它们就这样迅速地、不痛不痒地流逝。然而直至最后，就同死亡之前回光返照的虚幻力量一样，村中古老的生活方式仿佛仍同以往一样强劲无异。

例如教堂，它的影响力就变得前所未有的强大。每到星期日，它自信的钟声都会准时敲响；全村都听得到它的钟声，人们丝毫不会质疑，男男女女穿上绸缎和哔叽缝制的衣服，挤满教堂的长椅，互行屈膝礼或点头示意，对孩子不当的行为皱起眉头，俯下身来祷告，在赞美诗中放声高歌或抖出颤音，并一排排地坐在长椅上，不时从小睡中猛地抽动醒来；与此同时，牧师滔滔不绝地讲着那些文绉绉的布道，那些书是他从教会图书馆借来的。

星期日远不是休息的日子，就某些方面而言，它比工作日更加辛苦；它从来不是懒散的日子，而是放纵与纪律的结合体，使人为之精神一振。在一个星期七天中的这一天——在前一晚已经洗过澡——我们干干净净地穿上最好的衣服，并且有肉可吃。纪律来自主日学校①、学习短祷文，还有晨祷和晚祷活动。在这件事上，心情和兴趣都不是借口，我们也从未对它有过质疑。

在星期日的早晨，家中依然同往常一样忙得不可开交——厨房里乱作一团，尖锐的叫声命令我们赶快洗漱，每个人的眼睛都死死盯着时钟。我们用油膏和清水把头发梳得锃亮，在汲水泵下擦擦洗洗。在星期日，早餐还能吃到一磅重、被煎得焦黑、"嗞嗞"冒油的大香肠，我把它们蘸上胡椒，三口两口吃进肚子；一本摊开的祈祷书被我支在盘子上。

"天哪，你就快迟到了，我的小伙子。"

狼吞虎咽，嘟嘟囔囔，然后噎住了。

"你在做什么？动作快一点。"

"别说话——我在念短祷文。"

"你刚才说什么？"

"我——必——须——念——我——的——短——祷——文！"

"那就快一些念！"

"我没法快一些！如果你不停地唠叨，我根本快不起来！……"

不过，短祷文其实一点也不难；在大口地胡吃海塞之时，十行神秘莫测的句子已被我吸入脑海，而且通常在匆忙中念完。

---

①即 Sunday School，又名"星期日学校"，在星期日开办的初等教育机构，学习者多为宗教信徒。

在山坡上，在道路下，我一手拿着油腻腻的祈祷书，另一手抓着没吃完的香肠："全能的与最仁慈的上帝，他独自工作，造就了伟大的奇迹……"不到五分钟，它们就全记在我的脑袋里了。

在主日学校上课时，贝格诺尔小姐一面给鼻子化妆，一面说："短祷文——现在谁来为大家背诵……"我便跳起来，吐字清晰、铿锵有力地急急背出长达半页纸的音节。它们从我的眼睛里进入，从我的嘴巴中吐出，匆匆而过且不留一丝痕迹。要不是吃到那份酥脆的煎香肠，我今天肯定没法诵读短祷文……

上了一小时的主日学校后，我们大伙便进入教堂，唱诗班的成员直接前往法衣室。我们在这里套上满是污垢的长袍，一年到头它们只在复活节时才洗一次。教区牧师把我们排成一队，然后做了一个简短而洪亮的祷告。我们顺次走上座席，在各自享有荣耀的位置上站好，开始研究前来祷告的会众。主日学校的孩童们挤在阴冷的北侧，毛茸茸的脑袋就像结了霜的冰花；教堂的其他地方坐满了成年人，看上去黑压压一片，在猫的皮毛和羽毛交辉下显得庄严肃穆。绝大多数人是全家出行，但偶尔也有几对刚订婚不久的年轻情侣出现，他们坐在那里，脖颈和双手红彤彤的。前排的长凳上坐满了绅士阶层的人，他们的椅子上贴有名片作标记：最先是庄园主、乡绅老爷琼斯、克鲁姆一家；之后是军人、卡沃索一家和多夫顿一家；然后是富豪、一直没结婚的老小姐——埃布尔斯和贝格诺尔家的女士们；最后是较为富有的农场主。所有人都按照礼仪要求整齐坐好，乡绅老爷坐在最前面，就在讲坛旁边。在祈祷、读《圣经》诗篇以及吵闹高唱赞美诗的全部过程中,他始终睡得像个眉开眼笑的孩子,除了有一次,当来访牧师的讲道过于浮夸时,他醒来响亮地说了句:"该死的!"

晨祷活动伴着一曲风琴演奏开始,或许是一首弹奏得很慢的施特劳斯的华尔兹。风琴很旧,发出"嘎吱嘎吱"的噪声与悲鸣,刺耳的声音常常盖过了音乐本身。一个平庸的泵手柄为风琴鼓风,使它奏出音乐,再次加剧了整个过程的吵闹。负责鼓风的是雷克斯·布朗,他躲在风箱后头(只有我们唱诗班能看到他),不是在夸张地上演一出出滑稽的哑剧,就是把女孩的名字刻在木板上,使平淡的礼拜仪式一下生动有趣起来。

但教堂拥挤的会众中间却笼罩着一种庄严肃穆的气氛,那里充满了力量、悲叹、喉咙大开的歌唱、沉重的祈祷,以及公开的忏悔。村子里没人会无缘无故地缺席,也没人希望这么做。我们来到教堂,只因为这是星期日——就像每到星期一我们就要洗衣服一样。那里也会出现像上帝可怕的笔记一样的东西——收租人同乡绅老爷一样权威在握,随时准备记下房客重蹈覆辙的行为,一旦没有按时支付房租,就立即把他们赶出去。

这样的晨祷还有着一些别的意义。它是一种面向本源的回归,仿佛面对洪水的威胁,我们又重新回到了满载着所有物种的方舟上。今天的我们似乎不再有这样的需求,假若洪水真的到来,我们无疑会骄傲地独自淹死。然而在远古的方舟上,狮子同羔羊跪在一起,鸽子在鹰的脖颈上栖息,绵羊与狼相依偎,我们从彼此身上获得温暖,深知我们这些野兽都来自一个共同的王国……

这就是星期日的早晨了。祷告结束后，人们在墓碑间闲聊家长里短的事，悠闲地漫步回家，享用烧烤大餐，之后听着《世界新闻》的广播午睡片刻。在充足的午后时光，老年人睡着迷人的午觉，年轻人则再次赶回主日学校上课。之后便迎来了晚祷，它与晨祷之间的差别就像幽会地点与特拉法加广场的集会一样明显。晚祷的气氛更加温和、梦幻、隐秘，通常被认为是自愿参加的活动。不过自然，我们唱诗班的男孩必须得去，但其余的人随意即可。

夜晚的教堂被庭院墓地的黑暗包裹，看上去只是一排闪烁着红色火焰的窗子。教堂里，油灯与静止的蜡烛落下婆娑的光影，让这个地方看上去更为窄小。清晨用过的摆设已被取下，教堂正厅显得温馨而宁静。在这个时候，只有几个人在独自祷告，沉浸在各自的专注中：贝格诺尔小姐、教堂的清洁工怀特寡妇、一个鳏夫，还有坐在后排的邮递员。整个祷告几乎像一场幻梦，我们的赞美诗如夜晚般宁静，选取的诗篇十分传统，以便让大家不拿歌谱就能自如地歌吟。分散的人们虔诚祷告，身影在黑暗中朦胧不清，他们唱着那些词句，仿佛唱进自己的心灵深处："主啊，现在，让您的仆人平静地离开吧……"人们闭上双眼，用颤抖的声调唱着。在早晨是绝对唱不出这样的歌声的。

我们在唱诗班的座位上，目睹着年岁的流转：圣诞节、复活节、圣灵降临节、祷告的星期日和祈雨，教堂的活动紧密追随着农耕生活的节奏。秋收感恩节或许是我们最喜欢的节日了，因为它与我们日常的生活离得最近。每到那时，沉甸甸而丰足的节日献礼便堆满了我们的小教堂，山谷中的全部精华都被拿来作为点缀。每个人都从他的田地和花园中带来最好的东西。而在秋收感恩节的清晨挤进教堂，就像一头涌入了富饶的土地，涌入一个爆满的粮仓、一座蔬菜大棚，抑或一个鲜花盛放的岩洞。往日光秃秃的墙壁上长出了枝叶和水果；祭坛上摆满一垛垛小麦；装饰性的面包大如车轮，沿着圣餐仪式的围栏摆满一排；一串串葡萄摘自乡绅老爷自己的葡萄园，从讲坛的边沿垂下蓝紫色的珠串；个头巨大但没法食用的葫芦到处堆积；长凳上张灯结彩，缠绕着韭菜和洋葱；读经台的架子上放着鸡蛋和黄油；窗台上是一堆堆的苹果；滚圆的大柱子将教堂分成两半，上面也垂下燕麦和大麦。

几乎会众中的每个人都提着一些类似的东西。高大魁梧的农场主、系着宽领带的农夫、老园丁、养禽人，他们点头示意，指指点点，你戳我、我戳你地吸引大家的注意，展示他们带来的东西。这座教堂比它唯一的地基更加古老，同地球上人类的生命一样久远。这些果实的种子，这些人类的种子，仍然出自同一个大碗；它幽闭于这个山谷，并在这里焕发新生，源头可以追溯至冰河时代。因而，骄傲、抚慰和持续不绝的生长才是我们来此赞美的真正对象。虽然我们一面高唱着"一切都完好无损地聚集在这里"，一面也知道农场主勒斯蒂的燕麦正在田野里腐烂的事实，但两者间的矛盾看上去也就没什么要紧了。

我记忆中一个特殊的秋收感恩节近乎完美地诠释了这种感觉。我那时年纪还小，尚未加入唱诗班，和托尼坐在一起，那时他只有三岁。这是他人生中过的第一个秋收感恩节，但他早就听说过很多有关这个节日的故事了，因而抱着极大的期待。唱诗班的成员们举着旗帜，在门廊上躁动不安，准备排队进场。托尼凝望着他身边那些闪闪发光的眼睛，嗅了嗅空气中多汁而华丽的鲜花芬芳。然后，在那个安静的时刻，就在风琴准备奏起赞美诗音符的时候，他突然大声问道："会有人打鼓吗？"

这是个很自然的问题，天真并切合实际。因为在这样的场合，若是既没有鼓声、铙钹，也没有喇叭或铜管乐器的话，未免就太不合时宜了。

乡绅老爷的死亡并不等同于教堂的死亡，尽管他们确实在同一时间走向了各自的尽头。他死了，大庄园也被拍卖出售，变成了一座疗养院。湖泊淤塞，天鹅分飞，巨大的梭鱼在芦苇丛中窒息而亡。随着乡绅老爷的撒手，我们也终于分崩离析——尽管我们迟早会走到这一步。他的仆人解散，纷纷去了工厂做工。他的侄子分割了他的遗产。

分裂、自由的思想、新鲜的刺激接踵而来，让我们既好奇又困惑。第一对在登记处结婚的年轻夫妇遭到了牧师的严厉谴责。"那些玩火的人终将遭到火焚。"牧师暴怒地骂道，"你们记住我的话!"后来,他还抓到了正在读《儿子与情人》①的我,便把书拿走销毁了;这或许成了他最后的权威动作之一。没过多久,一位年轻的护教论者便取代了他的位置。

也就是在这段时间,老人们渐渐凋零谢落——那些蓄着白胡子、扎着绑腿、穿着靴子、戴着宽檐女帽、说着古老语言的人,成为他们那个世界里最后的一道风景;他们对人和动物一律用"尔"(thee)和"汝"(thou)来称呼,称年轻女孩为"闺女"(damsels)、年轻男孩为"先生"(squires)、年老男人为"老爷"(masters),对乡绅老爷本人则称"他"(He);他们也还记得伯德利普的驿站马车。老马车夫基克·哈里斯,同他的高顶礼帽和绑腿一起随风逝去,就像一片被撕掉的书页。洛蒂·埃斯科特曾是一位诺曼领主的佃农,她蜷缩在自己的遗物里,然后溘然长逝。其他的人也相继离开,没有发出一丝声响。比如克利索尔德太太。有时,她喊我们为她跑腿办事:"汝来我们的院子一下,先生。我想请汝帮我个忙。"我会跑到商店为她买来一小包"公牛眼"糖果,她便按照老规矩给我一份奖励。她嘴里含着"公牛眼",身体陷进椅子,睡眼惺忪地点头示意我可以走了。"以前我可挣不到一便士——不过克利索尔德太太要激励汝一下……"她的言行被我们当作当日善事记下来,虽然她去世了,却仍然激励着我们。

---

①英国作家戴维·赫伯特·劳伦斯(David Herbert Lawrence)创作的长篇小说。

如今，我们家的最后一段时光也日渐到来，它起始于女孩们的恋爱。

我记得很清楚事情是如何开始的。那是在夏天，我们男孩正坐在山坡上，注视着天空中一团巨大的烟雾。

一个男人跳下自行车，大喊着："锅炉厂出事了！"我们便跑到山坡上看热闹。

锅炉厂几乎年年都要发生火灾。等我们跑到那里时，却发现这次的大火格外精彩。仓库和往常一样被火焰层层包裹，天花板和地板坍塌了，消防员尖声呼喊，窗户像冰柱一样缓缓融化，房子里传出震耳欲聋的爆炸声，然后锅炉开始崩裂。我们一天中的大部分时间都用来观看这场火灾，每倒下一根烟囱，我们都欢呼雀跃。

天色已经很晚了，我们终于回到村里，却看见一个陌生人站在花园里。震惊中，我们远远地研究着他。除了邻居和探亲而来的远房亲戚，以前还没有别人进过我们的花园。但这个不祥的陌生人不仅可以自由地随意闲逛，身边还陪伴着我们家的全体女性。

我们急速冲下山坡，粗暴地突然出现在他们眼前，却惊讶地发现，所有人都在彬彬有礼地咧嘴微笑。看到我们回来了，姐姐们发出一声惊呼，她们热烈地欢迎我们，仿佛我们刚刚完成环球旅行。玛乔丽尤其温柔，对我们爱怜有加，而其他人只是对我们笑，露出忧虑的神情。虽然妈妈不算聪明，也穿上了她最好的黑色衣裙。而那个陌生人则用手扭着他的帽子。

"他们是我们的弟弟，"玛乔丽一边说，一边抓过两个人，把我们紧紧搂在怀里，"这是杰克和洛瑞，那个是托尼。他们都可淘气了。"

这句话带来了一些干笑声和轻松的氛围，仿佛有几个黝黑的幽灵被打倒在地。我们傻笑着、扭动着，做出滑稽的动作，卖弄地表现自己，但还是想不明白发生了什么事。事实上，在锅炉厂火灾的那一天，我们家的女孩迎来了她们生命中的灯塔。在那一天，她们的生命中有了第一个年轻人前来示爱，这个年轻人就是他，他是属于玛乔丽的，他还由此打开了一条通往花园的小路。

他很英俊，头发卷曲，是个造船工人，非常健壮，并且很受欢迎。他的名字叫莫里斯，我们男孩很快就接受了他，并任由他随意出入。另外两个年轻人也紧跟他的步伐而来，一个为了桃乐茜，一个为了范妮丝。桃乐茜拥有的是莱斯利；他很害羞，是本地的童子军团长，至少在他遇见她的时候是这样。范妮丝则带来了鞋匠哈罗德；他长着一张精致的拉丁人面孔，只靠耳朵听音就能演奏钢琴，而且还会唱讴歌传统一代母亲的歌曲。此后另一个哈罗德——我们的哥哥，也学会了这一套，他整日修椅子、重新布置家具，最后也为自己成功带回一个女孩。

经过这些冲击以后，我们家的生活永远地改变了，新式做法和观念悄悄到来。现在，厨房里坐的不再是八个人，而是整整十二个，这样的情形一直持续到女孩们开始出嫁为止。这些年轻人每晚呼喊着她们的名字，手提装有蜡烛的罐子，在我们陡峭的山坡上摔个倒栽葱。有时,他们在夏季的夜晚推着自行车前来,同女孩们到小径上悠闲漫步;有时,他们围成一圈坐在炉火边,缓缓讲述工作上的事;或者还有时,他们只是安静地坐着,陪在她们身旁。缝纫机轰轰作响,妈妈东拉西扯地漫谈,温暖而无形的涟漪在他们四周荡漾开来。他们提防妈妈,因为摸不清她的脾气,虽然她的突然爆发只是针对这个世界,而不是具体的人。莱斯利圆滑机敏而与众不同,每次妈妈讲笑话时,他都会发出短促、响亮的笑声来附和。而莫里斯则给她讲《今日工人》上刊登的事,完全超出了她的理解范围。有时范妮丝的哈罗德会走到钢琴前,用上十个手指的力量猛敲琴键,高喊着唱《因为》或《一个老太太走来》,把我们通通迷倒。

这之后就到了享用奶酪和热可可以及互道"晚安"的时候,继而有第一个人起身离去。紧接着是后厨房里漫长的告别,每一对情侣轮番上阵。那些屋里的人不得不耐住性子,等待自己的时机到来。"亲爱的桃乐茜!你们还没结束吗?""不到一分钟就好。""喏——喏,亲吻——亲吻。""喂,快一点!你太可怕了。"外面又沉默了五分钟,玛乔丽摇晃门闩。"还要多久,亲爱的桃乐茜?你已经在那里一个晚上了,明天还有人要上班。""好啦,不要发脾气。他现在就走。晚安,我漂亮的宝贝。"他们一个接一个离去。之后我们关上灯,女孩们费力地爬上楼睡觉。

星期日和公共假日是可以一整天谈情说爱的好时间,那时情侣们会全体出现在我们面前。不过若是下雨就会希望渺茫,我们只能玩牌,或是让这些男朋友们当我们的衣服模特。天晴的时候,或许妈妈会筹划一场小小的盛宴,比如在森林里野餐。

我还记得那是个闷热的八月夏天。妈妈说出去走走会很不错,我们可以走上短短的一英里,去寻找一片很棒的绿荫,然后在树下烧水煮茶。虽然听起来非常简单,但我们却更了解妈妈,事实一定与她说的相去甚远。妈妈所说的野餐,实则是按照部落的规模筹划的,摆在眼前的是无比庞杂的准备工作。她在厨房里飞奔,下达各种指令——切成片的黄瓜、一盆盆肉酱、小萝卜、胡椒和盐、蛋糕、小圆面包、蛋白杏仁饼、一汤盘又一汤盘的面包和黄油、果酱、糖浆、大壶牛奶,还有几个新鲜出炉的果冻——面对这些工作,年轻人们大为震惊。

本来,年轻人们完全不赞成这样的计划,嘴里咕哝抱怨着这太疯狂了。但在妈妈的一声令下——"你拿那个;给你,亲爱的宝贝",我们每个人手里都拎了一些东西。于是最终,我们浩浩荡荡地出发了,好似希腊式建筑檐壁上的浮雕,抱着礼物献给某位森林中的神祇——妈妈的头上裹着一块茶巾,边走边采路边的鲜花;姐姐们跟在后面,拿着蛋糕和面包;杰克拎着水壶,托尼带着盐,我提着一壶牛奶;然后是面色阴沉的年轻人们,他们穿着蓝色的哔叽西服,端着装在大碗里的果冻——果冻在太阳下迅速融化,飞溅的黄色和粉红色汁液弄脏了他们的衣服。这些年轻人一同低声咒骂,哥哥哈罗德羞愧地跟在后头,妈妈则在前面领路,她咿咿呀呀唱着歌,下定决心要办好这次野餐。

但没过多久,他们的脸色越来越难看,妈妈终于发觉了。她使出九牛二虎之力,想让他们开心起来。为了让他们领会她的心意,她拼命做出高兴的样子,用吵闹的主动进攻打破沉默的气氛。

"跟上,莫里斯,向前迈步,注意脚下,嘻——嘿。莱斯利!快看那些美丽的花,你管——它们——叫——什么,那是什么——它们像不像一幅画?我说莱斯利,你看,它们是不是很美,亲爱的?真好笑,你竟然不知道它的名字。噢,今天真是愉快的一天,哒——啦啦?小伙子们,今天是不是很愉快?"

她唠唠叨叨、张皇失措,但绝不认输,终于把我们带进了森林。她命令我们分头散开去捡一些树枝回来,然后支起篝火、用壶烧水。柴火郁郁寡欢地冒着烟,刺痛了我们的眼睛,年轻人们围坐在篝火旁,一副殉道者的模样。牛奶变酸了,黄油在面包上"嗞嗞"融化,蛋糕碎屑沾到了黄瓜上,黄蜂占领了糖浆,水壶里的水烧不开,我们最后只好"喝"掉果冻。

对于我们男孩来说,我们随时随地都能大吃起来,并吃得津津有味,这一切并不会妨碍我们什么。但那些求爱的年轻人们就不同了,他们坐在自己铺开的丝质手帕上,惊恐万状地瞪着这顿大餐。"不了,谢谢,李太太。我吃不下。我才刚刚吃过午餐,哈。"

他们没有人习惯这样混乱的场景,也并不太在意是否要举办露天的野餐——他们中的大多数只是希望和自己的女朋友在一起,远远走到原野或溪谷之中;在那些地方,夏日和爱情就足以让人饱腹,也完全没有我们这些"电灯泡"在场。

订婚的时候,女孩们面红耳赤,拿出戒指给全家展示。"这是一串钻石,花了两英镑还要多。他从格洛斯特的集市上买的。"既然他们的关系走上了正轨,暗地里的行动便多了起来,看得见的冲突也与日俱增。女孩们如今已经长大,她们希望能远走高飞。她们正在热恋之中,也找到了自己的"白马王子"。与此同时,焦躁的情绪不断困扰着他们所有人,直到一次事件使之突然爆发……

事情发生在一个晚上,那时我正在厨房餐桌上画画。一个女孩回家晚了。等她到家时我们已经吃过晚餐。她是同男朋友一起来的,这点看起来很不寻常,因为今天不是他到访的日子。

"好吧,脱掉你的外套,"妈妈说,"坐下。"

"不了,谢谢。"他冷冰冰地回答。

"不要只是站着——呆头呆脑的。"

"我很好,李太太,我可以向你保证。"

"妈,我们一直在想——"姐姐开始说话了。她的声音平稳而响亮。

每次听到争执的声音,我都默不作声,从不转过身去看个究竟。我只是继续作画,每一个线条,每一个细节,连同愈发激烈的争执,都被我一同画入笔下。一片铅笔画的树叶,一根弯曲的树枝,每个图案都承载着一句执着的话语:"不要说这种蠢话……你的行为非常可笑……你们没有人了解我的感受……你这么讲话太残忍了……我一直没找到合适的机会……噢,过来坐下,不要做这种蠢事……没用的,我们已经下定了决心……她已经受够了,李太太,是她该摆脱这一切的时候了……"我的铅笔停了下来;他们是什么意思?

其他的女孩愤愤不平,妈妈则是又难过又失落,争执的声音起起落落。"噢,不管怎么样,我们就是这么想的。这是一件丑闻,你就这么回来了。那他呢?他就那么走进来——他以为他是谁?你该怎么办,如果发生在你身上呢?好啊,我们怎么样?我们倒要听听,你以为这里是你一个人的?我们没有!你有!我们从来没有!好了,别吵了女孩们,我受够了!"惊人的停顿,大家都吓呆了。"你敢!"

我听着,绷紧了背上的每一寸神经和肌肉。但什么事都没有发生;话语突然爆发出来,随后又归于沉寂。最后我们男孩们上楼睡觉去了,我们脱掉了衣服,静静地躺在黑暗中。我们躺下来继续倾听,厨房里越来越安静,争执声似乎渐渐退去,变成了窃窃私语……突然之间,楼下爆发了一阵骚乱,女孩们尖叫,妈妈怒吼,夹杂着扭打和家具摔碎的声音。杰克和我立刻从床上跳起来,抓起衬衫,冲下楼去。我们发现妈妈和两个姐姐正按住年轻人的喉咙,猛地把他推到墙上。另一个女孩试图把他拉走。场面乱成一团。我们毫不犹豫,不顾场面多么拥挤,也跟着跳上去对付这个年轻人。

但等我们抓到他的时候,战斗已经结束,女人们松开了手。年轻人一个人站在墙角,大口喘着气。我推了他一把,他重重给了我一拳,然后弯下腰去找他的帽子。

他刚才想把一心要跟随他的姐姐带走,我们所有人几乎要杀了他。但现在突然间,他们每个人都在亲吻着彼此、流泪、拥抱、原谅对方。妈妈搂住年轻人的脖子,怜爱的拥抱差点再次把他勒死。整场聚会挪到了黑暗的后厨房,大家抽抽搭搭、窃窃私语:"好了,好了,没事了。我们现在还是朋友,对吗?亲爱的男孩……哦,妈妈……好了,好了……"

前一刻,我还被愤怒蒙住了双眼,准备为这个家大开杀戒;而现在,怒气却不见了,平息了,消散了。我嫌弃地转过身,不理会他们的喁喁私语。我走到炉火旁,提起长睡衣,倚在炉火围栏上,给我光溜溜的肚子取暖……

女孩们即将出嫁,乡绅老爷去世了,巴士车奔流不息,各地的城镇越来越近。我们开始对这个山谷不屑一顾,眼睛更多向外面的世界看去;在那里,欢乐的事虽然千篇一律,但大多秀色可餐。它们来得那么快,我们甚至没有做好准备迎接。每个星期,贝格诺尔都会举办"一便士舞会",人们在那里对女孩们的形体逐渐熟悉起来。只要一个便士,就能搂着她们跳起枪骑兵方块舞和两步舞,摇摆着从小屋的树脂地板上滑过——但假使你摇摆得太猛烈,一不小心让她们四脚朝天,贝小姐就会锁上钢琴,甩手回家……

时间会改变一切,村子变小了,远方的距离越来越近。太阳与月亮,它们曾一度从我们的山坡上升起,如今却从东边的伦敦升起。我们的身体也不再如拳击吊球一般,整日在树林和山坡之间摇摆往复,而更像是伸缩自如的神秘图腾,哭喊着提出各种古怪的要求,却极少在当下的情境中得到满足。从村民的面容上,我能看到自己的变化;而从他们的习惯上,也同样能看出他们的改变。马死了,只有极少数人仍在养猪,人们更乐于把时间花在埋葬发动机上。长笛、短号、留声机、风弦琴纷纷被丢弃——如今,无线电天线搜索着充满电波的天空,寻找萨瓦·鸥费斯(Savoy Orpheans)乐队的歌曲。老男人在酒馆里高唱"当我走出",然后走出酒馆,再也没有回来。我们的母亲如今头发花白,脑袋变得糊涂,总在谈论着她永远都不会建造的豪宅大厦。

至于我——对我而言,青草长得更高、更忧伤,树林如肉体般浮出水面,女孩子成为令人悲伤的生物,不可再漫不经心地对待。如今,我独自一人穿越山谷间的旅途。清风、浮云、星辰突然只为我一人而流动,有个声音从全人类中将我找出,呼唤着我去拯救世界;我因孤独而叹息,因摔倒而脸红;我喜爱陌生人、面包和黄油,在雨中骑车去远方。透过明亮的窗户,我哀愁地凝望外面的风景,苦笑着思索自己的碌碌无名,生活在汹涌的亢奋中。

就像我说的,姐姐们即将结婚;哈罗德在车床厂工作;哥哥杰克在上文法学校,他的文法棒极了;托尼仍然拥有一副极好的高音嗓子。妈妈时而认识我,时而又不认识,真让人无能为力,于是尽管拥有了一切美好的事物,我依然感到了命运不可抗拒的力量。

就是从那时起,我开始坐在床上凝望窗外觅食的松鼠,将强烈抽象的意境写成诗歌。一小时又一小时,一个又一个未曾注意的时刻,我的想象不再彷徨,韵脚自然流畅;姐姐们在呼唤我,太阳升起又落下,而我笔下的诗歌,尽管我从不记得,却见证了那个时代最初与最后的模样……